Ernst Schmid

Im Himmelreich ist der Teufel los

Roman

KEHRWASSERVERLAG

1. Auflage 2012
Gesamtherstellung: _free(agents
Covergestaltung: Michael Moder
Lektorat: Dorothea Thuswaldner
Druck: CPI Moravia Books GmbH

ISBN 978-3-902786-13-5

Vorher

Der rasende Schmerz in ihrem Kopf ließ sie die Augen aufschlagen. Verwirrt schaute sie sich um. Ein Glutbecken zu ihren Füßen tauchte den Raum in ein gespenstisches Licht. Ihr Blick fiel auf eine Steinmauer, in die rostige Eisenringe eingelassen waren.

Die Wand war übersät mit grauen Schimmelflecken. Von der Decke hingen dichte Spinnweben. Sie wollte sich aufrichten, um diesem schaurigen Ort zu entfliehen, aber eine unsichtbare Kraft lastete auf ihrem Körper und hinderte sie daran, sich zu bewegen.

Sie hatte keine Ahnung, wo sie sich befand und wie sie hierher gekommen war, aber sie wusste, dass sie nicht hier sein sollte.

„Das ist nur ein böser Traum", versuchte sie sich zu beruhigen. „ Wenn ich aufwache, ist alles vorbei."

Sie schloss die Augen. In diesem Moment spürte sie den zarten Lufthauch an ihrem linken Ohr.

„Es ist gut, wenn du dich entspannst, denn wir haben noch einiges vor."

Entsetzt riss sie die Lider auf und nahm den Schatten über ihrem Gesicht wahr. Sie wollte einen Schrei ausstoßen, brachte jedoch keinen Ton hervor. Ihre Zunge steckte wie ein Fremdkörper in ihrer Mundhöhle und drohte sie zu ersticken.

Eine Hand berührte ihre Wange und streichelte sie sanft.

„Es hat keinen Sinn, wenn du dich wehrst. Denk daran, dass ich das nur für dich mache!"

Obwohl die Finger eine angenehme Wärme ausstrahlten, zuckte ein eisiges Beben durch ihren Körper.

„Dir ist kalt", flüsterte die Stimme voller Mitleid. „Das können wir ändern." Die Finger glitten von ihrer Wange weiter zu ihrem Hals, umkreisten die Brüste und strichen langsam ihren linken Fuß hinab bis zu den Zehen. Erst diese Berührung ließ sie gewahren, dass sie völlig nackt war. Ein Wimmern drang aus ihrer ausgetrockneten Kehle. Sie spürte, wie ihre Beine auseinandergezerrt und die Fußgelenke am Rand des harten Lagers fixiert wurden. Unter Aufbietung aller Kräfte gelang es ihr, den Kopf ein wenig zu heben. Der Mann stand vor ihr und starrte angewidert auf ihre frei gelegte Scham. Er murmelte etwas Unverständliches, dann drehte er sich um und warf eine Handvoll Körner in die Glut, worauf die Flammen hell aufloderten. Als sie erkannte, was außer den glühenden Kohlen noch in dem Becken lag, gefror ihr das Blut in den Adern. Sie zitterte am ganzen Leib. Obwohl sie wusste, dass es vergebens war, flehte sie mit den Blicken um ihr Leben. Doch er ließ sich nicht beirren. Er fischte eine rot glühende Zange aus den Flammen und drehte sich zu ihr um. „Nun, dann lass uns beginnen!"

Freitag

Es gibt Nächte, in denen der Mond kopfsteht, hätte Kemal vermutlich in Erinnerung an seinen Vater über diesen ereignisreichen Abend gesagt, und alle davor gewarnt, dass solche Nächte nie ohne Folgen bleiben, sondern weiteres Ungemach anziehen wie der Misthaufen hinter dem Brandtnerhof die Schmeißfliegen. Wäre er in Andling gewesen. War er aber nicht. Er weilte seit einer Woche in Wien. Auf Besuch bei seiner Familie. Nach einem halben Jahr Abwesenheit hatte er einfach eine gewisse Sehnsucht verspürt, seine Verwandtschaft einmal wiederzusehen. Doch das war nur die halbe Wahrheit. Auch wenn er es sich selbst nie zugestanden hätte, war er vorrangig aus präventiven Gründen nach Wien aufgebrochen, um zu verhindern, dass seine Mutter ihre Drohung wahrmachte und ihn in seinem neuen Dienstort heimsuchte, um dort einmal nach dem Rechten zu sehen und sich mit eigenen Augen zu überzeugen, was es mit dieser Frau auf sich hatte, die ihm nicht nur Unterkunft gewährte, sondern ihn in einer Art und Weise zu umhegen schien, die ihr Misstrauen weckte. Seine Beteuerungen, dass Eleonore von Markstein über achtzig Jahre alt und ein herzensguter Mensch sei, der nichts Anrüchiges im Schilde führe und nur sein Bestes im Sinn habe, tat sie mit dem Hinweis ab, dass auch ein ausgetrockneter Olivenbaum wieder Früchte trage, wenn man ihm nur genügend Wasser verabreiche. Und Kemal kannte seine Mutter zur Genüge. Sie würde den Berg zum Propheten bringen, wenn sich dieser nicht zu ihr bequemte. Allein die Vorstellung, dass sie mit Sack und Pack im Himmelreich auftauchte, um die Gräfin genauer unter die Lupe zu nehmen, verursachte ihm Herzrasen und trieb ihm die Schweißperlen auf die Stirn. Um keine ernsteren gesundheitlichen Schäden zu nehmen, hatte er sich deshalb zum erstmöglichen Zeitpunkt nach Wien aufgemacht und fehlte an diesem Abend, um den anderen zu erläutern, was es damit auf sich hatte, wenn der Mond auf dem Kopf stand und zwei und zwei drei sein ließ.

Doch da er mit den Weisheiten seines Vaters nicht geizte und diese immer dann zum Besten gab, wenn es kniffflige Situationen zu meistern galt, hatten sich viele davon mittlerweile in den Köpfen seiner Mitbürger festgesetzt und wurden zur Anwendung gebracht, wenn sich eine Hürde vor einem auftat, die auf den ersten Blick unüberwindlich schien.

Besonders Jean Lembergé bediente sich ihrer mit einer Hingabe, die er sonst nur an den Tag legte, wenn Freibier ausgeschenkt wurde.

So auch an diesem Abend, als ein Fremder die Gaststube des „Goldenen Hirschen" betrat und ein paar Tische von ihm und seinen Zechkumpanen entfernt Platz nahm.

„Der ist heute den ganzen Tag durch die Gegend gelaufen und hat Wasser in kleine Röhrchen gefüllt", raunte der Huberbauer den anderen zu.

„Mon ami, ast du ihn nischt gefragt, was er damit bezweckt?", erkundigte sich Lembergé.

„Schon. Aber ich habe nicht verstanden, was er gesagt hat."

„Warum das?"

„Weil er so komisch gesprochen hat. Ich bin mir nicht einmal sicher, ob das überhaupt Deutsch war."

„Den hat sicher die Behörde geschickt, weil sie uns nachweisen will, dass wir zu viel Jauche ausfahren", mischte sich Kauder ein. „Beim letzten Mal hat mich das einen ordentlichen Batzen Geld gekostet."

Mon dieu!", entfuhr es Lembergé. Er war von der Freigebigkeit der anderen Gäste abhängig, und die schrumpfte gegen null, wenn unerwartete Ausgaben die Brieftasche belasteten. „Dann wird es Zeit dem Mann einmal auf den Zahn zu fühlen, was er ier bei üns zu suchen at.“

Er wandte sich um und lächelte den Fremden freundlich an.

„Bonjour, Monsieur! So allein! Wollen Sie üns nischt ein wenig Gesellschaft leisten?“

Der Angesprochene schaute unsicher in ihre Richtung und zeigte mit dem Finger auf sich, als könne er nicht glauben, dass die Aufforderung tatsächlich ihm gegolten habe. Als ihm Lembergé zur Bestätigung zunickte, schüttelte er den Kopf.

„Das ist nett von Ihnen“, erwiderte er mit einer Stimme, die den Eindruck vermittelte, als leide er an einem chronischen Stockschnupfen, „aber ich hatte einen anstrengenden Tag und muss ein wenig zur Ruhe finden.“

„In dem hast du wohl deinen Meister gefunden“, spottete der Huberbauer und grinste Lembergé herausfordernd an.

Das konnte dieser nicht auf sich sitzen lassen. Kemal kam ihm in den Sinn. Mittlerweile hatte er mit dem jüngsten Mitglied des Andlinger Polizeipostens ein gutes Einvernehmen, aber kurz nach dessen Ankunft im Ort hatte er ihn derart provoziert, dass es beinahe zu Handgreiflichkeiten gekommen wäre. Nur einem Ratschlag seines Vaters, so hatte ihm Kemal später einmal anvertraut, war es damals zu verdanken gewesen, dass er sich nicht auf ihn gestürzt und für die Beleidigungen zur Rechenschaft gezogen hatte.

„Mal sehen! Wenn du einen Bären zum Tanzen bringen willst, musst du ihn mit Baklava füttern.“

Er wies mit der Hand auf den Platz neben sich. „Mon ami, wir beißen nischt und wollen üns nur un peu mit Ihnen unterhalten, um in Erfahrung zu bringen, was in der großen weiten Welt so vor sisch geht. Naturellement sind Sie eingeladen."

Als der Fremde noch immer keine Anstalten machte, sich an ihren Tisch zu setzen, blitzte es in Lembergés Augen gefährlich auf.

Enttäuscht wandte er sich seinen Zechkumpanen zu und sagte so laut, dass es nicht zu überhören war.

„Offensischtlich trinkt Monsieur nischt mit jedem. Auch dürfte ihm nischt geläufig sein, dass es bei üns einen Affront sondergleichen darstellt, eine Einladung auszuschlagen."

Ein Sesselrücken zeigte ihm, dass seine Worte ins Schwarze getroffen hatten.

„Meine Herren, ich wollte Sie nicht brüskieren", entschuldigte sich der Fremde.

„Natürlich nehme ich gerne Ihre Einladung an." Er zeigte auf den Sessel neben Lembergé. „Wenn es gestattet ist?"

„Aber sischer", gab sich dieser gönnerhaft und forderte den Fremden auf, Platz zu nehmen. „Seiner Aussprache nach zu ürteilen, ist er nischt aus der Gegend. Isch würde meinen, dass es ihn aus Sachsén ierer verschlagen at."

„In der Tat", gab ihm der Mann Recht. „Woher wissen Sie?"

Lembergé blickte stolz in die Runde. „Ach, während meiner Zeit in der Legion atte isch un camerade aus Sachsén. Seitdem abe isch den Dialekt im Ohr."

Jean Lembergé hieß eigentlich Johann Lemberger und hatte einige Jahre bei der Fremdenlegion gedient. Die wenigen französischen Wörter, die ihm aus seiner Militärzeit im Gedächtnis haften geblieben waren, verwendete er, um den anderen zu zeigen, dass er ein Mann von Welt war. Stets knapp bei Kasse, vertrieb er den anderen die Zeit mit Anekdoten aus seiner Militärzeit, um sich damit das eine oder andere Freibier zu verdienen.

„Er war ein güter Mann, kam aus Radebeul und at den großen..." Er setzte eine gewichtige Miene auf, ehe er fortfuhr. „...le grand Karl May noch persönlisch kennen gelernt." Als er die verdutzten Gesichter seiner Kumpane bemerkte, fügte er hinzu. „Ihr wisst doch? Den berühmten Createur der Geschichten von Winnie Puuh und Old Shatterhand."

Ein Glucksen ließ ihn innehalten. Es kam von dem Fremden neben ihm, der sich die Hand vor den Mund hielt, um nicht laut loszulachen.

„Was ist daran so lustisch?", wollte Lembergé wissen.

„Es heißt Winnetou", verbesserte ihn der Fremde mit einem verschmitzten Lächeln. „Außerdem muss Ihr treuer Kamerad ein Alter wahrhaft biblischen Ausmaßes erlangt haben, denn meines Wissens ist der verehrte Karl May bereits 1912 in die Ewigen Jagdgründe eingegangen."

Die Anwesenden brachen in Lachen aus. Schon lange nicht mehr hatte jemand Lembergé derart eindrucksvoll Paroli geboten. Doch wer Jean kannte, wusste, dass er eine Schmach, wie die eben erfahrene, nicht ungestraft auf sich sitzen ließ. An und für sich war er ein umgänglicher Mensch. Es gab nur drei Dinge, die er partout nicht ausstehen konnte.

Erstens Uniformen, zweitens, wenn jemand seine unehrenhafte Entlassung aus der Armee zur Sprache brachte, und drittens, wenn man ihn der Unwahrheit bezichtigte.

„Eißt das, dass Sie meine Worte in Zweifel zieen wollen?", erkundigte er sich mit einem Klang in der Stimme, der nichts Gutes verhieß.

Augenblicklich machte der Mann einen Rückzieher. „Überhaupt nicht! Ich wollte nur auf den Umstand verweisen..." Lembergés eisiger Blick brachte ihn zum Schweigen.

Doch wer dachte, dass jetzt über den Fremden ein Unheil hereinbrechen würde, gegen das der Untergang von Sodom und Gomorrha ein harmloses Pfadfinderlagerfeuer war, irrte. Gerade rechtzeitig kam Lembergé ein weiterer Ratschlag von Kemals Vater in den Sinn und erinnerte ihn an den eigentlichen Zweck des Gesprächs mit dem Fremden. „Wenn du willst, dass der Hund dein Haus hütet, darfst du ihn nicht mit der Rute misshandeln." Wenn er jetzt seinem Zorn freien Lauf ließ, würden sie nie in Erfahrung bringen, was der Fremde in Andling zu suchen hatte.

Deshalb gab er sich einen Ruck und zwang ein freundliches Lächeln in sein Gesicht.

„Vergessen wir das! Isch abe Sie noch gar nicht gefragt, was wir Ihnen zum Trinken anbieten dürfen. Wie unöflisch von üns!"

Es war nicht zu übersehen, dass dem Mann ein Stein der Erleichterung vom Herzen fiel. „Meine Kehle ist tatsächlich von dem vielen Reden ganz trocken. Es wäre fein, wenn ich ein Selters bekommen könnte."

Lembergé legte die Stirn in Falten. „Selters? Isch fürchte, ier bei üns kennen wir diese Art von Getränk nischt."

„Wasser", setzte der Fremde zu einer Erklärung an, kam aber nicht weiter, weil ihm Jean ins Wort fiel.

„Mais oui!", rief er aus und schlug sich mit der flachen Hand auf die Stirn. „Etwas Selteneres mit Wasser. Damit können wir dienen."

Er drehte sich zum Tresen um. „Günthér! Einmal Gerste mit Kirschwasser!" Wäre Vroni anwesend gewesen, hätte Lembergé niemals gewagt, einen Gast auf den Arm zu nehmen, wie er es gerade tat. Unverzüglich hätte sie ihn des Lokals verwiesen, und das fürchtete dieser wie die Pest, weil er dann nicht wusste, wo er bleiben sollte. Aber ihr Vater war ein Wirt alten Schlages, der für einen Spaß durchaus zu haben war. Er zwinkerte Jean verschwörerisch zu, zapfte ein großes Bier und fügte drei Schuss Kirschwasser hinzu.

„So, der Herr, einmal Gerste mit Wasser!"

Der Fremde begutachtete skeptisch das Glas, das der Wirt vor ihm auf den Tisch gestellt hatte. Doch ehe er dazu kam, das Getränk von sich zu weisen, prostete ihm Lembergé zu. „Auf Ihre Gesundheit! Santé!" Da die anderen Gäste ebenfalls ihr Glas erhoben, um auf ihn anzustoßen, blieb ihm gar nichts anderes übrig, als mit ihnen zu trinken. Im ersten Moment verzog er das Gesicht, aber nach dem zweiten Schluck nickte er anerkennend.

„Schmeckt gar nicht so übel. Das ist wohl so eine Art Alsterwasser?"

„Genau", beeilte sich Lembergé zu sagen. „Alterswasser. Sehr beliebt bei ünseren Senioren, weil es nachweislisch die Lebenskräfte stärkt."

„Na, dann prost!", meinte der Fremde. Er leerte das Glas in einem Zug und bestellte ein weiteres „Alterswasser".

„Darf man sisch erkundigen, was Sie in ünser schönes Andling führt?", flocht Lembergé wie nebenbei ein, nachdem der Wirt dem Mann das Getränk gebracht hatte. Dieser beugte sich vor und flüsterte verschwörerisch: „Ich bin dienstlich hier. Aber das ist streng geheim."

„Mon dieu!", rief Jean aus. „Ein geeimer Auftrag und das ier in ünserem kleinen Ort! Das ist doch nischt möglisch!"

Der Fremde richtete sich auf und setzte eine gewichtige Miene auf. „Und ob! Ich verrate nur eines..." Er warf einen ernsten Blick in die Runde und legte einen Zeigefinger an die Lippen, um zu bekräftigen, dass nichts von dem, was er von sich gab, nach außen dringen durfte. „Wasser!"

„Hab ich´s nicht gesagt!", raunte Kauder Lembergé zu. Dieser bedeutete ihm, still zu sein, und wandte sich wieder an den Fremden.

„Isch glaube, isch verstehe nischt ganz. Wieso Wasser? Ist etwas damit nischt in Ordnung?"

Der Mann nahm einen kräftigen Zug, ehe er zu einer Antwort ansetzte, wobei nicht zu überhören war, dass der Alkohol bereits seine Wirkung tat.

„Es ist selten so, wie es scheint", erwiderte er undeutlich. Kaum hatte er die Worte ausgesprochen, brach er in Kichern aus, als habe er gerade einen Witz zum Besten gegeben.

„Und was ist anders, als es den Anschein at?", ließ Lembergé nicht locker. Aber entweder verstand sein Gesprächspartner die Frage nicht oder er wollte sie nicht verstehen, denn anstelle einer Antwort begann er von den Karl-May-Festspielen in Bad Segeberg zu erzählen. Wenn man diese absurde Abfolge an Lautmalereien überhaupt als Erzählung bezeichnen konnte.

„Brrr, brrr! Old Shatterhand gefangen in der Schlucht. Auf den Felsen die Schurken. Peng, peng! Deckung. Wieher, wieher! Iltschi hü-hott! Winnie Puuh rettet seinem Blutsbruder das Leben." Das Wort „Winnie Puuh" amüsierte ihn derart, dass er sich vor Lachen schüttelte.

Lembergé ließ sich vom närrischen Verhalten seines Gesprächspartners nicht beirren und versuchte weiter, etwas über den Geheimauftrag des Mannes in Erfahrung zu bringen. Doch vergebens! Nach dem dritten Alterswasser stieß der Mann nur noch ein paar unverständliche Wortbrocken aus.

„Keine seelen…nix volls…eure…sinn…ohne nicht… rate."

Schließlich wurde es Lembergé zu bunt. Er stieß dem Betrunkenen den Ellenbogen in die Seite und herrschte ihn an: „So nehmen Sie sich doch zusammen! Oder meinen Sie, dass jemand hier am Tisch mit diesem sinnlosen Gebrabbel etwas anzufangen weiß?" In seiner Erregung vergaß er sogar, seinen französischen Akzent zu intonieren. Der Mann schaute ihn verwundert an. Dann stieß er einen tiefen Seufzer aus, ließ den Kopf langsam auf die Tischplatte sinken und begann zu schnarchen.

„Das hast du ja schön hinbekommen", zischte der Huberbauer. „Von dem erfahren wir keine Silbe mehr."

Lembergé warf ihm einen beleidigten Blick zu. „Isch kann ja nischt riechen, dass der Kerl nischts verträgt. Immerhin wissen wir jetzt, dass irgendetwas mit ünserem Wasser nischt in Ordnung ist."

„Als ob das nicht schon vorher klar war", brummte Kauder.

„Und wer zahlt jetzt die Zeche?", mischte sich der Wirt ein. „Wie ich dich kenne, hast du keinen müden Cent bei dir."

Da hatte er die Rechnung allerdings ohne Lembergé gemacht, denn wenn dieser etwas konnte, dann war es einen Weg zu finden, wie er im Wirtshaus freigehalten wurde.

„Jammere nischt erum und bring lieber noch eine Runde für alle! Oder abt ihr nischt gehört, wie unser cher ami" – er wies mit der Hand auf den Schlafenden – „üns zu einem Getränk eingeladen at."

Die anderen schauten ihn verdutzt an, bis der Groschen fiel.

„Natürlich", grinste Kauder. „Bier für alle war sein letztes Wort, dann trugen ihn die Englein fort. Also Günter, beweg dich hinter den Tresen und lass den Zapfhahn rinnen!"

Der Wirt bedachte seine Gäste mit einem prüfenden Blick, als erwäge er, ob rechtens sei, was Lembergé gerade vorgeschlagen hatte, aber schließlich siegte sein Geschäftssinn über die Skrupel und er servierte den Männern ein frisches Getränk.

Lembergé stand auf und hob das Glas in Richtung des Schlafenden.

„Ein Och dem edlen Spender! Wir werden ihn sischer in güter Erinnerung bealten."

In diesem Moment wurde die Tür zur Wirtsstube aufgestoßen. Vroni trat schwer beladen ein und wuchtete ihre Einkäufe auf den Tresen. Mit einem Schlag wurde es mucksmäuschenstill. Sie drehte sich langsam um und ließ ihren Blick misstrauisch durch den Raum gleiten. Als sie den Schlafenden bemerkte, verfinsterte sich ihr Gesichtsausdruck. Sie fasste Jean ins Auge und funkelte ihn böse an, worauf dieser abwehrend die Hände in die Höhe hob.

„Es ist nischt so, wie du denkst", stammelte er, aber sie ließ ihn gar nicht zu Ende reden.

„Johann Lemberger! Was hast du schon wieder angestellt? Habe ich dir nicht erst vor kurzem eindeutig zu verstehen gegeben, dass du Lokalverbot auf Lebenszeit bekommst, solltest du jemals wieder..."

Der Fanfarenstoß eines Jagdhorns ließ sie verstummen. Überrascht schauten die Anwesenden auf den Fremden, der ächzend den Kopf hob und sie irritiert musterte. Plötzlich sprang er wie von der Tarantel gestochen auf und nahm Haltung an.

Der Fanfarenstoß erklang ein weiteres Mal. Darauf posaunte er: „Zu Befehl! Wird sofort ausgeführt!" und schlug die Hacken zusammen, was zur Folge hatte, dass er sich selbst fast zu Fall gebracht hätte. Vroni, die ihm am nächsten stand, packte ihn in Windeseile am Arm und verhinderte, dass er zu Boden stürzte. Erst als das Jagdhorn zum dritten Mal Signal gab, erfasste der Mann, dass es sich dabei um den Klingelton seines Handys handelte. Er griff in die Westentasche und drückte die Annahmetaste. „Im Gasthaus!", nuschelte er in den Apparat. „Komme sofort – das finde ich sicher – bin in einer Viertelstunde dort." Er beendete das Gespräch und wandte sich zum Gehen, aber der Wirt hielt ihn zurück und erinnerte ihn, dass die Rechnung noch zu begleichen sei. Ohne mit der Wimper zu zucken, holte der Mann einen Geldschein aus seinem Portemonnaie und legte ihn auf den Tresen. Dann drehte er sich wankend um und torkelte ins Freie.

Entgeistert starrten ihm die anderen nach. Lembergé fasste sich als Erster. Er grinste von einem Ohr zum anderen und zwinkerte seinen Kumpanen verschwörerisch zu.

Warum die anderen nicht darauf reagierten und betreten zu Boden blickten, wurde ihm erst bewusst, als er Vronis eisige Stimme hinter sich vernahm.

„Johann Lemberger! Ich bin noch nicht fertig mit dir. Du sagst mir auf der Stelle, was das alles zu bedeuten hat, sonst bist du heute zum letzten Mal für lange Zeit bei uns Gast gewesen."

Lembergé wandte sich um und schaute sie unschuldig an.

„Isch weiß überaupt nischt, was du von mir willst. Isch abe misch nur um den Fremden gekümmert, ihn an ünseren Tisch gebeten und misch un peu mit ihm ünteralten, also genau das gemacht, was du von üns erwartest."

Vroni schüttelte zweifelnd den Kopf, dann drehte sie sich zu ihrem Vater um und bedachte ihn mit einem fragenden Blick. Man sah dem Wirt an, dass er sich nicht wohl in seiner Haut fühlte und wie die anderen einen gehörigen Respekt vor seiner eigenen Tochter hatte. Er schlug die Augen nieder und räusperte sich mehrmals vernehmlich, ehe er sich zu einer Antwort durchrang.

„Es ist, wie Jean gesagt hat. Er wollte nur freundlich sein und dem Mann ein wenig die Zeit vertreiben."

„Und das hat er ihnen dann mit einer Runde Freibier vergolten?"

„Genau! Du hast doch selbst gesehen, dass er anstandslos die Zeche beglichen hat."

„Wenn das so ist, habe ich dich wohl zu Unrecht verdächtigt", sagte sie in Jeans Richtung, ohne ihn anzuschauen, nahm ihre Einkaufstaschen vom Tresen und verschwand in die Küche.

Lembergé wischte sich nach ihrem Abgang mit einer theatralischen Geste den imaginären Schweiß von der Stirn und atmete erleichtert aus.

„Mes amis, knapp vorbei ist auch daneben! Nischt auszudenken, was los gewesen wäre, wenn Vroni une Viertelstünd früer eingetrüdelt wäre. Isch glaube, wir aben üns einen Schluck redlich verdient. Auf den unbekannten Spender!"

Er hob sein Glas und prostete den anderen zu.

Normalerweise hätte ein Ereignis, wie das eben stattgefundene, ausgereicht, um ihm und seinen Zechkumpanen tage-, wenn nicht wochenlang Gesprächsstoff zu liefern, aber da es an einem Abend vorgefallen war, an dem auch der Mond kopfstand, musste man davon ausgehen, dass noch weitere Überraschungen vom Himmel purzelten. Oder wie Kemals Vater gemeint hätte: Wenn man mit dem rechten Fuß in die Hundescheiße tritt, sollte man tunlichst darauf achten, nicht mit dem linken auf einer Bananenschale auszurutschen.

Doch davon hatten Lembergé und die anderen keine Ahnung, denn noch hielt der Auftritt des Fremden ihre Sinne gefangen. Am meisten beschäftigten sie die merkwürdigen Wortfetzen, die dieser, kurz bevor er eingenickt war, von sich gegeben hatte. Vielleicht offenbarten sie, was der Mann hier bei ihnen in Andling zu schaffen hatte. Nicht umsonst hieß es „In vino veritas"! Und was für Wein zutraf, galt sicher auch für Gerste mit Kirsch.

Sie mühten sich gerade ab, dieses Gebrabbel aus den Nischen ihres Gedächtnisses hervorzukramen, um es einer Deutung zu unterziehen, als die Tür aufgerissen wurde und Romeo barfuß und nur mit dem Nachthemd bekleidet in die Wirtsstube stürzte. Er sah zum Fürchten aus. Die Haare standen ihm wirr in die Höhe. Sein Teint hätte jedem Albino zur Ehre gereicht. Außerdem zitterte er wie Espenlaub.

„Mon ami“, setzte Lembergé an, um in Erfahrung zu bringen, was ihm widerfahren war, aber Romeo fiel ihm voll Panik ins Wort. „Verriegeln! Wir müssen sofort alles verriegeln!“ Als keiner reagierte, packte er einen Tisch und schob ihn vor die Tür, um diese zu verbarrikadieren. In der Wirtsstube war es so still, dass man eine Stecknadel hätte fallen hören können.

Kauder war der Erste, der sich fasste. Er stand auf und führte den alten Mann zu einem freien Stuhl.

„Jetzt beruhig dich erst einmal! Du führst dich ja auf, als wäre dir der Leibhaftige persönlich über den Weg gelaufen.“

Als Kauder den Teufel erwähnte, riss Romeo entsetzt die Augen auf und krallte sich zitternd an der Sessellehne fest.

„Nun sag endlich, was los ist!“, mischte sich der Huberbauer ungeduldig ein. „Das ist ja nicht zum Aushalten!“

„Trautner“, flüsterte Romeo und machte eine Kopfbewegung Richtung Tür.

„Was ist mit Trautner?“, wollte Kauder wissen.

„Er war gerade bei mir, um sich zu holen, was ihm zusteht.“

Ein Aufatmen ging durch die Runde. Einige der Anwesenden lachten gelöst. Der Walkolbinger tippte sich mit dem Zeigefinger an die Stirn, um anzudeuten, was er von dieser Aussage hielt. Lembergé nickte ihm zu, um ihm zu zeigen, dass er der gleichen Meinung war. Er packte den alten Mann an der Schulter und rüttelte ihn kräftig. „Wach auf, Romeo! Du ast nur schlecht geträumt. Trautnér ist tot. Dort inten auf dem Friedhof at er seine letzte Ruhestätte gefunden."

Romeo riss sich los und fuchtelte wie ein Verrückter mit den Händen herum.

„Trotzdem! Ich habe ihn mit eigenen Augen gesehen. Das schwöre ich bei allem, was mir heilig ist. Er ist von den Toten auferstanden, um Rache zu nehmen, weil sein Tod nie gesühnt wurde."

„So ein Unsinn! Vielleicht ist nicht ganz klar, woran Trautner gestorben ist, aber dass er es ist, ist so sicher, wie ich Huber heiße."

Vor über einem halben Jahr war Trautner tot in der Jauchegrube hinter seinem Hof aufgefunden worden. Angeblich war er das Opfer eines unglückseligen Unfalls geworden. Aber die Umstände seines Ablebens waren derart mysteriös, dass die Gerüchte im Ort nicht verstummen wollten, dass er in Wirklichkeit ermordet worden, es der örtlichen Exekutive jedoch nicht gelungen war, den Täter dingfest zu machen. Böse Zungen behaupteten sogar, dass der Mörder noch immer unter ihnen weilte und sich ins Fäustchen lachte, weil man ihm nicht auf die Schliche gekommen war. Die Andlinger Polizeibeamten schwiegen wie ein Grab, wenn sie auf diesen Vorfall hin angesprochen wurden, und selbst Penniseder, gegen den die Weber Aloisia, die als ärgstes Tratschmaul in der ganzen Gegend galt, ein stummer Fisch im Wasser war, wenn er etwas getrunken hatte, ließ sich kein Sterbenswörtchen über dieses schaurige Ereignis aus der Nase ziehen.

Mittlerweile herrschte ein Höllenlärm in der Wirtsstube, weil jeder seine Meinung zu Trautners Tod kundtun wollte.

Lembergé erhob sich und breitete die Arme aus, um die Anwesenden zur Ruhe zu bringen. Als dies nichts nützte, stieß er einen derben Fluch aus. „Verdammt noch einmal, könnt ihr endlich euren Schnabel halten. Romeo soll erzählen, was geschehen ist."

Nachdem Ruhe eingekehrt war, begann Romeo schließlich zu berichten.

„Ich wollte mich gerade niederlegen. Da hörte ich draußen jemanden meinen Namen rufen, mit einer Stimme, die nicht von dieser Welt zu sein schien."

Er formte mit seinen Händen einen Trichter vor seinem Mund und ahmte den Klang seines Namens derart gespenstisch nach, dass auch den letzten Spaßvögeln das Grinsen im Gesicht zu Eis gefror. Mittlerweile war es so ruhig geworden, dass die Männer kaum mehr zu atmen wagten.

„Für einen Moment setzt mein Herz zu schlagen aus, denn ich kenne die Stimme. Aber ich will nicht wahrhaben, was hier vor sich geht. Also schleiche ich zum Fenster und luge vorsichtig hinaus." Er hielt inne und schloss für einen Moment die Augen, um sich zu sammeln. Ein Beben lief durch seinen Körper. Seine Hände zitterten so stark, dass die Gläser auf dem Tisch zu klirren begannen. Er stieß einen tiefen Seufzer aus, ehe er fortfuhr.

„Da sehe ich Trautner im Hof stehen. Er trägt sein Totengewand. Sein bleiches Gesicht strahlt im fahlen Schein des Monds ein gespenstisches Leuchten aus. Er hebt den Arm und zeigt in meine Richtung. Ich bin gekommen, um zu holen, was mir gehört, bringt er mit einer Stimme hervor, die aus der Tiefe der Hölle zu dringen scheint. Ich schüttle den Kopf, um diesen Alptraum aus meinen Gedanken zu verscheuchen. Vergeblich! Wie gebannt starre ich nach draußen. Ich sehe, wie sich Trautner in Bewegung setzt. Er scheint über den Boden zu schweben. Kommt immer näher. Mein Puls beginnt zu rasen. Seit mich sein Sohn feige niedergeschossen hat, halte ich auch tagsüber die Tür verschlossen. Doch plötzlich weiß ich nicht mehr, ob ich den Riegel wieder vorgeschoben habe, nachdem ich Wasser vom Brunnen geholt habe. Voller Panik stürze ich zur Tür, taste mit zitternden Fingern über das Schloss. In diesem Moment wird die Klinke nach unten gedrückt. Ich weiche zurück, bis ich das Gewehr, das an der Wand hängt, in meinem Rücken spüre. Trautner rüttelt voller Gewalt an der Tür. Ich habe Angst, dass sie dem Druck nicht standhalten wird. Ich reiße das Gewehr herunter, ziehe die oberste Lade der Kommode auf, will die Patronen herausnehmen, aber ich zittere so stark, dass sie zu Boden fallen und unter das Bett kullern. Ein schauriges Lachen ertönt. Ich höre ein Krachen, das Holz zersplittert, ich…"

Lembergé legte Romeo die Hand auf den Mund und bedeutete den anderen, still zu sein. Er wies mit dem Kopf Richtung Eingang. „Isch glaube, da ist jemand an der Tür." Kaum hatte er die Worte ausgesprochen, wurde die Klinke mehrmals hintereinander nach unten gedrückt.

„Das ist der Trautner!", schrie Romeo voller Angst. „Er ist gekommen, um mich zu holen." Er sprang auf und wich entsetzt in den hintersten Winkel der Wirtsstube zurück. Auch die anderen gerieten in Panik. Kauder riss einen Sessel an sich und stemmte ihn drohend in die Höhe. Der Huberbauer bekreuzigte sich und begann zu beten. „Heilige Mutter Gottes, hilf uns armen Sündern in der Not!" Zwei weitere Bauern stimmten in das Gebet ein.

Lembergé war zur Salzsäule erstarrt und fixierte mit vor Furcht geweiteten Augen die Tür. Der Wirt hatte sich hinter dem Tresen verschanzt und umklammerte den Hals einer Weinflasche, um sie nötigenfalls dem Eindringling über den Kopf zu ziehen.

Alle starrten gebannt Richtung Eingang, unfähig, etwas gegen das drohende Unheil zu unternehmen. Inzwischen war das Drücken der Klinke in ein ungestümes Rütteln übergegangen. Kauder stieß einen Angstschrei aus. Der Huberbauer ließ sich auf die Knie fallen, um mit dieser demütigen Haltung seinen Gebeten mehr Nachdruck zu verleihen. Andere taten es ihm gleich. Mit einer fahrigen Bewegung wischte Lembergé versehentlich eine Bierflasche vom Tisch. Das Klirren des Glases ließ ihn aus seiner Erstarrung erwachen. „Wer immer du bist", fauchte er Richtung Tür, „weiche, sonst wird es dir übel ergehen." Für einen Moment war es totenstill. Dann ertönte Brandtners Stimme: „Verdammt noch einmal, was soll denn das? Warum lasst ihr mich nicht hinein?"

„Brandtner! Das ist Brandtner!", schrien alle durcheinander. Die Erleichterung stand ihnen ins Gesicht geschrieben. Lembergé schob den Tisch ein wenig zur Seite und drückte den Bauern an sich, nachdem sich dieser durch den Spalt gezwängt hatte.

„Mon ami, isch war noch nie so glücklich, disch zu sehen wie eute!"

Brandtner schaute sich verwundert um. „Seid ihr alle komplett verrückt geworden? Oder kann mir jemand sagen, was hier vor sich geht."

„Romeo at Trautnér gesehen", hob Lembergé zu einer Erklärung an. „Er war bei ihm und wollte sisch olen, was ihm geört."

Brandtner kniff die Augen zusammen und bedachte die Anwesenden mit einem skeptischen Blick. „Ihr wollt mich auf den Arm nehmen. Oder? Der erste April ist schon vorbei."

„Non, non", beeilte sich Lembergé zu sagen. „Ör dir erst einmal an, was Romeo erzählt at!" Er wiederholte, was dieser ihnen zuvor berichtet hatte.

Brandtner schüttelte ungläubig den Kopf und stieß ein gekünsteltes Lachen aus.

„So etwas Verrücktes habe ich schon lange nicht mehr gehört! Ihr wisst alle ganz genau, dass Trautner seit mehr als einem halben Jahr tot ist."

„Willst du etwa behaupten, dass ich lüge?", brummte Romeo feindselig.

„Das nicht! Ich glaube nur, dass dir deine Fantasie einen Streich gespielt hat. So etwas gibt es ganz einfach nicht."

„Aber ich habe ihn doch mit meinen eigenen Augen gesehen."

„Dann erzähl einmal, wie du ihm entkommen bist! Ich kann mir nämlich beim besten Willen nicht vorstellen, dass man einem Geist so mir nichts dir nichts davonlaufen kann."

„Nachdem er die Tür aufgebrochen hat, bin ich ins Badezimmer gerannt. Ich habe das Schloss verriegelt und mich durch das Fenster ins Freie gezwängt. Dann bin ich so, wie ihr mich jetzt seht, hierher geflüchtet."

„Und gibt es eine logische Erklärung dafür, warum er dir nicht ins Bad gefolgt ist und dich an der Flucht gehindert hat? Im Vergleich zu deiner Eingangstür müsste die zum Bad doch ein Kinderspiel für ihn sein."

Romeo warf einen triumphierenden Blick in die Runde.

„Das kann ich dir sagen. Weil ich im letzten Moment den Rosenkranz auf meinem Nachtkästchen zu fassen gekriegt und über die Türschnalle gehängt habe. Wie jeder weiß, meiden der Teufel und seine Geister alles, was von der Kirche geweiht wurde."

Ein Raunen ging durch den Raum. Der Huberbauer bekreuzigte sich ein weiteres Mal.

Doch Brandtner war mit dieser Antwort noch nicht zufrieden.

„Das mag ja stimmen, allerdings, glauben kann ich es erst, wenn ich es mit eigenen Augen gesehen habe. Deshalb mein Vorschlag: Wir gehen jetzt gemeinsam zu deiner Kate und schauen nach, was dort los ist. Sollte tatsächlich..." Weiter kam er jedoch nicht. Romeo stieß einen Laut wie ein weidwundes Tier aus und hob die Hände abwehrend in die Höhe. Er zitterte am ganzen Leib.

„Nie mehr in meinem Leben", stammelte er. „Hörst du? Nie mehr kehre ich dorthin freiwillig zurück."

„Aber du wohnst dort seit über fünfzig Jahren!", rief Brandtner verblüfft aus.

Romeo schüttelte nur den Kopf und drehte sich demonstrativ zur Seite.

„Wie du meinst", brummte Brandtner. „Ich schaue mir jedenfalls einmal an, was bei dir los war. Wer kommt mit?" Als er keine Antwort erhielt, wandte er sich verwundert um. „Was seid ihr für erbärmliche Angsthasen!", schimpfte er, als er feststellte, dass keiner Anstalten machte, ihn zu begleiten. „Lasst euch von der blühenden Fantasie eines alten Mannes derart beeindrucken, dass ihr euch fast in die Hose macht. Auch gut, dann gehe ich eben alleine!" Er war schon bei der Tür, als er Lembergés Stimme vernahm. „Un moment, mon ami, natürlisch lasse ich disch nischt im Stich! Güntér, dein Gewehr! Und ihr..." Er fasste die Anwesenden scharf ins Auge. „...kommt auf der Stelle mit. Sonst werde isch im ganzen Dorf erumerzählen, was ihr für feige Waschlappen seid.Verstanden!"

Die Drohung verfehlte ihre Wirkung nicht. Beschämt erhoben sich die Männer und folgten Brandtner und Lembergé ins Freie.

Romeos Kate lag am Ortsrand, nur fünf Gehminuten vom „Goldenen Hirschen" entfernt. Wohl um sich Mut zu machen, gab anfangs jeder lautstark seine Meinung über das, was sie eben gehört hatten, zum Besten. Doch je näher sie ihrem Ziel kamen, desto schweigsamer wurden die Männer. Inzwischen gab es keinen unter ihnen, der nicht unterwegs einen Ast oder Stein aufgelesen hatte, um sich im Notfall zur Wehr setzen zu können. Noch bevor Romeos Häuschen hinter dem kleinen Hügel auftauchte, nahmen sie den rußigen Geruch wahr, der in der Luft lag. Der Huberbauer bekreuzigte sich vorsichtshalber. Ein paar andere taten es ihm gleich.

Fast unmerklich wurden ihre Schritte zögerlicher. Brandtner erreichte als Erster die Hügelkuppe. „Aber das gibt es doch nicht", flüsterte er fassungslos. Schnell schlossen die Männer zu ihm auf, um sich mit eigenen Augen zu überzeugen, was ihn derart verwirrte. Was sie sahen, ließ ihnen erneut das Blut in den Adern gefrieren. In der Wiese vor der Kate glommen gut ein Dutzend Glutbrocken in der Dunkelheit. In ihrem Widerschein wirkte die zerborstene Tür wie ein Zahnstummel im gefräßigen Maul eines Ungeheuers. Aus dem Inneren der Kate drang dichter Rauch nach draußen.

„Das ist Teufelswerk", stammelte der Huberbauer. Ein paar der Männer wandten sich entsetzt um, um sich aus dem Staub zu machen, aber Brandtner hielt sie zurück.

„Hiergeblieben! Wir gehen jetzt gemeinsam hinunter und schauen nach, was das soll."

Vorsichtig stiegen sie den Abhang hinab. Kauder richtete seine Taschenlampe ins Innere der Kate. Dort bot sich ihnen ein Bild der Verwüstung. Der Tisch und die Sessel lagen zertrümmert im Raum. Das Geschirr war von den Borden gerissen worden und lag zersplittert auf dem Boden. Das Bettzeug gloste vor sich hin. Der Gestank, den die verbrannten Federn der Tuchent verbreiteten, raubte ihnen den Atem. Wie hypnotisiert starrten alle auf das qualmende

Bett. Erst als ein Windstoß die Glut auflodern ließ, erwachten die Männer aus ihrer Anspannung.

„Wir müssen das löschen!“, schrie Kauder. „Sonst brennt noch die ganze Hütte ab!“ Brandtner und der Huberbauer rannten zum Brunnen und kehrten jeder mit einem Eimer voll Wasser zurück. Von der Türschwelle aus schütteten sie den Inhalt auf gut Glück ins Innere der Kate. Mit einem Zischen erstarb die Glut. Andere traten inzwischen die glühenden Holzkohlen aus, die in der Wiese verstreut lagen.

Nachdem sie alle Brandherde gelöscht hatten, scharten sich die Männer um Brandtner.

„Habt ihr so etwas schon einmal gesehen?“, flüsterte Kauder. Die Umstehenden schüttelten den Kopf. Ihnen war anzusehen, dass sie sich nicht besonders wohl fühlten und am liebsten wieder ins Wirtshaus zurückgekehrt wären.

„Also stimmt, was Romeo erzählt at“, sagte Lembergé mehr zu sich selbst. Kaum hatte er die Worte ausgesprochen, ertönte ein lautes Krachen im Unterholz hinter ihnen, als bräche eine kapitale Wildsau mitten durch das Gestrüpp.

„Das ist der Trautner!“, schrie einer. „Nichts wie weg hier!“

Jetzt gab es kein Halten mehr. Jeder versuchte, so schnell wie möglich den verwünschten Ort hinter sich zu lassen. Lembergé gab noch einen Schuss in die Richtung ab, aus der das unheimliche Geräusch gekommen war, dann ließ er das Gewehr fallen und hetzte den anderen hinterher.

Samstag

Es war ein Frühsommertag, wie er im Buche stand. Die Sonne lachte von einem wolkenlosen Himmel. Die Luft war so klar, dass Kemal im Rückspiegel seines neuen Wagens deutlich die schneebedeckten Gipfel der Alpen im fernen Salzkammergut ausmachen konnte. Neben der Straße funkelte der wilde Hornklee im zarten Grün der Wiesen wie feiner Goldstaub. Vor ihm zeichnete ein Vogelschwarm ein geschwungenes V über die sanfte Hügelkette des Mühlviertels.

Kemal konnte nicht verhehlen, dass ihm leichter ums Herz wurde, als er auf die Bundesstraße Richtung Andling abbog. Für einen kurzen Augenblick waren alle Misslichkeiten, die ihm in Wien widerfahren waren, wie weggeblasen. Das Gefühl der Freude überwog. Der Freude, endlich wieder heimzukehren. Auch der Jauchewagen, der vor ihm auftauchte, konnte diese Freude nicht trüben. Übermütig sog er mit einem kräftigen Atemzug die frische Landluft ein. Ein Fehler, wie sich sofort herausstellte. Denn der Gestank setzte sich augenblicklich auf den Geschmacksknospen seiner Zunge fest und verlieh ihm das Gefühl, als habe er versehentlich einen Schluck Gülle zu sich genommen. Er schüttelte angeekelt den Kopf und hielt sich mit der rechten Hand die Nase zu. Eine Geste, die in Anwesenheit eines Bauern absolut unstatthaft gewesen wäre, wie er inzwischen gelernt hatte, und einer Beleidigung gleichkam. Für die Landbevölkerung war Jauche das „Braune Gold", das ihre Äcker veredelte und ihnen reichen Ertrag sicherte.

„Daran werde ich mich wohl nie gewöhnen", presste er atemlos hervor. Am liebsten hätte er den Traktor vor sich überholt und so den widerlichen Geruch hinter sich gelassen, aber die Straße nach Andling war so kurvenreich, dass eine gefahrlose Überwindung dieses stinkenden Hindernisses nicht gewährleistet war. Anstatt dem Bauern vor sich zu signalisieren, dass er Platz machen sollte, verlangsamte er seine Fahrt. Er hatte nicht vergessen, welches Ungemach ihm seine Ungeduld vor knapp einem halben Jahr beschert hatte, als er zum ersten Mal nach Andling gefahren war. Darauf konnte er liebend gern verzichten. Außerdem stand er nicht unter Zeitdruck wie damals, als er von „wir" erwartet wurde.

Er befand sich noch immer im Urlaub. Eigentlich hatte er vorgehabt, länger in Wien zu bleiben, doch der Druck, dem er dort vom ersten Tag an ausgesetzt gewesen war, hatte ihm das Herz so schwer gemacht, dass er vorbeugend die Flucht ergriffen hatte. Sehr zum Missfallen seiner Mutter.

„Ich kann überhaupt nicht verstehen, warum du so bald fahren musst. Oder ist dir dieser Ort schon wichtiger als deine Familie?"

Zum ersten Mal in seinem Leben hatte er sie angelogen.

„Natürlich nicht! Aber einige Vorfälle machen meine unverzügliche Rückkehr absolut erforderlich. Das bin ich meinen Kollegen schuldig. Du weißt doch, ein Polizist befindet sich immer im Dienst, selbst wenn er Urlaub hat."

Gleich nachdem er die Worte ausgesprochen hatte, war ihm bewusst geworden, dass er einen Frevel sondergleichen begangen hatte. In ihrer Kultur war die Mutter unantastbar. Man hatte sie in Ehren zu halten und ihr jeden Wunsch von den Augen abzulesen. Sie zu belügen, galt als schlimmes Vergehen, weitaus schlimmer noch, als hier einem Bauern durch das Zuhalten der Nase zu bedeuten, dass man sich vor seinem „Braunen Gold" ekelte. Der Ratschlag seines Vaters, dass man einem Gast, dem Knoblauch Blähungen verursacht, durchaus weismachen darf, in Rücksichtnahme auf sein Wohlergehen selbstverständlich keinen verwendet zu haben, selbst wenn sich eine ganze Knolle in der Speise befindet, spendete ihm ein wenig Trost und schwächte die Bisse ab, mit denen das schlechte Gewissen nach seiner Seelenruhe schnappte. Trotzdem fand er in der Nacht vor seiner Abreise kaum Schlaf, was weniger auf den Umstand zurückzuführen war, dass er seine Mutter angelogen hatte, sondern auf die Erkenntnis, dass er in der Falle saß und dem Schicksal, das ihm vorgezeichnet war, nur entrinnen würde können, wenn er in wenigen Tagen zustande brachte, was ihm binnen eines halben Jahres nicht gelungen war.

Außerdem hatte seine Mutter Recht. Ja, er sehnte sich nach Andling zurück! Trotz Jauchegruben, Güllewägen, Misthaufen und monströsen Bestien in stinkenden Ställen war ihm dieser kleine Flecken nach knapp einem halben Jahr so ans Herz gewachsen, dass er ihn nicht einmal einen Tag missen wollte. Das war ihm schon am Tag seiner Abreise klar geworden. Seine Mutter hatte nur ausgesprochen, was er tief in seinem Innersten empfand.

Vielleicht trug der Umstand, dass er nur sehr unwillig zu seiner Familie aufgebrochen war, Schuld daran, dass er sich von dem Moment an, in dem er die Wohnung am Hundsturm betreten hatte, in seiner Haut nicht mehr wohl fühlte und in sich ein Unbehagen verspürte, das er zuvor im Kreise seiner Familie nie empfunden hatte.

Es fing damit an, dass seine Mutter ihm zu Ehren alle Verwandten, die nur irgendwie verfügbar gewesen waren, eingeladen hatte, um ihn willkommen zu heißen. Bereits als er eintraf, platzte die Wohnung aus allen Nähten, und ständig schellte die Türglocke, weil weitere Besucher Einlass begehrten, um den verlorenen Sohn in die Arme schließen zu können.

Im Wohnzimmer thronte sein Onkel wie ein Pascha auf dem Diwan und reichte ihm die Hand zum Kuss. Nur mit

Widerwillen vollzog Kemal dieses traditionelle Zeremoniell. Darauf klatschte das Familienoberhaupt in die Hände, worauf dessen beiden Söhne Saz und Darbuka hervorholten. Mit ohrenbetäubendem Krach begannen sie, türkische Volkslieder zum Besten zu geben, und beendeten ihre Darbietung erst wieder, nachdem die letzten Gäste gegangen waren. Wie in Trance ließ Kemal die nächsten Stunden über sich ergehen. Er musste zumeist auf Türkisch Rede und Antwort stehen, wie es sich in diesem Andling lebte, musste alle Bedenken ausräumen, dass man ihm dort als Fremden unter lauter Eingeborenen auch den nötigen Respekt zuteil werden ließ, und musste vor seinen Onkeln den heiligen Eid ablegen, dass er seine Abstammung mit Stolz zur Schau trage. Glücklicherweise hatte er sich am Morgen entschieden, die Boxershorts mit dem weißen Halbmond anzuziehen, die er vom ältesten Bruder seiner Mutter anlässlich seiner Abreise vor einem halben Jahr geschenkt bekommen hatte, und konnte darauf verweisen, dass er seine Herkunft nicht nur im Herzen – „Allah ist mein Zeuge!" –, sondern auch auf der Haut trage, damit er nie vergesse, wo er herkomme. Eine weise Entscheidung, wie sich zeigte, weil die Wahl der Unterwäsche seinen Verwandten ein sichtbares Zeichen dafür war, dass er sich seiner Wurzeln nicht entsagt hatte, und sie es unterließen, ihm weiter auf den Zahn zu fühlen, ob er auch nicht vom rechten Weg abgekommen wäre.

Doch damit nicht genug. Seit Tagen waren die Frauen in der Küche gestanden, um anlässlich seiner Wiederkehr für einen vollen Tisch zu sorgen. Er hatte schon an zahlreichen Familienfesten teilgenommen, aber was dieses Mal an Speisen dargeboten wurde, übertraf alles. Auf den Tellern und Platten türmten sich gözlemi, leblebi, börek, köftesi, manti, sis kebap, baklava und vieles mehr, und zwar in einem solchen Übermaß, dass halb Margareten damit hätte verköstigt werden können. Schon nach kurzem wünschte er sich nichts sehnlicher, als dass die Bewohner dieses Stadtviertels, angelockt durch den Wohlgeruch der Köstlichkeiten, in die Wohnung seiner Mutter eindrangen und alles ratzeputz aufaßen.

Kemal war beileibe kein Kostverächter, aber da es ein Gebot der Höflichkeit war, von jeder Speise zu kosten und nichts auf dem Teller zurückzulassen – alles andere wäre einer Beleidigung gleichgekommen – und ihm die Frauen überdies überreichlich auftrugen, wohl weil sie davon überzeugt waren, dass er während seiner Abwesenheit nichts Ordentliches zu essen bekommen habe und knapp vorm Verhungern stand, fühlte er sich schon bald wie ein Ballon, dem zu viel Luft zugeführt worden war und der kurz davor stand, zu platzen.

Doch das alles hätte er weggesteckt, wäre da nicht seine Schwester gewesen. Ihr Anblick entsetzte ihn derart, dass er sie am liebsten auf der Stelle zur Rede gestellt hätte, was diese Maskerade zu bedeuten hatte. Aber der Anstand erforderte es, dass er sich zunächst mit den männlichen Verwandten unterhielt, dann mit den verheirateten Frauen, um sie für ihre Kochkünste zu loben. Die jüngeren Mitglieder der Familie waren erst ganz zum Schluss an der Reihe. Außerdem war das, was er von ihr wissen wollte, nicht für die Ohren anderer bestimmt, sondern konnte nur im engsten Familienkreis zur Sprache gebracht werden.

Obwohl ihm auf der Zunge brannte, zu erfahren, was sie bewog, sich derart zu kleiden, musste er warten, bis der letzte Gast die Wohnung verlassen hatte.

„Wenn dich etwas an mir stört, kannst du es jetzt sagen“, kam ihm Ayshe allerdings zuvor.

„Wie kommst du…“, erwiderte Kemal verblüfft, aber seine Schwester ließ ihn nicht ausreden.

„Wie ich darauf komme! Seit du die Wohnung betreten hast, starrst du mich an, als wäre ich ein seltenes Tier im Zoo."

„Ich wollte nur..." Er griff sich an den Kopf und strich über die Haare.

Ayshe stieß ein gekünsteltes Lachen aus. „Dachte ich es mir doch! Es ist wegen des Kopftuchs. Daran wirst du dich gewöhnen müssen."

Kemal betrachtete sie irritiert. Er hatte nichts gegen Kopftücher. Auch früher hatte seine Schwester welche getragen, wenn es der Anlass erforderte. Aber es war für sie stets ein modisches Accessoire gewesen, das sie wie nebenbei über den Kopf geschlungen hatte, um dem Anschein Genüge zu tun. Dabei hatte sie stets darauf geachtet, dass ein paar Haarsträhnen zu sehen waren, um zu zeigen, dass sie nicht gedachte, sich dahinter zu verbergen, wie es von ihr als Frau erwartet wurde.

So wie sie es jetzt trug, in Kombination mit diesem mantelähnlichen Kleidungsstück, das nicht einmal mehr unter den über Achtzigjährigen in Andling als modisch durchgegangen wäre, ähnelte sie den Frauen, an denen sein Kollege Klein so heftig Anstoß genommen hatte, bis er ihn verprügelte, was beinahe zu seiner Entlassung aus dem Polizeidienst geführt hätte.

Er schüttelte ein weiteres Mal ungläubig den Kopf. „Aber warum?"

„Du fragst warum? Ich werde es dir sagen. Weil wir uns hier nicht im Himmelreich befinden wie du, sondern in der Hölle, wenn du es schon vergessen hast."

Der Hohn, der in ihren Worten lag, war nicht zu überhören.

„Jetzt übertreibst du aber gewaltig", wandte Kemal ein.

„Findest du? Ich sehe das anders. Ständig geben sie uns

zu verstehen, dass wir nicht zu ihnen gehören. Gut, dann soll es so sein! Ich bin nicht auf sie angewiesen. Indem ich das Kopftuch trage, zeige ich ihnen deutlich, für welche Seite ich mich entschieden habe. So einfach ist das!"

„Und wenn ich mir als dein Abu wünsche, dass du dich in Zukunft wieder anders kleidest?"

Sie stieß ein gehässiges Lachen aus.

„Mein Abu! Wo ist mein Abu, wenn ich ihn brauche? Wo ist er, wenn sie mir auf dem Nachhauseweg nachstellen und glauben, ich sei Freiwild für sie? Wo bleibt er, wenn sie mich beleidigen und mich Türkenfotze nennen? Sag mir! Wo ist dann mein Abu?"

„Aber Ayshe!"

„Lass es sein, Kemal! Mein Entschluss steht fest. Entweder du akzeptierst das oder du lässt es bleiben! Ich habe jedenfalls keine Lust, mich rechtfertigen zu müssen."

Sie erhob sich und verschwand in ihrem Zimmer.

Kemal starrte ihr erschüttert hinterher. Insgeheim hatte er seine Schwester immer für ihre Offenheit und Unbekümmertheit bewundert, auch wenn ihn ihre Eskapaden gelegentlich gehörig ins Schwitzen gebracht hatten, da er als ihr Abu dafür verantwortlich war, dass sie mit ihrem Verhalten keinen Anstoß erregte und Schande über die Familie brachte. Ungezählte Male hatte er sich auf die Suche nach ihr gemacht, weil sie nach der Schule nicht heimgekommen war und sich in irgendeinem Park mit Burschen herumtrieb. Und die hitzigen Wortgefechte, die er sich mit ihr geliefert hatte, um ihr zu verdeutlichen, warum es sich nicht ziemte, in einem Röckchen, das mehr zeigte als verbarg, nach draußen zu gehen, hätten mehr als einmal fast zu Handgreiflichkeiten geführt. Doch trotz all der Schwierigkeiten, die sie ihm im Laufe der Zeit mit ihrer Sturheit bereitet hatte, war er über die Maßen stolz auf sie gewesen, weil sie als Einzige in der Familie den Mut gehabt hatte, die Schranken ihrer Herkunft hinter sich zu lassen, um so zu leben, wie es hier üblich war.

Und dann das!

Wenn er sich von seiner Mutter Verständnis für seine Irritation erwartet hatte, täuschte er sich gewaltig.

„Was sollte daran schlecht sein?“, erwiderte sie lakonisch, nachdem er sie auf Ayshes Kopftuch angesprochen hatte. „Sie zeigt damit nur, dass sie sich ihrer Herkunft bewusst ist.“

„Und gibt ihre Identität und Selbstständigkeit auf.“

„Mir ist lieber, sie ist ein bisschen weniger sie selbst und führt ein gesittetes Leben, als dass sie eines Tages mit einem dicken Bauch nachhause kommt und unserer Familie ewige Schande bereitet.“

„Aber Mutter! Ayshe ist doch kein Mädchen, das sich mit jedem einlässt, der ihr über den Weg läuft. Ich kann nicht verstehen, wie du so etwas über deine eigene Tochter sagen kannst.“

Sie zuckte mit den Schultern. „Woher soll ich wissen, was sie den ganzen Tag über treibt? Ich habe nicht die Zeit und Möglichkeit, ständig hinter ihr herzulaufen.“

Sie kniff die Augen zusammen und warf ihm einen verbitterten Blick zu.

„Eigentlich wäre es die Aufgabe ihres Abus, dafür Sorge zu tragen, dass sie nicht über die Stränge schlägt. Aber der zieht es ja vor, sich irgendwo weitab von uns mit dubiosen Frauenzimmern zu vergnügen.“

Kemal wusste nicht, wie ihm geschah. Es dauert eine Weile, bis er sich wieder fasste.

„Du weißt genau, dass ich nicht freiwillig weggegangen bin. Hätte ich mich geweigert, wäre ich aus dem Dienst entlassen worden.“

„Und wenn schon! Ich kann mich erinnern, dass dir einer deiner Cousins eine Stelle in einem seiner Läden angeboten hat. Aber das kommt für den feinen Herrn natürlich nicht in Frage. Lieber zieht er ans Ende der Welt und lässt seine Familie im Stich."

Der Vorwurf traf Kemal zutiefst. Warum war er denn versetzt worden? Letztlich nur deshalb, weil er die Ehre seiner Mutter und damit seiner Familie verteidigt hatte.

Er schüttelte abwehrend den Kopf.

„Was du sagst, entbehrt jeder Grundlage. Nur weil ich nicht mehr in Wien lebe, bedeutet nicht, dass ich meine Pflichten als dein Sohn und Ayshes Abu nicht mehr ernst nehme. Ganz im Gegenteil! In Gedanken bin ich ständig bei euch und ein Wort von dir würde genügen und ich würde alles unternehmen, um euch beizustehen."

„Dann erklär mir einmal, warum du die oberste Pflicht, die ein Sohn seiner Mutter gegenüber hat, so sträflich vernachlässigst!"

Er schaute sie fragend an. „Ehrlich gesagt, habe ich keine Ahnung, wovon du gerade redest."

„Du hast also keine Ahnung. Dann muss ich dir wohl ein wenig auf die Sprünge helfen." Der Spott in ihrer Stimme war nicht zu überhören.

„Vorher möchte ich mich aber noch einmal vergewissern, dass ich mich nicht verhört habe. Die Wünsche deiner Mutter sind dir also heilig und du würdest nichts unversucht lassen, sie zu erfüllen?"

Er nickte ihr unsicher zu.

„Allerdings hat man das nicht immer selbst in der Hand", beeilte er sich zu sagen, weil er zu ahnen glaubte, worauf sie hinauswollte. „Wenn es um meine Versetzung nach Andling geht, muss ich dich warnen. Es wird geraume Zeit verstreichen, bis…"

„Damit hat es nichts zu tun", fiel sie ihm ins Wort. „Es geht um eine Pflicht, die jeder zu erfüllen imstande ist, wenn er nur willens dazu ist."

Ihre Art, um den heißen Brei herumzureden, machte ihn allmählich mürbe.

„Kannst du endlich damit herausrücken, was du meinst?"

„Das kann ich. Ein Mann ohne Kinder ist wie ein Baum ohne Früchte. Irgendwann verliert er seine Kraft und verdorrt. Oder um es auf den Punkt zu bringen: Wann gedenkst du deiner Pflicht als Sohn nachzukommen und mir Enkelkinder zu schenken?"

Im ersten Moment glaubte er, nicht richtig gehört zu haben. Er schaute sie mit offenem Mund an. Als er schließlich realisierte, was sie gerade eben gesagt hatte, riss er abwehrend die Hände in die Höhe.

„Ich...aber ich...ich bin erst siebenundzwanzig."

„Dein Vater war zweiundzwanzig, als du auf die Welt gekommen bist, und dein Cousin ist vier Jahre jünger und hat bereits drei Kinder."

Kemal stieß vernehmlich den Atem aus. Man sah ihm an, dass er um Worte rang, um dieses Unheil von sich abzuwenden.

„Ich bin noch nicht so weit...und in Andling...und noch nicht die Richtige gefunden."

Ein hinterlistiges Grinsen spielte um ihre Lippen.

„Das habe ich mir fast gedacht, deshalb habe ich beschlossen, dir bei der Suche nach einer Frau ein wenig unter die Arme zu greifen."

Sie holte einen Packen Fotos aus ihrer Schürzentasche und breitete diese auf dem Tisch aus. „Ich habe mich mit meinen Cousinen und Freundinnen in Kayseri in Verbindung gesetzt und sie gebeten, mir bei der Suche nach heiratswilligen Mädchen in ihrer Gegend behilflich zu sein. Hier siehst du das Resultat ihrer Bemühungen." Sie wies nicht ohne Stolz auf die Bilder vor ihnen.

„Alles hübsche, untadelige, junge Frauen, die jederzeit bereit sind, hierher nach Österreich zu kommen."

Kemal starrte fassungslos auf die Fotos. Am liebsten wäre er auf der Stelle im Erdboden versunken und irgendwo fernab wieder aufgetaucht. Krampfhaft überlegte er, wie er sich aus der Schlinge, die um seinem Hals lag und ihm schon jetzt die Luft abschnürte, wieder befreien könnte. Kurz überlegte er, ob er ihr von Agnes erzählen sollte, aber er verwarf diesen Gedanken sofort wieder. Er kannte seine Mutter zur Genüge. Sie würde keine Sekunde zögern, ihn nach Andling zu begleiten, um die zukünftige Schwiegertochter in Augenschein zu nehmen. Nicht auszudenken, welche Blamage sie ihm damit bereiten würde, da Agnes noch nichts von ihrem Glück wusste.

Trotzdem musste er ihr irgendetwas auftischen, um ihren Enthusiasmus bezüglich der Brautschau fürs Erste zu zügeln. Er entschied sich dafür, nur vage anzudeuten, dass er ein Mädchen kennen gelernt hatte, mit dem er sich ein Leben in Zukunft vorstellen könne.

„Und wann gedenkst du uns deine Auserwählte vorzustellen?", erkundigte sich seine Mutter spitz.

„Oder sind wir nicht gut genug für sie?"

„Natürlich seid ihr das", beeilte sich Kemal zu sagen. „Aber mir geht es mit ihr wie Vater beim Brotmachen. Das Ekmek ist in wenigen Minuten im Ofen gebacken, aber bis vorher Mehl und Hefe zueinander finden, kann fast ein ganzer Tag vergehen. Außerdem ist sie keine von uns."

„Als ob sich das Herz einer Großmutter von der Religion oder Hautfarbe leiten lassen würde! Für mich sind alle Menschen gleich, das weißt du ganz genau. Mir geht es ausschließlich darum, dass der Stamm unserer Familie nicht verdorrt. Nachdem du der einzige männliche Nachkomme bist, liegt es an dir, dafür Sorge zu tragen."

„Das werde ich auch", versicherte er.

„Dann schwöre es bei meinem Leben", forderte seine Mutter.

Wohl war Kemal nicht, als er ihr versprach, alles zu tun, um für Nachkommenschaft zu sorgen, denn für einen Özylimazkorucu war es eine Frage der Ehre, einen Schwur, den man einmal geleistet hatte, auch zu erfüllen. Aber um diese leidige Angelegenheit endlich vom Tisch zu bekommen, hätte er sogar freiwillig einen ganzen Tag lang Leutner-Schnarringers Atemtechniken neben dem Misthaufen hinter Brandtners Bauernhof durchgeführt. Was etwas heißen sollte, denn das war eine Strafe, zu der er nicht einmal seinen ärgsten Feind verdonnert hätte.

„Dann hoffe ich, dass du mich nicht mehr allzu lange warten lässt", gab sich seine Mutter fürs Erste zufrieden. „Allerdings werde ich die Angelegenheit nicht aus dem Auge verlieren. Solltest du bis zum Sommer keine Resultate aufweisen können, werde ich die Sache endgültig in die Hand nehmen."

Obwohl Kemal in der Nacht vor seiner Abreise kaum ein Auge zugemacht hatte und er hundemüde war, konnte er nicht einschlafen. Stundenlang wälzte er sich in seinem Bett hin und her. Sobald er die Augen schloss, tauchten die Bilder der Mädchen, die seine Mutter für ihn ausgesucht hatte, vor ihm auf. Sogar seine Schwester mischte sich unter die fremden Bräute. Mit ihrem Kopftuch unterschied sie sich nämlich kaum von den jungen Frauen aus Ostanatolien.

In den nächsten Tagen mied er die Gesellschaft seiner Mutter, als könne er allein durch seine Abwesenheit diese bedrohlichen Pläne aus ihrem Gedächtnis bannen. Auch seine Schwester bekam er kaum zu Gesicht. Er konnte sich des Gefühls nicht erwehren, dass sie ihm absichtlich aus dem Weg ging, um eine Konfrontation mit ihm zu vermeiden. Doch das war ihm nur recht. Er wusste ohnehin nicht, wie er mit ihrer Wandlung umgehen sollte. Er schlenderte ziellos durch die Stadt, traf sich mit alten Freunden und stattete Traxler, seinem ehemaligen Chef, einen Besuch ab. Dieser war bass erstaunt, als er dessen Angebot, ihm bei der Rückversetzung nach Wien behilflich zu sein, ablehnte und ihm mitteilte, dass er sich am A… der Welt, wie dieser Andling vor seiner Strafversetzung betitelt hatte, durchaus wohl fühle und nicht vorhabe, dem Ort in absehbarer Zeit den Rücken zu kehren.

Am Donnerstagnachmittag fuhr er schließlich mit seinem Cousin zu dem Schrottplatz nach Wien-Favoriten, wo ihm der Bekannte eines Freundes seiner Schwester damals den Wagen angedreht hatte, der bereits kurz nach Amstetten erstmals seinen Geist aufgegeben und nicht unwesentlich zu jenem Ungemach beigetragen hatte, das ihm auf der Strecke nach Andling mit dem Jauchewagen widerfahren war. Im ersten Moment gab der Verkäufer vor, noch nie mit ihnen zu tun gehabt zu haben. Aber als sein Cousin wie nebenbei erwähnte, dass bald die halbe Stadt erfahren werde, welche Kalamitäten man zu erwarten habe, wenn man sich mit ihm auf Geschäfte einlasse, schlossen sich die Lücken in dessen Erinnerung.

„Fuck, Alter, woher soll ich riechen, dass du einen Wagen brauchst für ein Gebiet fernab der Segnungen unserer Zivilisation. Wärst du in der Stadt geblieben, würdest du damit noch immer deine Runden auf der Suche nach einem Parkplatz drehen. Ich sage nur SUV. Das ist genau das, was du in diesem Kaff brauchst. Sicher Und Verlässlich, auch dort, wo eine asphaltierte Straße noch zu einem Menschenauflauf führt, weil niemand je zuvor etwas Ähnliches gesehen hat."

Kemals Einwand, dass man auf einer Autobahn und Bundesstraße nach Andling gelange, wischte der Bekannte eines Freundes seiner Schwester mit einer geringschätzigen Geste vom Tisch. „Vertrau dem Urteil eines Fachmanns! Sobald du deinen A... aus Wien hinausbeförderst, bist du am A..., wenn du nicht ein geländegängiges Fahrzeug dein Eigen nennst."

Er zwinkerte verschwörerisch mit dem rechten Auge und bedeutete Kemal näher zu kommen.

„Ich habe den perfekten Wagen für dich, mein Freund", raunte er ihm ins Ohr. „Zu Konditionen, die man sonst nur bekommt, wenn das Ende des Ramadan und Bairam auf einen Tag fallen. Falls du irgendwo ein Wort über den Preis fallen lässt, bin ich ein ruinierter Mann, weil dann jeder bei Fathi so preiswert kaufen will."

Er zeigte auf einen Wagen hinter sich.

„Mit dem wirst du bis an dein Lebensende Freude habe. Das schwöre ich bei allem, was mir heilig ist. Allah sei mein Zeuge! Für viertausend Euro soll er dir gehören."

Obwohl Kemal dem Bekannten eines Freundes seiner Schwester keinen Millimeter über den Weg traute und sich vage daran erinnerte, dass dieser auch beim letzten Mal geschworen hatte, dass er mit dem Wagen bis ans Ende der Welt, wenn nicht sogar weiter gelange, riet ihm sein Cousin nach eingehender Überprüfung des Gefährts zum Kauf. Nach einer halben Stunde lautstarken Feilschens einigten sie sich auf die Hälfte des verlangten Preises abzüglich der tausend Euro für die Schrottkiste vom letzten Mal. Mit herzzerreißender Stimme und den Tränen nahe, lamentierte der Verkäufer, dass er nach diesem Geschäft dem Bankrott nahe sei und nicht wisse, wovon er seine Kinder in den nächsten Wochen ernähren solle. Trotzdem entging Kemal nicht das Grinsen auf seinen Lippen, als sie in den Wagen stiegen und an ihm vorbeifuhren. Er konnte nur hoffen, dass sich sein Cousin bei der Begutachtung des Wagens nicht getäuscht hatte. Seine Zweifel behielt er jedoch für sich, weil er diesen nicht brüskieren wollte. Immerhin hatte er behauptet, ein Experte in Sachen Automobil zu sein. Doch das hatte in seiner Familie nur wenig zu bedeuten, weil ohnehin jeder behauptete, er sei Experte für alles.

Nach dem Abendessen tauchte zu seiner großen Überraschung Ayshe in seinem Zimmer auf. Sie setzte sich neben ihn auf das Bett und schaute ihn eine Weile ernst an, ehe sie zu reden begann. „Ich möchte gern, dass du mich morgen in die Moschee zum Freitaggebet begleitest."

Er verzog unbewusst das Gesicht und wollte etwas erwidern, aber sie ließ ihn nicht zu Wort kommen.

„Tu es einfach mir zuliebe! Imam Önüzli wird die Predigt halten. Hör ihn dir einmal an! Vielleicht wirst du dann verstehen, was mich bewogen hat, mein bisheriges Leben umzugestalten."

Als er etwas sagen wollte, legte sie ihm den Zeigefinger an die Lippen.

„Wir reden morgen darüber. Jetzt wünsche ich dir eine gute Nacht. Allah, gepriesen sei sein Name, soll über deinen Schlaf wachen."

Sie stand auf und verschwand so schnell wie sie gekommen war.

Am nächsten Tag folgte er seiner Schwester gegen Mittag mit gemischten Gefühlen in die Siebenbrunnenfeldgasse, wo das Gebetshaus in einem Hinterhof eines Gemeindebaus untergebracht war. Er konnte sich nicht erinnern, wann er das letzte Mal eine Moschee aufgesucht hatte. Sie waren

Aleviten und hatten ein eigenes Verständnis von Religion. Der Besuch eines Gottesdienstes war dabei nicht zwingend nötig, um als aufrechter Gläubiger zu gelten. Zudem waren sein Großvater und sein Vater Kemalisten gewesen und hatten sich stets – wie ihr großes Vorbild – für eine strikte Trennung von Kirche und Staat stark gemacht. Die Religion ist wie ein süßer Honigkuchen, hatte sein Vater immer geantwortet, wenn Kemal ihn gefragt hatte, warum sie nicht, wie sein Freunde auch, zum Freitagsgebet in die Moschee gingen. Isst du zu viel davon, wird dein Körper träge und hindert dich, die Freuden des Lebens zu genießen.

Vor der Moschee herrschte bereits ein dichtes Gedränge. Da Frauen der Zutritt zum Gebetsraum nicht gestattet war, trennte sich Ayshe im Flur von ihm und stieg zur Empore hinauf, um von dort aus dem Gebet zu lauschen. Kemal folgte den Männern in den hinteren Teil des Gebäudes, wo sich der Waschraum befand. Er zog die Schuhe aus und vollzog die rituelle Waschung, die vor dem Eintritt in die Moschee geboten war. Aus den Augenwinkeln heraus beobachtete er die anderen Männer, um dabei keinen Fehler zu begehen.

Der Gebetsraum war zum Bersten gefüllt. Er kniete sich in der hintersten Reihe Richtung Qibla nieder und wartete gespannt auf das Eintreffen des Imams. Als dieser den Gebetsraum betrat, erhoben sich die Männer und begrüßten ihn mit den Worten „Allahu akbar“. Gemeinsam mit ihm beten sie die Fatiha, die erste Sure des Koran, in arabischer Sprache. Irgendwann vor langer Zeit hatte Kemal diese Gebete in der Originalsprache gelernt. Aber mittlerweile erinnerte er sich nur noch bruchstückhaft daran. Um nicht aufzufallen, ahmte er die Lippenbewegungen seines Nachbarn nach und murmelte etwas Unverständliches vor sich hin. Ihm fiel ein Stein vom Herzen, als die Männer verstummten und der Imam alleine eine weitere Sure rezitierte. Nachdem dieser geendet hatte, verbeugte Kemal sich wie die anderen. Anschließend warf er sich nieder, berührte mit der Stirn den Boden und murmelte den islamischen Gruß.

Imam Önüzli wandte sich um und schloss für einen Moment die Augen, ehe er das Wort an sie richtete. „Hier in diesem Land herrscht die Irrmeinung vor, dass wir nur zum Geldverdienen unsere Heimat verlassen haben. Aber Allah hat einen anderen Plan." Er legte eine Pause ein, ehe er die Stimme erhob, sodass sie von den Wänden der Moschee wie Donner widerhallte. „Doch ich sage euch, wir sind nicht gekommen, um uns zu unterwerfen, sondern um ihnen den wahren Glauben zu bringen. Denn ihr Gläubigen seid die beste Gemeinschaft, die unter den Menschen entstanden ist. Ihr gebietet, was recht ist, verbietet, was verwerflich ist, und glaubt an Gott."

„Allahu akbar", murmelten die Anwesenden ergriffen.

Kemal glaubte, seinen Ohren nicht trauen zu können. Was er hier zu hören bekam, war das Gegenteil dessen, was er seit Jahren versuchte und auch jedem anderen, der aus einem fremden Land hierher gekommen war, nahe zu legen. Nämlich sich mit den Sitten und Gebräuchen der neuen Heimat auseinanderzusetzen, anzunehmen, was einem gut und richtig erschien, und trotzdem darauf zu achten, dass man nicht der eigenen Identität verlustig ging.

„Seid nicht bange, wenn sie euch zwingen wollen, dass ihr euch ihren Gesetzen unterwerft", fuhr der Imam fort, „denn der Herr ist bei euch, und der Tag wird kommen, an dem sich erweisen wird, wer den wahren Glauben besitzt."

Kemal war so erregt, dass das Blut in seinen Ohren rauschte. Am liebsten wäre er aufgestanden und gegangen, aber die Worte des Predigers schienen ihn auf dem Boden festzunageln. Wie unter Hypnose folgte er dessen Ausführungen, auch wenn nur noch Wortfetzen in sein Bewusstsein drangen.

„Und tötet niemanden, den Gott zu töten verboten hat, außer wenn ihr dazu berechtigt seid! …… Die Männer stehen über den Frauen, weil Gott sie von Natur aus gezeichnet hat. ……. Die Frauen sind euer Saatfeld. Geht zu eurem Saatfeld, wo immer ihr wollt …… Aber achtet um eurer Ehre willen darauf, dass sie keinen Mann sieht und von keinem gesehen wird….“

Aus seiner Sicht kamen diese Sätze einer Verhetzung gleich. Aber es waren nicht nur die Worte des Imams, die ihn entsetzten. Viel mehr entsetzte ihn das Verhalten der Männer um ihn herum, die jede Aussage des Predigers mit einem beifälligen Nicken oder Murmeln quittierten.

Voller Sehnsucht wartete Kemal auf das Ende der Zeremonie. Als er endlich ins Freie trat, wandte er das Gesicht der Sonne zu und sog gierig die frische Luft ein. Er war zutiefst schockiert, doch gleichzeitig empfand er Genugtuung. Genugtuung, weil er Ayshe kannte und wusste, dass ihr die Worte des Imams genauso missfallen haben mussten wie ihm. Aber als seine Schwester die Moschee verließ, fiel ihm wie Schuppen von den Augen, dass er einem Trugschluss aufsaß. Ihr Gesicht sprach Bände. Freudestrahlend eilte sie zu ihm und umarmte ihn.

„Und, Bruder, fühlst du dich nicht auch wie neugeboren?“

„Wie neugeboren?“, wiederholte er verächtlich. „Fragt sich nur in welche Zeit!“

Sie schaute ihn irritiert an. „Das sind die Worte des Propheten. An ihnen darf man keinen Zweifel hegen.“

In diesem Moment wusste er, dass er sie verloren hatte. Zorn erfasste ihn, jedoch nicht auf sie oder Imam Önüzli, sondern auf sich selbst, weil er seiner Pflicht als Abu nicht nachgekommen war und sie im Stich gelassen hatte. Hätte er nicht den Dienst in Andling angetreten, wäre das alles nie passiert. Doch noch war er nicht so weit, sich dies auch zuzugestehen. Die Ader auf seiner Stirn schwoll so dick an, dass sie zu platzen drohte. Seine Augen verengten sich zu Schlitzen, seine Lippen wurden zu einem schmalen Strich.

„Ich verbiete dir, jemals wieder hierher zu kommen", brüllte er so laut, dass sich alle Anwesenden zu ihnen umwandten. Dann packte er ihr Kopftuch und riss es herunter. Ayshe bedachte ihn mit einem mitleidigen Blick. Sie nahm ihm das Tuch aus der Hand, drehte sich langsam um und ließ ihn stehen.

„Du kommst auf der Stelle zurück", schrie er so laut, dass sich seine Stimme überschlug. Umsonst! Sie bog um die nächste Ecke und war verschwunden.

Alle starrten ihn an, als sei er verrückt geworden. Vielleicht war er das auch? Sein Herz pochte so stark, dass er Angst bekam, es könne platzen. Zum ersten Mal seit über einem halben Jahr kam ihm Ilse Leutner-Schnarringer, die Polizeipsychologin, wieder in den Sinn, zu der er geschickt worden war, nachdem er einen Kollegen niedergeschlagen hatte.

„Sie müssen sich in einen meditativen Ruhestand atmen, wenn Sie merken, dass die Wut von Ihnen Besitz ergreift", hatte sie ihm mit ihrer einschläfernden Stimme, die einer tibetanischen Gebetsmühle glich, geraten.

„Also, tief einatmen – Atem anhalten – wieder ausatmen! Tief einatmen – Atem anhalten – wieder ausatmen! Bis Sie das Gefühl haben, dass alles in Ihnen wieder in Einklang ist." Dabei hatte er wie ein indischer Yogi auf dem Kopf stehen und mit den Augen dem Yin-Yang-Anhänger aus Regenbogen-Obsidian folgen müssen, den sie vor ihm an einem Lederband hin- und herschwingen ließ, um ihn autosuggestiv zu besänftigen. Ehrlich gesagt, hatte er nie viel von ihren Methoden gehalten. Aber Widerrede war zwecklos gewesen, weil sie ihm ein Disziplinarverfahren wegen mangelnder Kooperationsbereitschaft eingebracht und er möglicherweise den Dumortierit verschluckt hätte, den ihm Leutner-Schnarringer in den Mund gelegt hatte, um die positiven Besonnenheitsenergien dieses Halbedelsteins in seine geschädigte Aura überfließen zu lassen.

Obwohl er über die Maßen erleichtert gewesen war, dass die Therapiestunden bei ihr mit seiner Versetzung ein Ende gefunden hatten, musste er sich eingestehen, dass ihn die Anwendung der Atemübungen, die er bei ihr gelernt hatte, schon mehr als einmal vor unüberlegten Handlungen bewahrt hatten. Deshalb atmete er auch jetzt tief ein, hielt den Atem an und atmete wieder aus. Er spürte, wie er sich entspannte und der Druck auf seiner Brust nachließ. Dafür erfasste ihn eine derart abgrundtiefe Verzweiflung, dass er fast in Tränen ausgebrochen wäre. Er nahm sich vor, noch einmal in Ruhe mit Ayshe über die Predigt des Imams zu sprechen und ihr sachlich, jedoch auch mit aller Bestimmtheit, zu verdeutlichen, warum er für gefährlich hielt, was dieser von sich gegeben hatte. Vielleicht gelang es ihm, ihr die Augen zu öffnen, dass Önüzli ein Scharlatan war, der sich das Vertrauen der Menschen erschlich, um es für seine Zwecke zu missbrauchen.

Zuhause wartete das nächste Ungemach auf ihn. Seine Mutter erklärte ihm, dass sie Tante Necla und ihre Cousine Tunce morgen Nachmittag zum Kaffeekränzchen eingeladen habe und sich wünsche, dass er anwesend sei, damit sie sich mit ihm über seine Vorstellungen unterhalten könnten.

Das Wort „Kaffeekränzchen" ließ die Alarmglocken in seinem Kopf schrillen, weil dieser Begriff in ihrer Kultur nichts anderes bedeutete, als dass sich die Frauen der Verwandtschaft zusammensetzen, um eine Braut für ein männliches Mitglied der Familie auszuwählen.

„Aber du hast mir versprochen, dass ich bis Sommer Zeit habe, diese Angelegenheit selbst in die Hand zu nehmen“, erinnerte Kemal seine Mutter an ihr Gespräch am Tag seiner Ankunft.

„Ich weiß genau, was ich gesagt habe“, erwiderte sie. „Und ich werde mich auch daran halten. Trotzdem schadet es nicht, wenn wir uns ein wenig beratschlagen und gemeinsam eine Vorauswahl treffen, welches der jungen Mädchen du sympathisch findest. Deine Tante fliegt nämlich Anfang Juni nach Kayseri und wird bei den Verwandten vorfühlen, wie sie zu einer Verheiratung ihrer Töchter nach Österreich stehen.“

Kemal spürte, wie sich sein Magen verkrampfte. Das Gespräch, das seine Tante mit den Verwandten in Anatolien zu führen gedachte, kam einem Todesurteil gleich. Die Vereinbarungen, die dort getroffen wurden, waren bindend und ihre Nichteinhaltung würde Schande über die ganze Familie bringen.

Er musste mit allen Mitteln verhindern, dass es zu diesem Kaffeekränzchen kam, und er hatte auch schon eine Idee, wie er es verhindern konnte. Er rief einen seiner Freunde an und bat diesen, ihn zurückzurufen und nicht auf den Inhalt seiner Worte zu achten. Als das Telefon läutete, verließ er sein Zimmer und redete so laut, dass ihn selbst ein Schwerhöriger im Haus gegenüber verstanden hätte.

„Fabian....schön, dich zu hören....was ist los....Rüdiger ist krank....ihr kommt mit der Arbeit nicht zu Rande.... der Chef möchte, dass ich meinen Urlaub abbreche....“

Seine Mutter tauchte in der Tür auf und folgte dem Gespräch mit steinerner Miene.

„Das ist augenblicklich nicht so günstig ... Anordnung

des Chefs, sagst du...na, dann kann man nichts machen... gut geht in Ordnung...also bis morgen...wir sehen uns."

Kemal warf seiner Mutter einen bedauernden Blick zu.

„Ich weiß nicht, ob du mitbekommen hast, worum es gegangen ist. Einer meiner Kollegen ist krank geworden und mein Chef hat verfügt, dass ich den Urlaub abbrechen und sofort zurückkehren muss. Tut mir wirklich leid, aber ich muss schon morgen in der Früh aufbrechen."

Ihm fielen wieder die Worte ein, mit denen seine Mutter ihn am Morgen verabschiedet hatte.

„Bis zum Sommer muss eine Entscheidung gefallen sein. Und im Herbst wird geheiratet. So oder so! Das bist du mir, deiner Mutter, schuldig."

Er stieß einen verzweifelten Seufzer aus. Agnes kam ihm in den Sinn. Liebend gern hätte er an ihrer Seite sein Leben verbracht. Aber er wusste nicht einmal, ob sie seine Gefühle erwiderte. Vielleicht bildete er sich nur ein, dass sie ihn gut leiden konnte, denn ein Zeichen für ihre Zuneigung hatte er noch nicht erhalten. Nicht die kleinste Berührung, geschweige denn einen Kuss. Aber es war auch nicht leicht, ihr näher zu kommen. Wenn er sie zuhause besuchte, richtete es ihr Vater so ein, dass er sich ständig in ihrer Nähe aufhielt, um sie zu beobachten. Und bei den wenigen Gelegenheiten, wo sie ihm alleine über den Weg gelaufen war, war sie entweder in Eile gewesen oder sie hatten die Zeit mit belanglosen Gesprächen vergeudet. Außerdem hatte sich eine weitere Kluft zwischen ihnen aufgetan, die ihm unüberbrückbar schien. Er hatte sich nie den Kopf darüber zerbrochen, welcher Tätigkeit Agnes eigentlich nachging, bis sie ihm bei einem zufälligen Zusammentreffen vor wenigen Wochen auf seine Frage, warum sie es so eilig habe, zur Antwort gab, dass sie den Bus nach Linz nicht verpassen dürfe, weil sie eine Seminararbeit an der Universität zu schreiben habe. Wie sich bei einem Gespräch Tage später herausstellte, studierte sie Betriebswissenschaften und träumte davon, später einmal in einem großen Unternehmen Karriere zu machen. Als Kemal das erfuhr, brach für ihn eine Welt zusammen. Er selbst hatte mit Ach und Krach die Hauptschule bestanden und sich nach der Lehre als Einzelhandelskaufmann im Geschäft eines Onkels um die Aufnahme in die Polizeischule beworben. Zwar hatte er ohne Probleme die Prüfung bestanden und war so seinem Traum, Polizist zu werden, ein gutes Stück näher gekommen, aber seine Lehrer wurden nicht müde, ihm zu verstehen zu geben, dass man ihn nicht genommen habe, weil er zu den Besten gehörte, sondern weil es einfach an entsprechenden Kandidaten gemangelt habe.

Dass dies seinem Selbstvertrauen nicht besonders zuträglich gewesen war, muss nicht extra erwähnt werden. Und da bildete er sich ein, eine angehende Managerin mit Hochschulabschluss könnte sich für ihn interessieren. Einfach lächerlich!

Ein Hupen riss ihn aus seinen düsteren Gedanken. Verblüfft stellte er fest, dass der Traktor längst die Straße verlassen hatte, er aber noch immer im Schritttempo dahinkroch. Er betätigte den Blinker und blieb auf der Seite stehen, um der Wagenkolonne hinter sich zu signalisieren, dass sie ihn überholen konnte. Im ersten Auto erkannte er Hofrat Brückl. Die getönten Scheiben des zweiten Wagens verwehrten ihm die Sicht auf die Insassen. Beim dritten Fahrzeug, das an ihm vorüberzog, handelte es sich um den Einsatzwagen der kriminaltechnischen Abteilung des Landespolizeikommandos. Irgendetwas Schlimmeres musste passiert sein, wenn die Kriminalpolizei aus Linz mit diesem massiven Aufgebot anrückte. Er beschloss, den Fahrzeugen zu folgen, und trat auf das Gaspedal, um nicht den Anschluss zu verlieren. Als er den Andlinger Marktplatz erreichte, bekam er gerade noch mit, wie Penniseder in seinen Dienstwagen sprang und die Führung der Fahrzeugkolonne übernahm. Sofort war ihm klar, dass etwas nicht stimmte.

Lembergé und seine Zechkumpane standen vor dem „Goldenen Hirschen" und diskutierten aufgeregt miteinander. Normalerweise hätten sie keine zehn Pferde an einem Samstagmorgen aus der Wirtsstube ins Freie gebracht. Sogar Kaff hatte seinen Fensterplatz verlassen, was in dem halben Jahr, seit sich Kemal in Andling befand, noch nie geschehen war, und unterhielt sich wild gestikulierend mit ein paar alten Frauen, die vor seinem ehemaligen Laden Aufstellung bezogen hatten. Neugierig folgte Kemal den Fahrzeugen vor ihm. Nur wenige Meter nach dem Ortsende bog die Kolonne nach links auf einen Feldweg ab, der zum Teufelstisch führte. Bei diesem Naturschauspiel handelte es sich um eine kuriose Steinformation, die von der Ferne wie ein großer Tisch aussah. Der Sage nach machte der Teufel hier in Vollmondnächten Rast, um eine mitternächtliche Mahlzeit einzunehmen. Ein Bauernbursche wollte ihm einmal ins Gesicht schauen und kletterte auf den Felsen. Seine Kameraden, die etwas abseits auf ihn warteten, vernahmen kurz darauf einen grässlichen Schrei. Voll Panik machten sie sich aus dem Staub. Als sie am nächsten Morgen wiederkehrten, um nach ihrem Freund zu suchen, war dieser spurlos verschwunden. Erst als die Leute im Dorf ein riesiges Kreuz auf dem Felsen errichteten, ließ sich der Teufel nie wieder in der Gegend blicken. Seit diesem Tag sprudelt eine kleine Quelle aus dem Stein, von der man behauptet, dass sie von den Tränen des jungen Burschen gespeist wird, den der Teufel zur Strafe für seine Dreistigkeit in den Felsen gesperrt hat. Dem Wasser wird bis heute eine hohe Heilkraft nachgesagt. Vor allem bei Augenleiden und Altersbeschwerden soll es wahre Wunder wirken.

Auch Eleonore von Markstein hielt große Stücke auf dieses Wasser und hatte Kemal schon ein paar Mal gebeten, ihr einige Flaschen davon zur Linderung ihrer Rückenschmerzen zu schöpfen. Zu seiner Schande musste er gestehen, dass auch er davon gekostet hatte, obwohl er nichts auf dieses Märchen gab.

Die drei Fahrzeuge hielten vor dem kleinen Wäldchen am Fuße des Teufelstisches. Sein Vorgesetzter, Rüdiger von Markstein, lehnte an einem weißen Wagen und gebot dem Huberbauern, der neben ihm stand, mit einer herrischen Geste zu schweigen. Etwas abseits stand ein eigenartig gekleideter Mann, den Kemal nie zuvor gesehen hatte.

Gleichzeitig mit Brückl stieg er aus dem Wagen. Dieser wandte sich kurz zu ihm um und bedachte ihn mit einem unwilligen Blick. Penniseder war dafür umso erfreuter, als er ihn entdeckte. „Alevit, schon aus dem Urlaub zurück! Hast es wohl vor Sehnsucht nach Andling nicht mehr in Wien ausgehalten? Kommst gerade recht, ich fürchte, wir werden in nächster Zeit mehr als genug zu tun haben."

„Was ist denn passiert?", erkundigte er sich bei seinem Kollegen.

„Die Mutter vom Huberbauern hat heute Morgen einen Toten gefunden, als sie Wasser von der Quelle holen wollte."

Plötzlich vernahm Kemal ein lautes Schnaufen. Er drehte sich um und sah einem Koloss von Mann mitten ins Gesicht. „Platz da!", fauchte dieser ihn an und stieß ihn mit einer rüden Handbewegung zur Seite. Dann wankte er Brückl hinterher.

Kemal rümpfte die Nase.

„Wer ist denn der ungehobelte Kerl? Der verbreitet einen Geruch, als habe er in einem Schnapsfass gebadet."

Penniseder legte den Zeigefinger an die Lippen und bedeutete ihm, still zu sein.

„Vorsicht! Nicht so laut! Mit Sedlacek ist nicht zu spaßen."

„Das ist also Sedlacek", wiederholte Kemal mehr für sich. Er hatte zwar noch nie persönlich mit dem Leiter der Linzer Rechtsmedizin zu tun gehabt, aber während der Nachforschungen im Fall Trautner mitbekommen, dass es mit dessen Zuverlässigkeit nicht zum Besten stand. Angeblich obduzierte er die Leichname erst, wenn es ihm in den Kram passte, und ging dabei derart stümperhaft vor, dass schon manche Ermittlung im Sand verlaufen war, weil von ihm wichtige Details falsch gedeutet oder schlichtweg übersehen worden waren. Zudem hieß es, dass er einem guten Tropfen zu keiner Tageszeit abgeneigt war. Dieses Gerücht schien sich zu bestätigen, denn nachdem er von Markstein begrüßt hatte, holte er einen Flachmann aus seiner Jackentasche und nahm einen kräftigen Schluck daraus, um sich für die Totenbeschau zu stärken.

Die Männer der kriminaltechnischen Abteilung hatten inzwischen ihre Utensilien ausgeladen und waren in dem kleinen Wäldchen verschwunden, um den Fundort abzusichern, damit sich der Gerichtsmediziner ungestört an seine Arbeit machen konnte.

Auf einen Wink ihres Vorgesetzten hin traten Kemal und Penniseder näher.

„Teufel! Was hat er hier zu suchen?", stieß von Markstein ungehalten hervor, als er Kemal erkannte. „Wir haben gedacht, er hat Urlaub und vergnügt sich unter seinesgleichen."

Der eigenartig gekleidete Mann, der noch immer etwas abseits stand, schickte einen vorwurfsvollen Blick in die Richtung seines Vorgesetzten und schlug ein Kreuzzeichen.

„Entschuldigen Sie, Hochwürden", beeilte sich von Markstein zu sagen. „Aber wenn man seinen Untergebenen nicht den Marsch bläst, kopfen sie einem auf dem Tanz herum. Und der da", er zeigte mit einer abfälligen Geste auf Kemal, „ist ein besonders widerspenstiges Exemplar der Kategorie Trampeltier. Wenn er nicht die Knute spürt, tut er, was er will."

Kemal spürte, wie Zorn von ihm Besitz ergriff. Ein Wort noch und er würde nicht mehr an sich halten können. Nicht zum ersten Mal bedauerte er, dass er von Markstein nach dem Abschluss der Ermittlungen in der Mordsache Trautner nicht ans Messer geliefert hatte, auch wenn das die Auflösung ihres Polizeipostens mit sich gebracht hätte. Nur Penniseder zuliebe hatte er damals Gnade vor Recht ergehen lassen und die Verfehlungen des Postenkommandanten nicht öffentlich an den Pranger gestellt. Die Hoffnung, dass dieser aus seinen Fehlern lernte, erwies sich bald als trügerisch, denn nach wenigen Wochen in der Versenkung tauchte er in alter Frische auf und waltete und schaltete, wie er wollte.

Sedlaceks Stimme riss ihn aus seinen Gedanken.

„Ich hoffe, die beiden Pfeifenköpfe haben sich nicht an dem Leichnam zu schaffen gemacht."

„Wo denkst du hin?", erwiderte von Markstein. „Ich habe das zu verhindern gewusst, indem ich hier so schnell wie möglich Posten bezogen habe."

„Sehr vorausblickend, Rüdiger", lobte der Medizinalrat seinen Kameraden. Dann wandte er sich an seinen Assistenten. „Fotografier den Toten von allen Seiten! Wird höchste Zeit, dass wir uns anhören, was er uns zu erzählen hat."

Er nahm noch einen kräftigen Schluck aus dem Flachmann und wankte auf das Wäldchen zu. Die anderen folgten ihm. Der Tote lag mit dem Kopf nach unten in dem kleinen Rinnsal, das die Quelle am Fuß des Felsens bildete. Offensichtlich handelte es sich um einen Mann. Er trug einen Anzug und feste Schuhe. Sedlacek ließ sich ächzend auf einem Baumstumpf nieder und gab seinem Assistenten ein Zeichen, ihm die Gummistiefel anzuziehen. Nachdem dies geschehen war, torkelte er auf das Absperrband zu, um darüber hinweg zu steigen, brachte jedoch den rechten Fuß nicht weit genug nach oben und riss die ganze Absperrung nieder. Ohne weiter darauf zu achten, stapfte er auf den Leichnam zu und beugte er sich über diesen, um ihn genauer zu begutachten. Dabei verlor er das Gleichgewicht. Er ruderte mit den Armen wild in der Luft herum, streckte diese schließlich, als er merkte, dass er den Sturz nicht verhindern konnte, blitzschnell noch vorne und stützte sich damit auf dem Rücken des Toten ab, um nicht ins Wasser zu fallen. Der immense Druck, der dadurch auf den Leichnam ausgeübt wurde, hatte zur Folge, dass die Luft, die sich in dessen Bauch angesammelt hatte, herausgepresst wurde und mit einem schaurigen Geräusch aus den Körperöffnungen entwich.

Von Markstein wandte sich entsetzt um. Der anwesende Priester schlug abermals ein Kreuzzeichen und begann zu beten. Neben dem Kopf des Toten tauchte ein grau-braunes Schaumgebilde auf. Sedlacek schöpfte es aus dem Wasser und hielt es in die Höhe.

„Eine Schaumnuss“, konstatierte er. „Womit bewiesen wäre, dass wir es mit Tod durch Ertrinken zu tun haben.“

Er legte das Beweisstück zur Seite und wandte sich wieder dem Toten zu.

„Dann schauen wir einmal, mit wem wir es zu tun haben.“

Ohne lange zu fackeln, packte er den linken Arm und linken Fuß des Leichnams und drehte ihn auf den Rücken.

Die Augen des Toten standen sperrangelweit offen und schienen sie vorwurfsvoll anzustarren.

Der Huberbauer, der ein paar Schritte hinter ihnen stand, rief aufgeregt: „Den kenne ich. Der war gestern Abend im „Goldenen Hirschen".

„Ist er sich da auch sicher?", vergewisserte sich von Markstein.

„Hundertprozentig! Jean hat ihn an unseren Tisch geholt und betrunken gemacht, um herauszufinden, was er bei uns zu schaffen hat."

„Das würde den ersten Eindruck, den ich nach der oberflächlichen Untersuchung gewonnen habe, durchaus bestärken", meinte Sedlacek, der inzwischen die Begutachtung des Leichnams beendet hatte. „Es gibt nämlich keine Anzeichen von Fremdeinwirkung. Zu viel Alkohol wäre eine plausible Erklärung, warum der Mann in diesem seichten Gewässer ertrunken ist."

„Lembergé, also", wiederholte von Markstein. „Auf diesen Augenblick habe ich schon lange gewartet." Er grinste über das ganze Gesicht und rieb sich genussvoll die Hände. „Pennis, fahr er sofort zum „Goldenen Hirschen" und nehm er diesen Falotten in Gewahrsam!"

„Aber…", wollte Kemals Kollege einwenden, doch sein Vorgesetzter fiel ihm ins Wort.

„Das ist ein Befehl! Hat er verstanden?"

„U…u…und we…we…wenn er wi…wi…wissen wi…wi…will…wa…wa..."

„Dann sag er ihm, dass er sich wegen Nötigung und Körperverletzung mit Todesfolge zu verantworten habe."

Betroffen schaute Kemal auf die Männer vor ihm. Nicht nur, weil sein Vorgesetzter gedachte, Lembergé diesen Tod in die Schuhe zu schieben, sondern weil Penniseder zum ersten Mal seit langem wieder zu stottern begonnen hatte. Das bestätigte nur, was er sich vorher gedacht hatte. Es war ein Fehler gewesen, von Markstein im Amt zu belassen. Jetzt bekamen sie dafür die Rechnung präsentiert.

Obwohl er seitlich zum Fundort der Leiche stand und seine Aufmerksamkeit den Worten seines Vorgesetzten galt, entging ihm nicht, dass Sedlaceks Assistent diesen auf irgendetwas im Nacken des Toten hinwies, worauf der Gerichtsmediziner den Kopf schüttelte und seinem Untergebenen mit einer eindeutigen Geste zu verstehen gab, dass er sich nicht in Dinge einmischen solle, die ihn nichts angingen.

Mit hängendem Kopf trottete der junge Mann Richtung Wagen. Kemal wollte ihm folgen, aber von Markstein hielt ihn zurück.

„Wohin so schnell? Er will doch nicht seinen Freund warnen und ihm zur Flucht verhelfen?"

„Natürlich nicht", konterte Kemal. „Ich wollte mich nur auf den Weg nachhause machen. Immerhin habe ich noch Urlaub und kann tun und lassen, was ich will."

„Das ist wieder einmal typisch für seinesgleichen", mischte sich Brückl ein. „Immer nur an das eigene Vergnügen denken. Damit ist jetzt Schluss! Sein Urlaub ist mit sofortiger Wirkung aufgehoben."

„Genau!", pflichtete ihm von Markstein bei. „Denn ein guter Dienst ist immer im Polizist. Außerdem können wir augenblicklich jede Hilfe gebrauchen. Er wird Hochwürden zu Romeos Kate begleiten und sich am Nachmittag auf dem Posten melden, um weitere Instruktionen zu erhalten. Vorher haben wir jedoch noch eine besondere Aufgabe für ihn." Er legte eine Pause ein und musterte Kemal hinterhältig von oben bis unten.

„Vorher wird er die Taschen des Toten durchsuchen, ob sich darin irgendein Hinweis auf dessen Identität befindet."

Seinem Vorgesetzten war nicht entgangen, dass Kemal nur leichte Sommerschuhe trug. Wenn er damit in den Bach stieg, konnte er diese anschließend auf den Müll schmeißen. Er wusste genau, dass von Markstein ihn nur provozieren wollte, um ihn zu einer unbedachten Handlung zu verleiten. Diesen Gefallen würde er ihm sicher nicht tun. Allerdings wollte er der Anordnung auch nicht widerspruchslos Folge leisten. Er setzte gerade zu einer Entgegnung an, da ertönte eine sonore Stimme.

„Unter Umständen weiß ich, wer der Mann ist." Alle drehten sich überrascht um. Es war Enrico Gelatello. Ohne dass sie sein Kommen bemerkt hatten, stand er plötzlich hinter ihnen. Kemal verzog das Gesicht. Er konnte Gelatello nicht leiden. Nie würde er den Tag vergessen, an dem dieser in Andling aufgetaucht war.

Zwölf Wochen vorher

Über Nacht war es Frühling geworden.

Normalerweise war am Sonntagvormittag keine Menschenseele auf dem Marktplatz in Andling zu sehen. Die Frauen hasteten nach der Messe nachhause, um das Mittagessen zu bereiten, und die Männer verschwanden im „Goldenen Hirschen“, um den verdienten Frühschoppen zu sich zu nehmen. Doch heute war das anders. Niemand schien es eilig zu haben. Die einen hielten ein angeregtes Pläuschchen mit ihren Nachbarn, andere hatten es sich auf den Bänken neben dem Kriegerdenkmal gemütlich gemacht und streckten die Gesichter in die Sonne, um die lang ersehnte Wärme zu genießen.

Kemal hatte wie fast jeden Sonntag Agnes nach dem Gottesdienst abgepasst. Da ihr Vater nicht in die Kirche ging, war das eine der wenigen Gelegenheiten, bei der er sich ungestört mit ihr unterhalten konnte. Er schlenderte mit ihr gerade Richtung Polizeiposten, als eine amerikanische Limousine mit Wiener Kennzeichen um die Ecke bog und mitten auf dem Platz stehen blieb. Neugierig wandten sich die Leute dem auffälligen Fahrzeug zu. In Österreich bekam man solche Straßenkreuzer nur selten zu Gesicht. Kemal kannte nur eine Gegend, wo sie häufiger anzutreffen waren. Das war entlang des Gürtels, wo er früher gewohnt hatte, und ihre Besitzer gingen meist einer Profession nach, die man nicht gerade als ehrsam bezeichnen konnte.

Da die Scheiben des Wagens dunkel getönt waren, konnte man nicht ausmachen, wer sich im Inneren des Fahrzeugs befand. Als sich die Tür hinter dem Fahrersitz öffnete, wurde es mucksmäuschenstill. Zuerst erschienen zwei Stöckelschuhe, deren Absätze so lang waren, dass sie noch Tage später Kopfschütteln bei den Frauen des Ortes hervorriefen, weil diese sich beim besten Willen nicht vorstellen konnten, wie man damit auch nur einen Schritt zu tun vermochte, ohne das Gleichgewicht zu verlieren. Als Nächstes tauchten zwei lange Beine der Größe XXX-L auf, die von hauchdünnen Netzstrümpfen umhüllt waren und den Männern wohl einen Pfiff entlockt hätten, wären sie unter sich gewesen. Als die Trägerin dieser ungewöhnlichen „Accessoires" endlich aus dem Wagen glitt, stockte allen der Atem. Sie schien einer Modezeitschrift entstiegen zu sein. Über einer hauchdünnen Chiffonbluse, die das Rot ihres Push-ups mehr hervorhob als verdeckte, trug sie eine Pelzjacke, die so klein war, dass sie den grobschlächtigen Händen der Bauern im besten Fall als Handschuh hätte dienen können. Die Farbe der Dessous harmonierte perfekt mit der Tönung der Haare und Strümpfe. Das Röckchen, wenn man denn diese Andeutung eines Kleidungsstückes als solches zu bezeichnen gewillt war, gab mehr preis, als es verbarg. Eine überdimensionierte Sonnenbrille bedeckte die Hälfte des Gesichts und verwehrte dem Betrachter ein Urteil über das tatsächliche Aussehen. Die Lippen waren in derselben Farbe wie die Haare, der BH und die Strümpfe geschminkt. In der linken Hand hielt sie ein Hündchen, das kaum größer war als ein neugeborenes Küken. Als sei es die natürlichste Sache der Welt mit Schuhen wie diesen über unebenes Kopfsteinpflaster zu laufen, tänzelte sie auf die andere Straßenseite und beugte sich nieder, um das Tier auf den Boden zu setzen.

Welche Ansicht die Rückseite ihres Körpers bei dieser Bewegung offenbarte, entzog sich Kemals Blick, weil er die Frau nur von der Seite sah.

Was im Folgenden passierte, ließ einen zumindest erahnen, was es dort zu erblicken gab. Kauder, der gerade vom Himmelreich kommend, den Marktplatz erreichte, verlor nämlich die Kontrolle über seinen Wagen und krachte in den Fahnenmasten neben dem Kriegerdenkmal. Und Gampinger, der Kauder mit dem Traktor folgte, achtete ebenfalls nicht mehr auf die Fahrbahn und stieß mit ihm zusammen.

Gebannt beobachtete Kemal die Szene. Erst als ihm Agnes ihren Ellbogen in die Seite stieß, erwachte er wie aus einer Hypnose.

„Kaum sieht ein Mann Strapse, rutscht ihm das Hirn zwischen die Beine!“

Er warf ihr einen erstaunten Blick zu, diese Worte hätte er nie aus ihrem Mund erwartet.

„Aber ich…“, versuchte er sich zu rechtfertigen. Doch sie kam ihm zuvor.

„Ich an deiner Stelle würde kraft meines Amtes einschreiten, sonst kommt es hier noch zu einer Massenkarambolage.“

„Das wollte ich gerade machen.“

Er drehte sich kurz um und überprüfte in der Auslagenscheibe von Kaffs Laden, ob seine Uniform richtig saß. Mit einem geübten Handgriff richtete er die Krawatte gerade und glättete die Haare, die der Wind etwas zerzaust hatte. Dann nahm er Haltung an und stelzte den Marktplatz hinauf. Das Hündchen kläffte aufgeregt in seine Richtung. Er verlangsamte den Schritt unmerklich und wog ab, ob er von dem winzigen Tier etwas zu befürchten hatte. Zwar hatte sich seine Animalophobie etwas gelindert, seit er Agnes mehrmals im Stall bei den Kühen geholfen hatte, trotzdem verspürte er nach wie vor unsagbare Angst vor Tieren jedweder Art oder Größe. Er hatte keine Ahnung, warum das so war. Er wusste nur, dass er von klein auf alles mied, was auch nur im Entferntesten mit Tieren zu tun hatte. Zu seinem sechsten Geburtstag hatte ihm sein Vater ein Meerschweinchen zum Geschenk gemacht, gemäß seinem Motto „Auch wer Honig nicht mag, lernt Baklava zu schätzen, wenn er einmal davon gekostet hat". Bei Kemal fiel dieser Leitsatz jedoch auf unfruchtbaren Boden. Er weigerte sich standhaft, das Zimmer zu betreten, solange sich das Tier darin befand, legte sich zum Schlafen auf den Flur und erlitt einen Allergieschock, als ihn sein Vater gemeinsam mit dem Meerschweinchen in einen Raum sperrte, weil er der Auffassung war, dass man gelegentlich die Menschen zu ihrem Glück zwingen musste, wenn sie – aus welchen Gründen auch immer - nicht in der Lage waren, es selbst beim Schopf zu packen. Eine Stunde später war das Tier verschwunden, und dabei sollte es für den Rest seines Lebens bleiben.

Alle Augen waren gespannt auf ihn gerichtet. Er gab sich einen Ruck und setzte sich wieder in Bewegung. In diesem Moment wurde die Tür hinter dem Beifahrersitz geöffnet. Ein Mann stieg aus und blickte sich um. Den Frauen auf dem Platz stockte bei seinem Anblick der Atem. Oder um Agnes´ Worte von vorher auf die Damenwelt umzumünzen: Fast allen weiblichen Wesen, die dieser Szene teilhaftig wurden, rutschte des Hirn in Brusthöhe und animierte das Herz zu einem wilden Galopp über den holprigen Parcours der geheimsten Sehnsüchte. Der Fremde war braun gebrannt und hatte die schwarzen mittellangen Haare mit Gel nach hinten frisiert.

Der modische Designeranzug saß wie angegossen, als sei er ihm auf den Leib geschneidert worden. Das Erste, was Kemal jedoch ins Auge stach, waren die gepflegten, fast weiblich wirkenden Hände. Eines war sicher, dieser Mann ließ die Drecksarbeit andere ausführen. Am linken Handgelenk trug er eine goldene Rolex, mit der rechten Hand hielt er einen Ledergurt umfasst.

Noch ehe Kemal einen Gedanken daran verschwenden konnte, was es mit diesem Gurt für eine Bewandtnis haben könnte, offenbarte sich, wozu dieser Riemen diente. Ein Hund, groß wie ein Kalb, sprang aus dem Fond und kam wenige Zentimeter vor ihm zum Stehen. Obwohl sich Kemal keine Blöße geben wollte, wich er intuitiv zwei Schritte zurück, um aus der Reichweite dieser Bestie zu gelangen. Er spürte, wie Schweiß auf seine Stirn trat. Sein Herz begann zu rasen wie nach einem Dauerlauf auf dem Polizeisportplatz.

„Keine Sorge", beruhigte ihn der Fremde mit einer Stimme, deren Wohlklang jedem Schauspieler zur Ehre gereicht hätte. „Er beißt nur, wenn ich das will." Als er das sagte, straffte er den Lederriemen, worauf der Hund bösartig knurrte und die Zähne fletschte.

In Wien war Kemal einmal Zeuge geworden, was ein Tier dieses Kalibers anrichten konnte, wenn es sein Besitzer als Waffe einsetzte. Ein Zuhälter hatte seinen Kampfhund auf einen seiner Kontrahenten gehetzt. Obwohl der Mann gut einen Zentner wog, riss ihn das Tier mit einer Leichtigkeit zu Boden, als handle es sich um ein kleines Kind, und verbiss sich mit einer derartigen Kraft in dessen Gesicht, dass die Kiefer auch nicht gelöst werden konnten, nachdem es einer seiner Kollegen mit einem gezielten Schuss zur Strecke gebracht hatte. Dank ihres schnellen Eingreifens überlebte der Mann zwar die Attacke, war aber derart verunstaltet, dass selbst mehrere Operationen nichts daran ändern konnten.

Der Fremde nahm die Sonnenbrille ab und musterte ihn aufmerksam.

„Kosovare?", sagte er wie nebenbei.

Kemal warf ihm einen fragenden Blick zu.

„Oder Albaner? Bulgare? Montenegriner?"

Er schüttelte den Kopf, worauf ihm der Mann auffordernd zunickte.

„Wenn Sie es genau wissen wollen", entgegnete Kemal leicht verärgert, „Österreicher. Geboren in Wien und seit einem halben Jahr wohnhaft im Mühlviertel."

Der Mann kniff die Augen zusammen und legte die Stirn in Falten. Man sah ihm an, dass er überlegte, wie er auf diese Antwort reagieren sollte. Offensichtlich war er nicht gewohnt, dass jemand den Mut hatte, ihm Paroli zu bieten. Schließlich lachte er laut auf und klopfte Kemal anerkennend auf die Schulter.

„Guter Mann! Wenn Sie einmal die Uniform an den Nagel hängen, kommen Sie zu mir. Ich kann Kerle wie Sie jederzeit gebrauchen."

Kemal atmete erleichtert aus. Aus Erfahrung wusste er, dass mit solchen Typen nicht zu spaßen war, und man besser einen großen Bogen um sie machte, wenn es sich einrichten ließ. Ganz zu schweigen von der Bestie, die nicht einmal einen halben Meter von ihm entfernt auf dem Boden lag und nur darauf wartete, ihrem Herrn zu Diensten zu sein. Keine Ahnung, welcher Teufel ihn geritten hatte! Vielleicht lag es daran, dass die meisten Anwesenden näher getreten waren, um mitzubekommen, was es mit diesem Fremden auf sich hatte, und sich Kemal vor Agnes und den anderen keine Blöße hatte geben wollen.

„Wenn es einmal nötig werden sollte, komme ich gerne auf Ihr Angebot zurück", schlug er einen versöhnlichen Ton an. „Davon abgesehen: Kann ich Ihnen in irgendeiner Weise behilflich sein?"

„Ah, natürlich! Aber entschuldigen Sie, wie unhöflich von mir, ich habe mich noch gar nicht vorgestellt."

Er reichte ihm die Hand. „Gestatten Gelatello, Enrico Gelatello!"

Als Kemal seinen Namen nannte, hob der Mann den rechten Zeigefinger in die Höhe und drohte ihm scherzhaft.

„Sie Schlawiner! Ich habe gewusst, dass Sie nicht von hier sind. Türke, vermute ich. Auch gute Leute, bin nie von ihnen enttäuscht worden." Kemals Einwand, dass er wirklich Österreicher sei, tat Gelatello mit einer beschwichtigenden Geste ab. „Ich weiß, ich weiß! Im Grunde geht es uns ähnlich. Meine Eltern sind vor über dreißig Jahren aus dem bella Italia hierher gezogen. Und obwohl auch ich hier geboren wurde, schlägt ein Teil meines Herzens doch noch immer für das Land meiner Vorfahren. Aber lassen wir das, ich bin auf der Suche nach dem Anwesen der Familie Trautner. Sie können mir sicher erklären, wie ich dort hinkomme."

„Das kann ich natürlich, aber ich fürchte, dass Sie umsonst den weiten Weg hierher gemacht haben. Sie werden dort niemanden antreffen. Ilse Trautner hat nach dem Tod ihres Mannes und ihres Sohnes Andling verlassen und ist, wenn ich richtig informiert bin, mit ihrer Tochter nach München gezogen. Soweit ich weiß, ist der Bauernhof zum Verkauf ausgeschrieben."

Enrico Gelatello verzog den Mund zu einem breiten Lächeln, wobei seine makellosen Zähne wie Perlen im Sonnenschein glänzten.

„Ganz richtig! Und ich habe das Anwesen gekauft, um mich hier niederzulassen."

Er sog die Luft ein und hob in einer theatralischen Geste die Hände, als wolle er den ganzen Ort umarmen.

„Elena, schau dich doch einmal um! Was für ein idyllischer Flecken! Genau das Richtige, um sich vom Stress der Großstadt zu erholen."

Anstelle einer Antwort verzog die junge Frau gelangweilt den Mund.

Im ersten Moment war Kemal wie vor den Kopf gestoßen. Mit dieser Wende hatte er auf keinen Fall gerechnet, und man musste kein Prophet sein, um vorauszusagen, dass dieser neue Mitbürger in der nächsten Zeit einen gehörigen Wirbel in das gemächlich dahinplätschernde Leben in Andling bringen würde. Enrico Gelatello passte in dieses Dorf ungefähr genauso wie Schweinefleisch auf eine türkische Pide, hätte sein Vater wohl geurteilt. Also gar nicht. Nichtsdestotrotz hieß Kemal ihn herzlich willkommen und setzte gerade an, ihm den Weg zu Trautners Hof zu beschreiben, als er die Stimme seines Vorgesetzes hinter sich vernahm.

„Was ist hier los, Kamel? Kann er mir erklären, was dieser Menschenauflauf zu bedeuten hat?"

Kemal spürte, wie ihn Zorn erfasste, aber er schluckte den Ärger über die beleidigende Anrede hinunter. Langsam wandte er sich um und schaute von Markstein direkt ins Gesicht. Dieser hatte sich hinter ihm aufgebaut und wippte mit den Zehenspitzen auf und ab, wohl um auf Augenhöhe mit ihm zu gelangen, jedoch ohne Erfolg, da er kleiner als Kemal war und dieser auf dem abschüssigen Platz noch dazu auf ihn hinabsah. Er hatte keine Ahnung, was sein Vorgesetzter um diese Zeit hier zu suchen hatte. Normalerweise lag dieser auch wochentags bis Mittag im Bett und ließ sich nicht vor eins auf dem Polizeiposten blicken.

Das ist sein sechster Sinn für alles, was zum Himmel stinkt, dachte sich Kemal. Wie eine Fliege riecht er schon von weitem jeden Kuhfladen, um sich darin zu suhlen. Dieser Gedanke amüsierte ihn so sehr, dass er sich ein Lächeln nicht verkneifen konnte.

„Was soll dieses dämliche Grinsen?", blaffte von Markstein. „Nehm er gefälligst Haltung an, wenn wir mit ihm sprechen, und erklär er sich!"

Kemal schlug die Hacken zusammen und salutierte.

„Melde gehorsamst, Herr Major! Herr Gelatello ist der neue Besitzer von Trautners Hof und hat sich erkundigt, wie er am besten dort hingelangt."

Von Markstein riss erstaunt die Augenbrauen in die Höhe und streifte den Mann vor ihm mit einem abschätzigen Blick. Was er sah, löste offensichtlich Wohlgefallen in ihm aus, denn er drängte Kemal beiseite und reichte Gelatello die Hand, wobei er eine leichte Verbeugung andeutete.

„Ich hoffe, Sie hatten keine Scherereien mit diesem…" Er suchte nach einer passenden Bezeichnung für Kemal und zuckte bedauernd mit den Achseln, als er keine fand. „Aber Sie werden ja selbst wissen, wie schwer es heutzutage ist, gutes Personal zu bekommen. Sie wollen also zu Trautners Anwesen ins Himmelreich. Es würde mir eine Ehre bedeuten, Sie dorthin zu geleiten. Ich hole nur schnell meinen Wagen, dann brauchen Sie mir nur zu folgen."

Gelatello bedankte sich bei von Markstein für die Hilfe und schnippte mit dem Finger, worauf ein junger Mann aus dem Wagen sprang und seinem Chef und dessen Begleiterin die Tür aufhielt. Ehe dieser wieder selbst einstieg, streifte er Kemal mit einem derart finsteren Blick, dass ihm ein kalter Schauder den Rücken hinablief.

Die Frage, ob er lieber mit dem Fahrer oder dem Hund nähere Bekanntschaft machen wollte, schien ihm wie eine Entscheidung zwischen Pest und Cholera treffen zu müssen. Auf beides konnte er liebend gern verzichten.

Obwohl Gelatello ihn durchaus freundlich, wenn auch etwas herablassend, behandelt hatte, war Kemal schon jetzt klar, dass er ihn nicht leiden konnte und auf eine nähere Bekanntschaft keinen Wert legte. Und Agnes traf mit ihrer Bemerkung erneut den Nagel auf den Kopf.

„Gelatello hört sich nicht nur an wie die billige Eissorte einer Supermarktkette, er dürfte auch so schmecken. Außen picksüß, dass man sich den Magen verdirbt, und innen so kalt, dass einem die Zähne schmerzen, wenn man hineinbeißt."

Dem war nichts hinzuzufügen.

Nachdem die Limousine aus ihrem Blickfeld verschwunden war, erklang ein empörtes Prusten von der gegenüberliegenden Straßenseite. Erst jetzt bemerkte Kemal Nwongo Delale. Er stand mit verschränkten Armen vor dem Portal der Kirche und schaute dem Wagen mit seinen großen rollenden Augen nach, vor denen die Kinder so viel Angst hatten, dass sie während der Messe kaum zu atmen wagten. Keine Frage, der Auftritt von Gelatellos Begleiterin hatte das Missfallen des Priesters erregt. So spärlich bekleidet zeigte man sich nicht in der Öffentlichkeit. Schon gar nicht am Tag des Herrn. Die Männer auf dem Platz senkten beschämt den Blick und suchten eiligst das Weite, um nicht den Zorn des neuen Paters auf sich zu ziehen. Denn seine Wutausbrüche waren mittlerweile Legende. Nwongo war kurz nach Jahresbeginn von der Diözesanabteilung in Linz nach Andling geschickt worden, um Hochwürden Brunner zur Hand zu gehen, wobei das äußerst beschönigend ausgedrückt war, denn genau genommen war dessen Demenz so weit fortgeschritten, dass er kaum mehr in der Lage war, die Seelsorge im Ort gewissenhaft auszuführen. Geduldig hatten die Bewohner seine Marotten ertragen. Hatten hingenommen, wenn er am Morgen gar nicht oder nur in Unterwäsche bekleidet zum Gottesdienst erschienen war. Hatten darüber hinweggesehen, wenn er am Ende der Messe plötzlich Gefallen am Messwein gefunden und die ganze Flasche geleert hatte. Alles war verziehen, weil er ihnen über fünfzig Jahre mit Rat und Tat zur Seite gestanden hatte und er aus ihrem Leben einfach nicht wegzudenken war. Bis ein Vorfall das Fass zum Überlaufen gebracht hatte.

Kurz vor Weihnachten war Pfarrer Brunner auf den Tandlerhof gerufen worden, um der Geyerlehner Aloisia die Letzte Ölung zu verabreichen. Als er den Hof erreichte, begab er sich jedoch nicht in das Sterbezimmer der Frau, sondern in den Stall, um zuvor den Kühen die Beichte abzunehmen. Dieses Sakrileg erregte die gläubige Frau so sehr, dass sie beschloss, wieder aufzustehen und mit dem Dahinscheiden noch etwas zuzuwarten, was wiederum den Zorn ihres Schwiegersohns heraufbeschwor, weil dieser bereits seit beinahe vierzig Jahren unter ihrer Fuchtel stand und nichts sehnlicher als ihren Tod herbeisehnte. Entrüstet wandte er sich an den Bischof, um ihm nahezubringen, wie es um die seelsorgerischen Belange in ihrem Ort bestellt war. Das Pastoralamt reagierte prompt und schickte drei Wochen später Nwongo Delale nach Andling, um ein Auge auf Brunner zu haben und sukzessive dessen Aufgaben zu übernehmen. Der Schock in der Bevölkerung saß tief, als der neue Pfarrer das Amt antrat. Nur Kemal, den seine Vermieterin am Tag seiner Ankunft noch als „Neger“ bezeichnet hatte, lachte sich insgeheim ins Fäustchen, weil er im Vergleich zu Brunners Nachfolger den Teint eines Albinos aufwies und einen großen Schritt auf der Hautfarbenbewertungsskala der hiesigen Bevölkerung nach oben machte. Dieser Assimilationskarrieresprung offenbarte sich ihm auch, als er kurz nach Nwongos Einlangen zufällig Ohrenzeuge eines Gesprächs zwischen der Huberbäuerin und Eleonore von Markstein wurde, die aus ihrem Fehler ihm gegenüber gelernt hatte und Partei für den neuen Pfarrer ergriff.

„Das ist nur eine Frage des Klimas“, erklärte sie ihrer Freundin. „Schau dir Kemal an! Ein Winter in Andling und schon ist seine Haut so hell, dass man ihn für einen von uns halten könnte. Gib Delale drei, vier Jahre und er schaut nicht viel anders aus als dein Mann, wenn er im Sommer einige Wochen auf dem Feld gearbeitet hat.“

Aber nicht nur der Umstand, dass Nwongo schwärzer als die Nacht war, befremdete die Leute, sondern auch die

Art, wie er die Heilige Messe zelebrierte. Schon nach einer Woche degradierte er Brunner, dem eigentlich er hätte zur Hand gehen sollen, zu seinem Assistenten und beschwor während des Gottesdienstes die Qualen und Plagen der Hölle in derart düsteren Farben herauf, dass die Gläubigen wie erstarrt auf ihren Bänken saßen und sich nicht mehr zu rühren wagten. Um seinen Ausführungen entsprechendes Gewicht zu verleihen, verdrehte er an Bibelstellen, die ihm besonders wichtig waren, die Augen so stark, dass die Pupillen hinter den Lidern verschwanden und nur noch das Weiß der Iris sichtbar war. Die Freuden des Christentums schienen ihm unbekannt. In seinen Predigten drehte sich alles um die Lasterhaftigkeit der Welt. Die Wurzel alles Bösen war für ihn die Unzucht, und daran trugen seiner Ansicht nach allein die Frauen schuld. Sie waren die Schlangen, die mit ihren Verlockungen Adam fehlen ließen und den Hinauswurf der Menschen aus dem Paradies zu verantworten hatten. Erschien eine der Gläubigen in der Messe nicht so gekleidet, wie es seinen Vorstellungen entsprach, fixierte er sie so lange mit diesem furchteinflößenden Blick, bis sie vor Scham errötete und fluchtartig die Kirche verließ, um etwas anderes anzulegen.

Natürlich dauerte es nicht lange, bis die ersten Beschwerden beim Bischof eintrafen. Wer jedoch auf ein Eingreifen des Oberhirten hoffte, wurde enttäuscht, denn dieser wies jede Einmischung in seine Personalpolitik brüsk von sich.

„Wer ohne Tadel, der werfe den ersten Stein. Mir ist ein Aufrechter lieber als hundert Pharisäer!“

Obwohl Agnes stets züchtig und ordentlich gekleidet war, warf Nwongo auch ihr jetzt einen vorwurfsvollen Blick zu und schnaubte verächtlich in ihre Richtung, ehe er sich umdrehte und im Pfarrheim verschwand.

Enrico Gelatello und seine Begleiterin fuhren am gleichen Tag wieder nach Wien zurück, ohne sich noch einmal im Ort zu zeigen.

Im Laufe der nächsten Woche trafen jedoch die ersten Bauarbeiter ein, um die Umgestaltung von Trautners Bauernhof nach den Vorstellungen des neuen Besitzers in Angriff zu nehmen. Da auch Handwerker aus dem Ort in die Arbeiten eingebunden wurden, erfuhren die Andlinger aus erster Hand, welche Änderungen in dem Gebäude vonstatten gingen. Für Verwunderung sorgte dabei, dass der Stall und die Scheune zu einem Wohnbereich mit gut einem Dutzend kleiner Appartements umfunktioniert wurden. Wozu diese dienen sollten, entzog sich ihrer Kenntnis.

„Ich sage euch", unkte Lebler, der für die Installation der Wasser- und Heizungsrohre zuständig war, „das wird ein Hotel oder eine Ferienwohnanlage. Ich an eurer Stelle würde mich rechtzeitig auf die Füße stellen, damit auch für euch etwas von dem Kuchen übrigbleibt."

Ende März bezog Gelatello mit seiner Lebensgefährtin und seinem Faktotum den Wohntrakt, um die Fertigstellung der Bauarbeiten vor Ort zu beaufsichtigen. Ab diesem Zeitpunkt sah man ihn fast täglich in Andling. Zwei- bis dreimal in der Woche tauchte er mit einem Geschenk auf dem Polizeiposten auf und verschwand im Büro des Chefs. Die beiden schienen sich bestens zu verstehen. Sie unterhielten sich oft stundenlang miteinander und nicht selten drang schallendes Gelächter nach draußen.

Natürlich platzten Kemal und Penniseder fast vor Neugierde, aber alle Versuche, herauszufinden, was von Markstein und Gelatello hinter verschlossenen Türen zu bereden hatten, scheiterten. Eigenartigerweise funktionierte nicht einmal der Trick mit der Gegensprechanlage, was Penniseder zutiefst verwunderte, weil er auf diese Weise jahrelang die Gespräche seines Vorgesetzten erfolgreich belauscht hatte. Daran konnte nur Gelatello schuld sein.

Eine Woche vor Kemals Urlaubsantritt lüftete von Markstein schließlich das Geheimnis. Er betrat unvermittelt mit Gelatello den Schalterraum und räusperte sich, um für Aufmerksamkeit zu sorgen.

„Männer", verkündete er mit feierlicher Stimme. „Für Andling brechen große Zeiten an. Bald werden Menschen von überall hierher strömen. Und warum?"

Er legte eine Pause ein und bedachte seine Untergebenen mit einem prüfenden Blick.

„Weil sie in den Genuss unseres wunderwirkenden Quellwassers gelangen wollen, das ihnen ewige Jugend und beste Gesundheit bis ins hohe Alter verspricht. Es wird nicht lange dauern und der Name unseres kleinen Dorfes wird in einem Atemzug genannt werden mit den mondänsten Adressen der Heilkunde. Und wem haben wir das zu verdanken?"

Er hielt erneut inne und wartete auf eine Reaktion. Als diese nicht erfolgte, seufzte er theatralisch, ehe er fortfuhr. „Unserem lieben Freund Enrico, der weder Zeit noch Kosten gespart hat, Trautners Anwesen in eine Wellnessoase erster Güte umzugestalten. Binnen eines Monats wird „Aphrodites Palace" seine Pforten öffnen, um allen ein Refugium zu bieten, die den Stress des Alltags hinter sich lassen wollen und Entspannung pur suchen. Ganz einfach nach dem Motto: Für immer jung durch Restauration, Regeneration und Resektion!"

Das letzte Wort entlockte Kemal ein Grinsen. Wenn er sich nicht täuschte, bezeichnete man damit die Entfernung eines Organs. Fragte sich in diesem Fall nur, welches. Vielleicht eine operative Maßnahme, falls das Wasser nicht die entsprechende Wirkung zeitigte. Als er Penniseders belämmerten Gesichtsausdruck gewahrte, war er nahe daran, laut loszulachen. Er kniff sich in den Oberschenkel und presste die Lippen aufeinander, um dies zu verhindern.

Von Markstein verdrehte genervt die Augen.

„Enrico, ich denke, wir gehen und verkünden die Neuigkeiten andernorts. Hier verfüttern wir nur unsere Säue an Perlen."

Doch auch die Reaktion der restlichen Bewohner von Andling fiel eher verhalten aus. Einige wenige lehnten dieses Projekt rundweg ab, andere suchten Gelatellos Nähe, um am prognostizierten Erfolg teilhaben zu können. Der überwiegende Teil verlegte sich allerdings aufs Abwarten und wollte die Brücke über die Schlucht erst überqueren, wenn sich erwies, dass diese nicht in die Tiefe stürzte, wenn man einen Fuß auf sie setzte, um es mit den Worten von Kemals Vater auszudrücken.

Samstag

„Enrico, lieber Freund!“, rief von Markstein erfreut aus und schüttelte Gelatello überschwänglich die Hand. „Was treibt dich so früh am Morgen aus den Federn?“

Die Miene des Angesprochenen verfinsterte sich.

„Mir ist mitgeteilt worden, dass ich dich hier finden kann. Ich wollte nämlich ein Vergehen zur Anzeige bringen, aber“, er hielt inne und deutete in die Richtung, wo der Tote lag, „angesichts der Umstände will ich dich nicht mit dieser Bagatelle belästigen.“

„Mein Freund, für dich habe ich doch immer Zeit. Außerdem ist dieser Fall so gut wie geklärt und bedarf nicht weiter unserer Bemühungen. Also, heraus mit der Sprache! Welche Leber ist dir über die Laus gelaufen?“

Gelatello holte einen hypermodernen Tablet-PC aus der Tasche und schaltete ihn ein.

„Das habe ich heute Morgen vor meiner Haustür entdeckt.“

„Aber das ist doch kein Vergehen“, lachte Kemals Vorgesetzter. „Du hast dieses Ding gefunden und willst es jetzt an seinen rechtmäßigen Besitzer zurückgeben, wie es sich für einen rechtschaffenen Bürger ziemt.“

Gelatello schüttelte entgeistert den Kopf und deutete auf den Bildschirm.

„Nicht dieses Gerät! Damit habe ich nur fotografiert, was ich gefunden habe.“ Er berührte den Touchscreen, worauf ein Bild auf dem Monitor erschien. Inzwischen waren alle näher getreten und schauten auf den Tablet.

Das Foto zeigte Gelatellos Hof, neben dem Außenpool stand ein Bagger.

„Ich weiß, was du meinst“, merkte von Markstein schnell an, wohl um den anderen mit einer Antwort zuvorzukommen. „Ich an deiner Stelle würde die Baufirma klagen, weil dieser Bagger die Schönheit deines Anwesens doch sehr arg beeinträchtigt."

Gelatello verdrehte genervt die Augen. Er berührte den Bildschirm ein weiteres Mal und zoomte langsam näher, bis nur noch die Eingangstür zu sehen war.

„Mein Gott!", rief Penniseder aufgeregt. „Was ist das denn?"

„Ein Huhn", konstatierte der Huberbauer trocken.

Irgendjemand hatte eine Henne enthauptet und unterhalb des Namensschildes an die Tür von Gelatellos Hof genagelt.

„Aber, aber, wer, wer macht so etwas?", rang von Markstein sichtlich um Fassung.

„Das frage ich mich auch", murmelte Gelatello finster.

„Gestatten, Brückl", mischte sich der Hofrat ein. „Wenn Sie meine Meinung hören wollen, so ist das keine Bagatelle mehr, sondern muss als Angriff auf Ihre Integrität, wenn nicht sogar als Bedrohung Ihrer Sicherheit bewertet werden. Wir werden… " Weiter kam er nicht, weil ihm von Markstein empört ins Wort fiel. „Wir werden nicht ruhen, bis wir diese Verbrecher ausgeforscht und hinter Schloss und Riegel gebracht haben. Aber was kann man denn von diesem Bauerngesindel anderes erwarten? Anstatt ihrem Wohltäter die Ehre zukommen zu lassen, die ihm gebührt, füttern sie die Hand, die sie beißt. Aber sei versichert, Enrico, wir werden keinen anderen auf dem Stein lassen, bis wir herausgefunden haben, wer für diese schändliche Tat verantwortlich zeichnet."

Er drehte sich mit einem Ruck zum Huberbauern um und fasste diesen scharf ins Auge.

„Sag er einmal! Der Bauer kennt doch seine Tiere wie seine Taschenweste. Oder?"

Der Bauer riss erschrocken die Augen auf und nickte zaghaft.

„Und kennt der eine Bauer auch den anderen Bauern?"

Der Huberbauer schaute den Postenkommandanten entgeistert an und zuckte mit den Achseln.

„Stellt er sich jetzt nur dumm oder ist er es wirklich? Jedenfalls wird er unseren hochgeschätzten Mitbürger, Enrico Gelatello, zu seinem Hof begleiten und das Huhn identifizieren."

Als der Bauer etwas erwidern wollte, fuhr ihn von Markstein an. „Wir erwarten seine Kooperation, sonst wird er uns von einer anderen Kenne seitenlernen."

„Und er", er drehte sich um und zeigte auf Kemal, „wird den beiden nachfolgen, nachdem er Hofwürden zu Romeos Kate gebracht hat, und die Sicherungen spuren. Dann nimmt er das Delictus Corpi in Verwahrung und bringt es mit auf den Posten. Haben wir uns verstanden?"

Nachdem er geendet hatte, legte er Enrico Gelatello die Hand auf die Schulter. „Ich hoffe, lieber Freund, wir haben das fürs Erste zu deiner Zufriedenheit geregelt."

„Voll und ganz, Rüdiger! Aber wenn ich gewusst hätte, dass der berühmte Hofrat Brückl zugegen ist, um persönlich die Ermittlungen vor Ort zu leiten, hätte ich es nie gewagt, die werten Herren mit dieser Bagatelle zu belästigen."

Er reichte dem Hofrat die Hand. „Es ist mir eine Freude, Sie persönlich kennen zu lernen. Vielleicht hat Ihnen Rüdiger erzählt, dass ich am Dienstag ein kleines Fest geplant habe, um meine Wellnessanlage offiziell einzuweihen. Es wäre mir eine große Ehre, Sie dort willkommen zu heißen. Vorausgesetzt natürlich, Ihre begrenzte Zeit lässt das zu."

Brückl deutete eine leichte Verbeugung an. „Es ist mir eine Ehre. Ich würde selbst das Krankenlager verlassen, wenn mich Ihr Ruf ereilt. Apropos krank: Darf ich Ihnen

Medizinalrat Sedlacek vorstellen? Er leitet das gerichtsmedizinische Institut in Linz und brennt ebenfalls darauf, Ihre Bekanntschaft zu machen."

„Krankenlager ist gut", erwiderte der Pathologe mit seiner dröhnenden Stimme. „Meine Patienten sind leider immer schon tot, wenn ich auf Visite komme. Ich habe bereits viel über Sie gehört. Freut mich, Ihre Bekanntschaft zu machen!"

Er packte mit seiner Pranke Gelatellos Hand und schüttelte sie so fest, als habe er vor, sie einer Resektion zu unterziehen.

„Dann würde ich vorschlagen, dass Sie ebenfalls mein Gast sind, damit wir uns besser kennen lernen können. Außer..." Er verlieh seinem Antlitz einen traurigen Ausdruck und senkte die Stimme. „Außer...ich weiß nicht, ob es statthaft ist...vielleicht sollte ich angesichts dieses tragischen Vorfalls das Einweihungsfest absagen."

Hofrat Brückl machte eine abwiegelnde Geste. „Das ist wirklich nicht nötig. Der Tote ist nicht von hier und, wie es aussieht, hat er seinen Tod sogar selbst verschuldet. Der Fall ist abgeschlossen, morgen kräht kein Hahn mehr danach."

„Da bin ich ganz deiner Meinung", mischte sich Sedlacek ein. „Der Tod gehört zum Leben wie die Luft zum Atmen. Wenn ich wegen jeder Leiche, die ich zu Gesicht bekomme, in Tränen ausbräche, müsste ich das ganze Jahr über mit Weinen verbringen. Dienst ist Dienst und Schnaps ist Schnaps!"

„Und wie schon der alte Lateiner sagt", beeilte sich von Markstein zu sagen, um den anderen nicht an Gelehrtheit nachzustehen. „Karpfe diem, denn man weiß nie, was einen am nächsten Tag erwartet."

„Oder Forelle diem!", prustete der Medizinalrat los, der wohl als Einziger dieser Sprache mächtig war, und schlug sich vor Vergnügen auf die Oberschenkel. „Also, jeden Tag Fisch essen, damit man gesund bleibt."

„Dann bin ich aber erleichtert", ergriff Gelatello wieder das Wort. „Die Vorbereitungen für das Fest sind nämlich schon weit fortgeschritten und eine Absage würde doch erhebliche Mehrkosten verursachen." Nachdem er das gesagt hatte, reckte er den Kopf und spähte Richtung Bach. „Wäre es möglich, einen Blick auf den Toten zu werfen? Ich habe da so ein ungutes Gefühl, weil...nun ja, ich sollte gestern jemanden treffen...aber trotz Zusage ist er nicht bei mir aufgetaucht...und jetzt habe ich Angst, dass er...obwohl ich höchstwahrscheinlich nur Gespenster sehe..."

„Sicher ist das möglich", erwiderte Brückl und machte eine einladende Geste. „Wir sind über jeden Hinweis froh, der uns weiterhilft, die Identität des Toten zu entschlüsseln."

Brückl und von Markstein geleiteten Gelatello zum Bach. Als dieser den Leichnam erblickte, schlug er entsetzt die Hand vor den Mund.

„Dio mio, irgendwie habe ich es gefühlt!"

„Sie kennen den Mann?", erkundigte sich der Hofrat.

Gelatello nickte. „Das ist Herr Hanke, Lutz Hanke! Rüdiger, ich habe dir doch von ihm erzählt."

Von Markstein zog überrascht die Augenbrauen in die Höhe. „Das ist dieser Wasserforscher aus..."

„Aus Leipzig. Genau! Er wollte mir gestern Abend Bericht erstatten, ist dann jedoch nicht erschienen."

„Erzählen Sie noch einmal der Reihe nach!", forderte Brückl ihn auf.

„Es geht um das Quellwasser. Dessen Heilkraft ist zwar seit altersher im Volksmund bekannt, aber es ist noch nie untersucht worden, auf welche Inhaltsstoffe diese heilende Wirkung zurückzuführen ist. Da ich meine Gäste nicht mit unwahren Angaben hierher locken möchte, habe ich beschlossen, eine wissenschaftliche Expertise über das Wasser von einem unabhängigen und international anerkannten Institut erstellen zu lassen. Diese Forschungsstelle hat ihren Sitz in Leipzig und hat gestern Herrn Hanke nach Andling geschickt, um das Wasser zu untersuchen. Er ist am Morgen hier eingetroffen. Meinen Vorschlag, ihn zu begleiten, hat er abgelehnt, weil er sich alleine und unbeeinflusst ein Bild vom Zustand der Quelle bilden wollte. Nach Abschluss der Untersuchungen wollte er zu mir kommen, um mir Auskunft über die ersten Testergebnisse zu geben. Gegen achtzehn Uhr habe ich ihn angerufen und er hat mir versichert, dass er binnen einer Viertelstunde bei mir zuhause sein wird, um mir Bericht zu erstatten. Allerdings ist er nicht aufgetaucht. Nach gut einer Stunde habe ich mich selbst auf den Weg gemacht, um ihn zu suchen, aber er war wie vom Erdboden verschluckt."

„Warum hast du nicht bei uns angerufen?", wollte ihr Vorgesetzter wissen. „Wir hätten ein paar Männer zusammengetrommelt und eine groß angelegte Suchaktion gestartet."

Gelatello nickte bekümmert. „Hätte ich es nur getan! Dann wäre der Mann vielleicht noch am Leben."

„Und was hat Sie davon abgehalten?", fragte Brückl.

„Ich konnte mich des Eindrucks nicht erwehren, dass Hanke ein wenig zu viel getrunken hatte. Sein Zungenschlag war so stark, dass ich ihn am Telefon kaum verstehen konnte. Deshalb habe ich auch nicht Alarm geschlagen. Ich war davon überzeugt, dass er nicht wollte, dass ich ihn in diesem Zustand zu Gesicht bekomme, und er irgendwo seinen Rausch ausschläft."

Er warf noch einmal einen Blick auf den Toten und seufzte vernehmlich. „Jedenfalls war die ganze Aktion mit der Untersuchung des Wassers umsonst. Bis ich einen neuen Termin bekomme, vergeht mindestens ein halbes Jahr."

„Das glaube ich nicht“, munterte der Hofrat Gelatello auf. „Die Untersuchungsergebnisse werden sich im Auto des Opfers befinden. Wir brauchen nur den Schlüssel, dann können wir sie sicherstellen.“

Er drehte sich zu Kemal um und lächelte ihn hinterlistig an.

„Er hat sicher nicht vergessen, was ihm sein Vorgesetzter vorher aufgetragen hat. Also, Schlüssel holen!“

Alle Blicke richteten sich gebannt auf ihn. Kemal wusste genau, dass er sich Schwierigkeiten einhandelte, wenn er der Aufforderung nicht Folge leistete. Trotzdem wollte er nicht so mit sich umspringen lassen. Er spürte, wie sich seine Backenmuskulatur verhärtete und die Ader auf seiner Stirn anschwoll. Und er kannte sich genau. Sobald die Wut von ihm Besitz ergriff, war er nicht mehr Herr über sich selbst und ließ sich zu Handlungen hinreißen, die er später zutiefst bereute.

Doch Penniseder kam ihm zuvor. „Kei…Kei…Kein Pro…Pro…Problem! I…I…Ich ho…ho…hole den Schlü…Schlü…Schlüssel.“

Ehe von Markstein oder Brückl ihn davon abhalten konnten, hatte er sich der Schuhe entledigt und die Hosenbeine hochgekrempelt und watete zu dem Toten. Er nahm den Schlüssel und die Geldtasche an sich und reichte dem Postenkommandanten die Beweisstücke. Diesem stand der Unmut über die Eigenmächtigkeit seines Untergebenen ins Gesicht geschrieben, aber der Umstand, dass amtsfremde Personen anwesend waren, ließ ihn von einer Beschimpfung seiner Beamten Abstand nehmen.

„Pennis, Schuhe anziehen und Abmarsch ins Wirtshaus! Wenn es mit der Aussage des Herrn Huber seine Richtigkeit hat, dann hat dieser Lemberger den Wasserforscher vorsätzlich betrunken gemacht. Dafür werden wir diesen Falotten zur Verantwortung ziehen. Er verhaftet und arretiert ihn einstweilen im Kotter! Und ihm“, er reckte bedrohlich das Kinn in die Höhe und fasste Kemal scharf ins Auge, „raten wir in Hinkunft zu befolgen, was ihm aufgetragen wird. Die eine Woche zuhause bei seinen Kameltreibern hat ihn wohl vergessen lassen, wer hier das Haus im Herrn ist. Heute Nachmittag werden wir ihm eine Lektion in Sachen Disziplin und Gehorsam verabreichen, damit er sich wieder erinnert, wer das Kamel ist und wer die Zügel in der Hand hält. Und jetzt troll er sich und bringe Hochwürden zu Romeos Kate!“

Von Marksteins Worte entfachten erneut Kemals Wut. Sie loderte so hoch auf, dass er zu verglühen glaubte. Er ballte die Hände zu Fäusten und funkelte seinen Vorgesetzten bösartig an. Intuitiv wich dieser einen Schritt zurück. Doch ehe sich Kemal zu einer Unüberlegtheit hinreißen lassen konnte, erhob der Priester seine Stimme.

„Meine Herren, mäßigen Sie sich! Sie haben wohl vergessen, wo Sie sich befinden. Gehen Sie lieber in sich und gedenken Sie des Toten mit einem Gebet!“

Von Markstein schaute betreten zu Boden. Der Priester bekreuzigte sich und gab Kemal ein Zeichen, dass sie aufbrechen konnten. Missmutig führte er diesen zu seinem Wagen.

Als er Sedlaceks Assistenten erblickte, fiel ihm ein, dass er vorgehabt hatte, nachzufragen, worum es bei dem Disput zwischen ihm und seinem Vorgesetzten gegangen war. Er forderte den Priester auf, im Wagen Platz zu nehmen, und ging zu dem jungen Mann.

„Ich habe gesehen, dass Sie vorher den Gerichtsmediziner auf irgendetwas hingewiesen haben. Darf man erfahren, was das war?“

„Wer will das wissen?“, erkundigte er sich misstrauisch.

„Ach, wie unhöflich von mir", entschuldigte sich Kemal. „Gestatten Özylimazkorucu. Ich bin hier Polizist."

„Das war nichts von Bedeutung und hat sich bereits erledigt."

Nachdem er das gesagt hatte, drehte er sich ein wenig zur Seite, um Kemal zu signalisieren, dass das Gespräch für ihn beendet war.

„Kein Wunder, wenn er mir nicht traut", dachte sich Kemal. „Ein falsches Wort zur falschen Person und er kann sich auf der Stelle um einen neuen Job umsehen."

Aber wie hatte schon sein Vater gemeint, wenn er einen anderen dazu bewegen wollte, ein Geheimnis preiszugeben. Mit Baklava kann man sogar bei Tag Schaben aus ihren Verstecken locken. In seinem Fall war das Baklava Kollege Mayr von der Bundesdirektion Linz, der ihm bei den Ermittlungen im Mordfall Trautner entscheidend weitergeholfen hatte. Wenn er sich richtig erinnerte, hatte dieser damals von Sedlaceks Assistenten brisante Details aus dem Obduktionsbericht erhalten, ohne den Gerichtsmediziner um Erlaubnis zu fragen.

„Ich glaube, wir haben einen gemeinsamen Bekannten", legte er den Baklavaköder aus. „Kollege Mayr von der kriminaltechnischen Abteilung. Er hat mir vor einem halben Jahr geholfen, einen Unschuldigen vor dem Gefängnis zu bewahren. Wenn ich mich nicht irre, haben Sie damals einen wesentlichen Beitrag dazu geleistet."

„Ach, Sie sind das!" Er zwinkerte Kemal verschwörerisch zu. „Sie müssen meine Zurückhaltung entschuldigen, aber ich denke, Sie wissen selbst, wie vorsichtig man in unserer Branche sein muss. Hier haben sogar die Büsche Ohren." Er drehte sich um, um sich zu vergewissern, dass sie nicht belauscht wurden. „Ich habe Sedlacek vorher auf Druckstellen im Nacken des Toten hingewiesen, aber er hat entgegnet, dass diese von ihm stammen, als er sich auf dem Leichnam abgestützt hat. Meiner Meinung nach hat er dabei jedoch den Nacken des Toten nicht berührt."

„Und was bedeutet das?"

„Dass Fremdverschulden vorliegt. Der Mann ist ertränkt worden."

„Sind Sie sicher?", rief Kemal überrascht aus.

„Nicht so laut!", ermahnte ihn Sedlaceks Assistent. „Ja, ich bin mir ziemlich sicher. Aber wie heißt es so schön: Genaueres kann man erst nach der Obduktion sagen."

Kemal bedankte sich bei dem jungen Mann, weil dieser ihn ins Vertrauen gezogen hatte. Nachdenklich stieg er in den Wagen und startete den Motor. Erst als er die Hauptstraße erreichte und Richtung Andling abbog, wurde ihm bewusst, wohin er den Priester bringen sollte. In dem Tohuwabohu vorher hatte er glattweg darauf vergessen, nachzufragen, ob Romeo etwas passiert war.

„Ich hoffe, Romeo ist nichts zugestoßen."

„Wie kommen Sie darauf, dass dem Mann etwas zugestoßen sein sollte?"

Kemal streifte den Priester mit einem abschätzigen Blick.

„Nun, so weit ich weiß, ruft man in dieser Gegend nur nach dem Pfarrer, wenn der Tod nahe ist."

Der Priester schaute Kemal neugierig an.

„Sie sind nicht von hier. Oder?"

Kemal verzog genervt den Mund. Eigentlich hatte er es satt, immer wieder auf seine Herkunft angesprochen zu werden. Wenn es möglich gewesen wäre, hätte er sich, ohne lange zu überlegen, ein neues Aussehen verpassen lassen, um den Fragen nach seiner Abstammung ein für allemal einen Riegel vorzuschieben. Allerdings nicht zu dem Preis, den dieser amerikanische Popstar für seine Umwandlung in einen Weißen bezahlt hatte. Auf perforierte Nasenlöcher und ein Immunsystem, das löchrig wie ein Nudelsieb war, konnte er liebend gern verzichten.

„Ich bin nicht aus Andling, da haben Sie ganz Recht, sondern in Wien geboren und aufgewachsen“, erwiderte er schärfer, als er es beabsichtigt hatte.

„Verzeihen Sie, ich wollte Ihnen nicht zu nahetreten“, entschuldigte sich der Priester. „Ich wollte nur zu bedenken geben, dass Ihnen unsere Glaubenslehre unter Umständen nicht so geläufig ist. Wobei ich betonen möchte, dass ich Ihrer Religion mit großer Ehrfurcht begegne. Faszinierend, mit welcher Inbrunst die Gläubigen im Islam die Regeln und Gesetze ihrer Glaubensgemeinschaft befolgen, wenn nicht sogar zum Mittelpunkt ihres Lebens machen. Von einer solchen Hingabe sind wir leider sehr, sehr weit entfernt.“

Kemal musste an seine Schwester denken. Etwas weniger Hingabe und Enthusiasmus hätten in ihrem Fall nicht geschadet. Er konnte nur hoffen, dass sie sich besann und zu jener kritischen Distanz zurückfand, die er früher an ihr so geschätzt hatte.

Die Stimme des Priesters riss ihn aus seinen düsteren Gedanken.

„Auch in Ihrer Religion wird der Pfarrer mehr Aufgaben zu bewältigen haben, als den Toten das letzte Geleit zu geben. Das Spenden dieses Sakraments ist nur ein Teil unserer seelsorgerischen Pflichten. Außerdem sorgen wir dafür, dass die Neugeborenen Teil unserer Gemeinschaft werden, indem wir ihnen das Sakrament der Taufe angedeihen lassen. Wir schließen den Bund der Heiligen Ehe, gewähren den Gläubigen Erleichterung durch die Abnahme der Beichte und stehen allen mit Rat und Trost zur Seite, wenn sie dessen bedürfen. Unsere wichtigste Aufgabe ist es jedoch, den

Menschen das Wort Gottes zu verkünden, damit ihnen auch auf Erden das Himmelreich zuteil wird. Darüberhinaus gilt es, die Gläubigen vor dem Bösen zu bewahren. Es gibt Phänomene, die sich der Urteilskraft unseres Verstandes entziehen. Um ihnen auf die Schliche zu kommen, braucht es einen gefestigten Glauben und Kenntnisse, die nur jene besitzen, welche die Weihe empfangen haben und in heiligen Exerzitien ausgebildet wurden, den Dämonen Widerstand zu leisten. Der Teufel erscheint in vielfältigen Kleidern und es bedarf einer reinen Seele, ihm zu trotzen und das Handwerk zu legen."

Kemal hatte größte Schwierigkeiten, den Ausführungen des Priesters zu folgen. Er hatte keine Ahnung, was dieses Gefasel von Dämonen und Teufel zu bedeuten hatte, und wollte gerade nachfragen, was das mit Romeo zu tun habe, als ein Tumult auf dem Marktplatz, den sie gerade passierten, seine Aufmerksamkeit erregte.

Er erkannte inmitten einer Menschentraube Penniseder, der Jean Lembergé am Arm gepackt hielt und wild gestikulierend auf ihn einredete. Dieser versetzte Penniseder einen Stoß, worauf der zu Boden ging, und rannte Richtung Kirche. Offensichtlich entzog er sich seiner Verhaftung durch Flucht. Kurz überlegte Kemal, ob er seinem Kollegen zu Hilfe kommen sollte, entschied sich jedoch dagegen. Selbst wenn Lembergé den Toten zum Trinken animiert und dadurch diesen Unglücksfall mit verschuldet hatte, hielt er die Anordnung seines Vorgesetzten, ihn dafür in Gewahrsam zu nehmen, für reichlich überzogen. Zudem war noch nicht klar, ob der Unfall nicht nur vorgetäuscht und der Mann Opfer einer Gewalttat geworden war. Dafür zeichnete Lembergé sicher nicht verantwortlich.

Obwohl ihm Penniseder aufgeregt zuwinkte, tat Kemal, als habe er nichts gesehen, und setzte die Fahrt fort.

Drei Minuten später erreichten sie Romeos Kate. Noch immer lag Brandgeruch in der Luft. Der Priester holte ein Fläschchen Weihwasser aus seiner Soutane und besprenkelte damit die Wiese und die Hütte. Entsetzt lugte Kemal durch die zerborstene Tür ins Innere. Das Bett war ein Raub der Flammen geworden. Das Geschirr lag zertrümmert auf dem Boden. Die Wände waren rußgeschwärzt.

„Teufel, wer war das?“, stieß Kemal hervor.

„Sie sollten den Namen des Antichristen nicht so unbedacht in den Mund nehmen. Wenn er die Finger im Spiel hatte, ist er nicht weit und wartet nur darauf, dass ihn jemand herbeiruft.“

Der Priester besprenkelte auch das Innere der Hütte mit geweihtem Wasser, ehe er nach draußen ging und die Wiese vor der Kate in Augenschein nahm. Kemal schaute ihm ungläubig nach. Erst jetzt fielen ihm die Brandflecken im Gras auf. Er bückte sich und hob ein Stück Kohle auf.

„Was soll das?“, fragte er irritiert. „Es gibt doch keine Teufel.“

Der Priester bedachte ihn mit einem Blick, der ihm das Blut in den Adern gefrieren ließ. „Sind Sie da so sicher? In der Bibel wird der Satan so häufig genannt, dass seine Existenz eigentlich nicht bestritten werden kann. Ich denke, auch im Koran verhält sich das nicht anders. Sein Dasein in Frage zu stellen, hieße nichts anderes, als unsere und Ihre Heiligen der Lüge zu bezichtigen. Aber ich kann Sie beruhigen. Das da“, er zeigte um sich, „war zwar vielleicht das Werk eines Teufels, jedoch eines von dieser Welt und hatte nur einen Zweck, nämlich dem alten Mann einen Schrecken einzujagen. Und auch der Tod des Mannes bei der Quelle ist durch und durch von irdischer Natur.“

„Was hat der Tote am Bach mit Romeo zu tun?“, rief Kemal überrascht aus.

Der Priester zuckte die Achseln. „Offensichtlich nichts! Bedenkt man allerdings, dass hier ein Untoter eine Rolle gespielt hat und dort eine wunderwirkende Quelle aus einem Felsen gespeist wird, dem man nachsagt, dass er vom Teufel geformt wurde, dann ist es gar nicht so weit hergeholt, diese Erscheinungen miteinander in Verbindung zu bringen."

Die Andeutungen des Priesters verunsicherten Kemal derart, dass er nur noch den Wunsch hatte, von hier fortzukommen. Halbherzig erkundigte er sich, ob dieser noch seine Hilfe brauche, und als der Pfarrer verneinte, suchte er fast fluchtartig das Weite.

Auf der Zufahrt zu Gelatellos Hof kam ihm der Huberbauer in seinem Wagen entgegen. Kemal gab ihm ein Zeichen, stehenzubleiben.

„Und hat er das Huhn identifiziert, wie wir es ihm aufgetragen haben?", erkundigte er sich ernst, konnte aber ein Grinsen nicht unterdrücken.

Der Bauer tippte mit dem Zeigefinger ein paarmal an die Stirn.

„Dein Chef hat doch nicht mehr alle Tassen im Schrank. Wenn ich nicht so verunsichert gewesen wäre, hätte ich ihm zu verstehen gegeben, was ich von einer Anweisung wie dieser halte."

„Vielleicht hast du ja trotzdem eine Idee, wer das getan haben könnte."

„Da fallen mir einige ein, mich eingeschlossen. Dieser Gelatello hat nicht nur Freunde im Ort, wie du sicher weißt, aber ich werde mich hüten, irgendjemanden zu verpfeifen und in Schwierigkeiten zu bringen."

„Das habe ich von dir auch nicht erwartet. Eine andere Frage: Was war eigentlich gestern im „Goldenen Hirschen" los? Hat Jean diesen Deutschen wirklich vorsätzlich betrunken gemacht?"

Der Huberbauer nickte ihm bekümmert zu.

„Du kennst ihn ja. Wenn ihn einmal der Teufel reitet, dann gibt es für ihn kein Halten mehr. Wobei es ungerecht wäre, Jean alleine die Schuld für dieses Unglück in die Schuhe zu schieben. Alle, die gestern Abend dabei waren, haben sich mitschuldig gemacht. Wir haben ihn angestachelt, den Fremden auszufragen, und ihm nicht Einhalt geboten, als er ihn betrunken gemacht hat, sondern uns dabei sogar noch köstlich amüsiert. Glaub mir, ich würde viel geben, wenn ich die Chance hätte, diese unglückselige Geschichte wieder rückgängig zu machen!"

Kemal wusste, dass es der Huberbauer ernst meinte. Dieser hatte, wie die meisten Bewohner Andlings, das Herz auf dem rechten Fleck, und hätte nie jemandem absichtlich Leid zugefügt. Allerdings haperte es bei ihm wie bei vielen anderen, die er im Laufe des letzten halben Jahres näher kennen gelernt hatte, bei der folgerichtigen Koordination von Denken und Handeln. Meist wurde der Kopf erst eingeschaltet, wenn es dafür zu spät war.

Nachdem der Bauer gefahren war, wandte sich Kemal um und musterte den Hof, der nur einen Steinwurf von ihm entfernt lag. Seit Trautners Tod und der Auseinandersetzung mit dessen Sohn war er nicht mehr hier gewesen. Natürlich hatte er erfahren, dass Gelatello das Anwesen großzügig hatte umbauen lassen, aber was er jetzt zu sehen bekam, überstieg seine Erwartungen bei weitem. Auf der rechten Seite unmittelbar neben der ehemaligen Stube war ein Anbau ganz aus Glas in der Größe eines Einfamilienhauses errichtet worden. Darin befand sich ein Schwimmbecken, das durch einen Wellenkanal mit dem Pool im Garten verbunden war. Die Scheune war aufgestockt und mit Fenstern versehen worden und glich jetzt weniger einem Wirtschaftsgebäude denn einem riesigen Holzchalet in den Schweizer

Bergen. Von Hans Ringer, dem ortsansässigen Tischler, wusste er, dass dort eine Zwischendecke eingezogen worden war, um Platz für die Gästezimmer zu gewinnen. So waren insgesamt zwanzig Räume für die Besucher der Wellnessoase entstanden. Hinter dem Hauptgebäude war die Errichtung eines weiteren Hoteltraktes geplant, in dem doppelt so viele Gäste wie in der Scheune Platz finden sollten. Kemal konnte nicht verhehlen, dass sich die Umbauten harmonisch in das Landschaftsbild einfügten und vom guten Geschmack des Besitzers zeugten. Nur der Graben, der beim Pool seinen Ausgang nahm und wie eine schlecht verheilte Wunde Richtung Andling schwärte, störte das Auge des Betrachters. Er endete abrupt an dem Hang, hinter dem Romeos Kate lag. Durch nichts war der alte Mann dazu zu bewegen gewesen, Gelatello die Verlegung der Rohre auf seinem Land und die Anzapfung der Quelle mit dem Wunder wirkenden Wasser, die in seinem Besitz stand, zu erlauben.

Eine Stimme riss ihn aus seinen Gedanken. Gelatello stand mit seinem Hund vor dem Gebäude und winkte ihn zu sich. Der Anblick des riesigen Tieres reichte, um Kemal die Schweißtropfen auf die Stirn zu treiben. Langsam setzte er sich in Bewegung und blieb zehn Schritte vor dem Hauseigentümer stehen.

„Sie haben doch keine Angst vor meinem kleinen Schoßhündchen?“, fragte Gelatello scheinheilig. „Cano tut keiner Fliege etwas zuleide, solange ich es nicht will.“

Um sich keine Blöße zu geben, lenkte Kemal schnell ab und wies auf die Haustür, an der nichts mehr von dem makabren Fund zu erkennen war.

„War das Huhn hier befestigt?“

Gelatello stieß einen theatralischen Seufzer aus. „Excusi mio! Das war Branko. Er wollte mir einen Gefallen tun, weil ich mich so über diese Schweinerei aufgeregt habe, und hat sauber gemacht, während ich Rüdiger gesucht habe. Ich fürchte, Sie werden keine brauchbaren Spuren mehr sicherstellen können. Ich hoffe, Sie können ihm diese Gedankenlosigkeit verzeihen. Aber das Beweisstück oder wie mein hochverehrter Freund gemeint hat, dass Delictus corpi, ist unversehrt geblieben. Vielleicht ist es Ihnen ja eine Hilfe, den oder die Täter ausfindig zu machen"

Als er das sagte, grinste er heimtückisch und wies mit der Hand neben sich.

Erst jetzt bemerkte Kemal das tote Huhn. Es lag nur wenige Zentimeter von den Vorderbeinen der Bestie entfernt auf dem Boden.

Allein die Vorstellung, nach dem Kadaver zu greifen und dabei in gefährliche Nähe der Hundeschnauze zu geraten, trieb ihm den Schweiß aus den Poren. Um etwas Zeit zu schinden, kramte er in seiner Tasche und holte einen Notizblock hervor.

„Ist Ihnen eigentlich während der Nacht irgendetwas Verdächtiges aufgefallen? Immerhin ist das Huhn mit einem Nagel an der Tür befestigt worden. Das muss doch einen gehörigen Lärm verursacht haben."

„Leider nein", bedauerte Gelatello. „Die Schlafräume befinden sich im ersten Stock auf der anderen Seite des Gebäudes. Außerdem schlafe ich wie ein Toter. Neben mir könnte eine Bombe in die Luft gehen und ich würde es nicht bemerken."

„Und der Hund hat auch nicht angeschlagen?"

Gelatello täschelte den Kopf des Tieres.

„Wissen Sie, Cano ist ein richtiger Angsthase. Sobald es dunkel ist, verkriecht er sich in einer Ecke und kommt erst wieder am Morgen aus seinem Versteck hervor. Neben ihm könnte jemand das ganze Haus ausräumen und er würde keinen Laut von sich geben."

Er zog kurz an der Hundeleine, worauf das Tier die Zähne fletschte und ein bösartiges Knurren von sich gab. Intuitiv trat Kemal einen Schritt zurück.

„Können Sie zumindest zeitlich eingrenzen, wann das passiert ist? Das wäre bei der Ausforschung des Täters ein nicht unwesentlicher Anhaltspunkt."

Gelatello zuckte mit den Achseln.

„Diese Schweinerei muss irgendwann zwischen zweiundzwanzig Uhr und sechs Uhr morgens passiert sein. Mehr kann ich Ihnen dazu leider nicht sagen."

„Eine letzte Frage noch: Haben Sie selbst einen Verdacht, wer das getan haben könnte?"

Gelatellos Blick verfinsterte sich.

„Es gibt immer Personen, die sich dem Fortschritt in den Weg stellen. Aber ich werde Ihnen jetzt keinen Namen nennen, weil ich niemanden zu Unrecht beschuldigen will. Ich vertraue voll und ganz auf Ihre Arbeit. Wenn Sie keine weiteren Fragen haben, würde ich Sie ersuchen, dieses ekelerregende Ding an sich zu nehmen, bevor es in der Hitze zu stinken beginnt, und damit zu tun, was sie für richtig halten."

Wenn Kemal gehofft hatte, dass sich Gelatello nach der Beendigung des Gesprächs mit dem Hund ins Haus begeben würde und er gefahrlos das tote Huhn an sich nehmen konnte, hatte er sich gewaltig geirrt. Gelatello rührte sich nicht von Stelle und beobachtete ihn gespannt. Vorsichtig trat Kemal näher, konnte sich allerdings nicht überwinden, nach dem Tierkadaver zu greifen.

„Sie fürchten sich doch nicht etwa vor meinem kleinen Hündchen", erkundigte sich Gelatello scheinheilig. Der Spott in seiner Stimme war nicht zu überhören. „Wie schon gesagt, wenn ich es nicht will, tut Cano keiner Fliege etwas zuleide. Also, seien Sie ein Mann und nehmen Sie das Vieh!"

Langsam streckte Kemal die Hand in Richtung des Huhnes aus. Die Angst schnürte seine Kehle zu. Er konnte kaum noch atmen. Gerade als er den Kadaver packen wollte, zog Gelatello wieder an der Leine, worauf sein Hund erneut ein bösartiges Knurren ausstieß. In seiner Panik schloss Kemal die Augen und griff blind nach dem Tier, weshalb er es genau an der Stelle zu fassen bekam, an der der Kopf vom Körper abgetrennt worden war. Als er die schleimige Wunde berührte, wurde ihm so übel, dass er ins Taumeln geriet. Nur der Umstand, dass er an diesem Tag noch nichts zu sich genommen hatte, verhinderte, dass er sich an Ort und Stelle übergab. Mit Tränen in den Augen wandte er sich um und hastete zu seinem Wagen. In seinem Rücken erschall Gelatellos schadenfrohes Lachen. Bisher hatte er den Mann lediglich nicht leiden können, aber nach diesem Vorfall hasste er ihn. Hasste er ihn so sehr, dass er sich schwor, ihm diese Schmach bei erstbester Gelegenheit heimzuzahlen. Er öffnete den Kofferraum und stopfte das tote Tier angeekelt in einen Plastiksack. Dann sprang er ins Auto und raste mit einem Tempo zur Bundesstraße hinauf, als sei der Leibhaftige persönlich hinter ihm her.

Zehn Minuten später parkte er den Wagen vor dem prächtigen Anwesen der Gräfin, wo er seit einem Jahr in einer Mansarde unter dem Dach wohnte. Er sprang aus dem Wagen und fluchte laut vor sich hin. Das letzte Mal war er so gedemütigt worden, als Trautners Pisse seinen Hosenboden durchdrungen und dieser ihm die Zähne in den Oberschenkel geschlagen hatte. Er schloss die Augen und atmete ein paar Mal tief durch, bis er sich ein wenig beruhigt hatte. Als er die Augen wieder öffnete, überwältigte ihn wie von selbst die Schönheit der eindrucksvollen Umgebung. Im Himmelreich! Der Flecken verdiente wirklich diesen erhebenden Namen. Blauer Himmel und Wald, so weit das

Auge reichte. Im Süden glitzerten die noch schneebedeckten Gipfel der Alpen im gleißenden Sonnenlicht. Andling lag in einer Senke verborgen. Nur die Spitze des Kirchturms verriet, dass sich dahinter eine Ortschaft befand. Was für ein Unterschied zu Wien! Keine Spur von Beengtheit und Hektik. Ganz im Gegenteil! Ein Bauer pflügte in der Ferne seinen Acker, ein anderer fuhr Jauche aus. Ansonsten wirkte die Gegend wie ausgestorben. Und die Weite, die sich vor einem ausbreitete, beruhigte. Beruhigte viel mehr, als es die Atemübungen seiner Therapeutin je vermocht hätten. Kemal konnte nicht verhehlen, dass er froh war, wieder hier zu sein. An diesem Gefühl konnten auch die Reibereien mit seinem Vorgesetzten und Gelatellos Gehässigkeit nichts ändern. Eine Stimme holte ihn in die Wirklichkeit zurück.

Eleonore von Markstein war vor die Haustür getreten und winkte ihm aufgeregt zu.

„Kemal, was für eine Überraschung! Mit Ihnen habe ich überhaupt nicht gerechnet. Sie wollten doch erst nächstes Wochenende zurückkommen. Was hat Sie früher aufbrechen lassen?"

Er zuckte mit den Schultern. Zwar hatte er keine Geheimnisse vor seiner Vermieterin, aber er wusste, wenn er erst einmal damit anfing, ihr von den Problemen mit seiner Mutter und seiner Schwester zu berichten, würde sie nicht locker lassen, bis sie eine Lösung gefunden hatten, um die Sache wieder zu bereinigen. Gleichgültig, wie lange das dauerte. Das wollte er unbedingt vermeiden. Deshalb entschloss er sich, sie mit einer Schmeichelei abzulenken, um sie gar nicht erst auf falsche Gedanken kommen zu lassen.

„Vielleicht war es die Sehnsucht nach Andling und nach Ihnen."

Eleonore von Markstein strahlte über das ganze Gesicht.

„Das haben Sie aber schön gesagt. Dann seien Sie herzlich willkommen. Und jetzt herein mit Ihnen!“

Sie bat ihn in die Küche und schenkte ihm eine Tasse Kaffee ein. Plötzlich schlug sie entsetzt die Hand vor den Mund.

„Wie furchtbar! Ich habe gar nichts zum Essen für Sie zuhause.“

„Darüber bin ich ausgesprochen froh“, beruhigte er sie. „Meine Mutter hat mich in der einen Woche so gemästet, dass ich nahe daran war, zu platzen. Das war mit ein Grund, warum ich Wien so schnell den Rücken gekehrt habe.“

„Ihre Mutter hat es sicher nur gut mit Ihnen gemeint. Höchstwahrscheinlich glaubt sie, dass Sie hier bei mir verhungern müssen. Und was waren die anderen Gründe, warum Sie früher zurückgekehrt sind?“

Kemal wich ihrem forschenden Blick aus. Er hätte es wissen müssen, vor der Gräfin konnte man nichts geheim halten.

„Nichts von Bedeutung“, wiegelte er ab und fügte schnell hinzu, um von diesem heiklen Thema abzulenken, „außerdem würde mich jetzt viel mehr interessieren, was mit Romeo los ist.“

Eleonore von Marksteins Gesicht nahm einen bekümmerten Ausdruck an.

„Sie haben also schon davon gehört. Nun, Romeo behauptet, dass ihn heute Nacht Trautner aufgesucht hat.“

Kemal riss ungläubig die Augenbrauen in die Höhe.

„Trautner? Trautner ist tot! Ist er jetzt komplett verrückt geworden? Er muss sich getäuscht haben.“

„Das hat ihm Brandtner, der ihn mit zu sich nachhause genommen hat, auch klarzumachen versucht. Aber er beharrt darauf, Trautner gesehen zu haben, und weigert sich standhaft, in seine Behausung zurückzukehren.“

Kemal schüttelte den Kopf. „Das wäre zurzeit auch nicht möglich. Die Kate ist bis auf Weiteres nicht bewohnbar. Da hat sich jemand einen üblen Scherz mit dem alten Mann erlaubt. Fragt sich nur, wer?"

Er hielt kurz inne und legte die Stirn in Falten. „Jetzt verstehe ich auch, was das eigenartige Gerede dieses Pfarrers über Untote und Dämonen zu bedeuten hatte. Haben Sie eine Ahnung, wer der Priester ist, dem ich vorher Romeos Hütte zeigen musste?"

Sie nickte ihm ernst zu. „Das war sicher Hochwürden Altmann. Er ist am Mittwoch in Andling eingetroffen. Angeblich wurde er von der obersten Kirchenleitung hierher geschickt, um einmal Nachschau zu halten, was in der Pfarre so vor sich geht. Hat sich halt bis Wien herumgesprochen, dass ein größerer Teil der Menschen mit Delales Amtsführung nicht zufrieden ist und ihn am liebsten wieder loswerden möchte."

„Und was hat das mit Romeo zu tun?"

„Von Pater Brunner habe ich erfahren, dass Altmann als ausgewiesener Experte für alle Phänomene gilt, die sich einer logischen Erklärung entziehen. Wenn Sie so wollen, ein Fachmann für Wunder und alles Teuflische. Neben seiner Aufgabe, Delales seelsorgerische Arbeit einer Kontrolle zu unterziehen, hat er den Auftrag erhalten, zu untersuchen, was es mit der Heilkraft unseres Quellwassers auf sich hat."

„Das erklärt einiges", sagte Kemal mehr zu sich selbst, „auch warum sich dieser Altmann vorher bei der Quelle herumgetrieben hat."

„Ein schrecklicher Unfall! Oder?", warf die Gräfin ein. „Stimmt es eigentlich, dass mein Neffe Jean dafür verantwortlich macht und sich dieser seiner Verhaftung durch Flucht entzogen hat?" Wieder einmal bestätigte sich, dass sich Neuigkeiten in Andling wie ein Lauffeuer verbreiteten und Eleonore von Markstein immer zu jenen zählte, die über alles bestens unterrichtet waren.

„Dem ist nichts hinzuzufügen“, konnte er sich deshalb ein Schmunzeln nicht verkneifen. „Ich denke, es ist sinnvoller, Sie erzählen mir, was sich zugetragen hat, denn offensichtlich sind Sie wieder einmal besser informiert als die Polizei.“

Nachdem Kemal ausgepackt und sich umgezogen hatte, machte er sich auf den Weg zum Polizeiposten. Seine Hoffnung, dass sich von Markstein wie üblich an einem Samstag nicht auf dem Revier blicken ließ und er von ihm verschont wurde, verpuffte bereits, als er aus dem Auto stieg. Das Lachen seines Vorgesetzten war bis nach draußen zu vernehmen. Durch das Fenster konnte Kemal erkennen, wie der Postenkommandant auf Penniseder einredete und mit einem Blatt Papier vor dessen Gesicht herumwedelte. Zwar schien Rüdiger von Markstein bester Stimmung zu sein, doch das hatte nichts zu bedeuten. Eine Kleinigkeit, wie beispielswiese die Mitteilung, dass er keinen Hinweis gefunden hatte, wer dieses tote Huhn an Gelatellos Tür genagelt hatte, konnte genügen, um seinen Zorn heraufzubeschwören.

Am liebsten hätte sich Kemal wieder aus dem Staub gemacht, aber er wusste, dass er sich damit nur Schwierigkeiten eingehandelt hätte. Sein Vater kam ihm in den Sinn. Wenn dieser seinem Vorgesetzten eine schlechte Nachricht zu übermitteln hatte, ließ er vor dem Gespräch stark gezuckerten Tee und Baklava aus einer nahen Teestube ins Büro seines Chefs bringen, damit die Worte der Bitterkeit nicht an der Süße des Gaumens vorbeifanden und daran kleben blieben. Offen gestanden eine Handlungsweise, der Kemal nicht viel abgewinnen konnte. Denn abgesehen davon, dass sich in Andling keine Teestube befand, hätte er es niemals über sich gebracht, seinen Vorgesetzten mit einem Geschenk für sich gewogen zu machen.

„Dann nimm zumindest einen Regenschirm mit, wenn du dir nicht sicher bist, ob das Wetter umschlagen wird", hätte ihm seine Mutter hingegen geraten. Dieser Ratschlag gefiel ihm schon besser. Er holte den Sack mit dem Huhn aus dem Kofferraum und betrat die Amtsstube.

„Da haben wir ja unser aufmüpfiges Kamel", gab sich der Kommandant leutselig, als er Kemal erblickte. „Wir hoffen, er ist in der Zwischenzeit in sich gegangen und hat in einer Nische seines kargen Gedächtnisses gefunden, wie man sich Personen gegenüber, die rangmäßig über ihm stehen, zu verhalten hat."

Kemal schluckte eine Entgegnung hinunter und nickte seinem Kollegen verstohlen zu, worauf dieser bedauernd mit den Achseln zuckte.

„Aber wir wollen ihm an einem Freudentag wie diesem seine Insubordination nachsehen."

„Ich verstehe nicht ganz, was an einem Tag gut sein soll, an dem ein Mensch ums Leben gekommen ist", konnte sich Kemal nicht zurückhalten.

„Das wollen wir ihm gern erklären. Erstens hat sich herausgestellt, dass es sich bei diesem bedauerlichen Unglücksfall um einen Unfall handelt, womit die Sache vom Tisch ist und uns nicht länger tangiert. Und zweitens haben wir die von unserem lieben Freund in Auftrag gegebene Expertise des Andlinger Wassers im Laptop des Opfers sicherstellen können. Wir haben hier eine Kopie des Gutachtens, und was darauf zu lesen ist, gibt tatsächlich reichlich Grund zur Freude."

Er reichte ihm das Blatt Papier, mit dem er zuvor vor Penniseders Gesicht herum gewedelt hatte, und schaute ihn erwartungsvoll an. Kemal warf einen Blick auf den Ausdruck, konnte allerdings mit den Zahlen und Begriffen, die darauf aufgelistet waren, nicht viel anfangen. Er zuckte mit den Schultern und legte den Zettel auf den Tisch.

Von Markstein ließ ein Stöhnen vernehmen und schlug sich mit einer theatralischen Geste auf die Stirn. „Wir fragen uns nicht zum ersten Mal, wie es möglich ist, den Betrieb hier aufrechtzuerhalten, angesichts der Dummköpfe, mit denen wir gezwungen sind, zusammenzuarbeiten. Aber wir werden ihnen in unserer Großzügigkeit wieder einmal das Denken abnehmen und ihnen erklären, was das zu bedeuten hat."

Er wies mit dem Finger auf das Papier. „Hier kann er die Experten sehen, die der Inhaltsstoff im Wasser entdeckt hat. Wie da wären Selen, Folsäure, Zink, Nitrate, Magnesium, Calcium und Fluorid, und daneben ist aufgelistet, wie viel sich davon in einem Liter befindet. Wenn wir nun die Zahlen einer genaueren Betrachtung unterziehen, können wir …" Er hielt inne, weil er an den verdutzten Gesichtern seiner beiden Mitarbeiter erkannte, dass diese seinen Ausführungen nicht folgen konnten. Er schüttelte über so viel Unverständnis den Kopf und klopfte mit dem Zeigefinger auf einen dick gedruckten Satz am Ende der Expertise.

„Pennis, lies er vor, was dort geschrieben steht! Das dürfte selbst für gemütliche Einfälter, wie sie es sind, klar und verständlich sein."

„Das untersuchte Wasser weist eine derart hohe Dichte und Vielzahl an Inhaltsstoffen auf, wie sie nie zuvor in Österreich, wenn nicht sogar in ganz Europa, festgestellt worden ist."

Während Penniseder den Satz vorlas, rieb sich ihr Vorgesetzter vor Vergnügen die Hände.

„Meine Herren, für Andling brechen goldene Zeiten an! Wir waren natürlich so vorausblickend und haben das

Angebot unseres lieben Freundes Enrico, uns an dem Vorhaben finanziell zu beteiligen, wohlweislich angenommen."

Er strahlte über das ganze Gesicht.

„Aber wir können Sie trösten. Das war erst der Anfang. Enrico hat Großes vor. In Andling wird kein anderer auf dem Stein bleiben, und wir stehen nicht an, eine gute Einlage für sie zu worten, damit unser Freund auch sie daran teilhaben lässt. Wobei wir, wenn wir es recht bedenken, nicht imstande sind, uns vorzustellen, dass einer von ihnen das nötige Kleingeld zur Verfügung hat, um in den erlauchten Kreis der Investoren aufgenommen zu werden."

Er grinste von einem Ohr zum anderen und lächelte sie schadenfroh an.

Kemal zuckte gleichgültig mit den Schultern. Er hielt nicht viel von Gelatello und hätte einem Kerl wie ihm nicht einmal einen Cent seines Ersparten anvertraut. Aber er hütete sich, das zu sagen, weil ihn sein Chef dann unter Umständen genötigt hätte, quasi als Vertrauensbeweis sein Geld in dieses Projekt zu investieren. Allerdings konnte er dem Drang, von Markstein eins auszuwischen, nicht widerstehen.

„Man soll das Gastmahl nicht vor dem Nachtisch loben", ließ er gemäß dem Motto seines Vaters, dass ein Sesamkorn im Bett reicht, einen um den Schlaf zu bringen, wie nebenbei fallen.

Von Markstein wollte etwas erwidern, hielt jedoch inne und blickte ihn verdutzt an. Es war offensichtlich, dass er den Sinn von Kemals Worten nicht verstanden hatte und es noch eine Weile dauern würde, bis diese ihr Ziel erreichten.

„Außerdem bin ich der Meinung, dass wir weitere Nachforschungen anstellen sollten, bis das endgültige Ergebnis der Obduktion vorliegt", schob Kemal schnell nach, um seinen Vorgesetzten auf andere Gedanken zu bringen, denn der Stachel schmerzt umso mehr, je später man ihn herauszieht. Sollte sein Chef ruhig eine schlaflose Nacht verbringen, weil er seine Worte nicht mehr aus dem Sinn bekam. Er hatte es nicht anders verdient.

„Irgendwie kann ich mir nicht vorstellen, dass jemand in diesem flachen Gewässer ertrinkt, selbst wenn er betrunken ist."

Von Markstein verdrehte genervt die Augen.

„Ötzi, wie oft haben wir ihm schon gesagt, er soll das Denken seinen Vorgesetzten überlassen und sein Ding nicht in Nasen stecken, von denen er keine Ahnung hat. Medizinalrat Sedlacek hat eindeutig festgestellt, dass kein Fremdverschulden vorliegt und damit ist der Fall für uns erledigt. Dass er einmal als Herlock Sholmes reüssiert hat, fällt eher unter die Kategorie, auch ein blindes Kamel findet gelegentlich eine Dattel. Aber in unserer Großzügigkeit wollen wir ihm Gelegenheit geben, uns eines Besseren zu belehren. Er hat doch gerade die Sicherungen bei unserem lieben Freund Enrico gespurt. Wenn es ihm gelungen ist, die Halunken auszuforschen, die für diese schändliche Tat verantwortlich zeichnen, stehen wir nicht an, alles zu behaupten, was wir gerade zurückgenommen haben. Also berichte er uns, was er herausgefunden hat!"

Obwohl Kemal die herablassende Art, mit der ihn von Markstein behandelte, zutiefst ärgerte, beschloss er, sich nicht provozieren zu lassen, sondern es mit der Methode Penniseder zu halten und sich dumm zu stellen. Er nahm seinen Notizblock aus der Tasche und schlug eine Seite auf.

„Leider konnten am Tatort keine Spuren sichergestellt werden, da Herrn Gelatellos Mitarbeiter bereits sauber gemacht und diese infolge der Reinigung unabsichtlich entfernt hat", erwiderte er kleinlaut. „Des Weiteren war der Geschädigte nicht in der Lage, relevante Aussagen bezüglich der Tat zu treffen. Insofern war es mir nicht möglich, den Fall einer Lösung zuzuführen."

„Was wir uns von ihm auch nicht erwartet haben! Hat wenigstens dieser Mistbauer das Delictus Corpi identifizieren können?"

„Ihm ist zwar eine gewisse Ähnlichkeit mit anderen Exemplaren dieser Spezies aufgefallen, aber einen konkreten Hinweis auf die Herkunft des Tieres konnte auch er nicht liefern. Deshalb habe ich mir erlaubt, das Huhn zu beschlagnahmen und mit auf den Posten zu bringen."

Er zog das tote Huhn aus dem Sack und legte es vor von Markstein auf den Schreibtisch. Angewidert trat dieser einen Schritt zurück.

„Vielleicht dürfte ich Ihnen einen Vorschlag zur weiteren Vorgehensweise unterbreiten?", erkundigte sich Kemal scheinheilig.

Der Postenkommandant warf ihm einen skeptischen Blick zu, ehe er ihm mit einem Nicken bedeutete, weiterzusprechen.

„Man könnte einen Steckbrief des toten Tieres aushängen lassen und die Bevölkerung zur Mithilfe an der Klärung dieses schändlichen Verbrechens aufrufen."

Von Markstein legte die Stirn in Falten. Man sah ihm an, dass er ernstlich überlegte, was von diesem Vorschlag zu halten war. Penniseder stand hinter ihm und presste beide Hände auf den Mund, um nicht laut loszulachen.

Kemal schaute seinen Vorgesetzten erwartungsvoll an.

„Da sieht man wieder einmal, was für ein Dummkopf er ist", sagte er schließlich, wobei seine Stimme vor Hohn triefte. „Und ich will ihm auch erklären, warum." Er blickte Kemal triumphierend an. „Hängen wir einen Steckbrief auf, warnen wir den Täter und flugs ist er über alle Berge! Vielleicht kommt ihm jetzt selbst die Erkenntnis, dass es mit seinen kriminalistischen Fähigkeiten nicht weit her ist. Wie sagt der Volksmund so treffend: Leisten bleib bei deinem Schuster! Demgemäß betrauen wir ihn mit einer Aufgabe, die seiner geistigen Kapazität entspricht und ihn nicht überfordern dürfte. In der vergangenen Woche ist es zu mehreren Einbrüchen in Bauernhöfe gekommen. Liefere er uns einen Beweis für sein kriminalistisches Geschick und finde er heraus, wer dafür verantwortlich zeichnet! Bis Montag wollen wir Ergebnisse! Das ist kein Wunsch, sondern ein Befehl. Und dieses ekelhafte Tier", er zeigte auf das tote Huhn und verzog angewidert das Gesicht, „nehme er zu den Befragungen mit und zeigte es den Bauersleuten. Vielleicht erkennt es ja einer wieder oder verrät sich ein anderer, weil er sich auf tatiger Frische ertappt fühlt. Pennis, händige er ihm die Liste mit den Tatorten aus, und dann gehe er uns aus den Augen!"

Schmunzelnd verließ Kemal die Amtsstube. Er warf den Sack mit dem Huhn in den Kofferraum und stieg in den Wagen. Bevor er den Motor startete, warf er einen Blick auf die Liste. Insgesamt war sechsmal eingebrochen worden. Der Schaden war nicht der Rede wert, bis auf ein paar Kleidungsstücke und Lebensmittel war nichts abhanden gekommen.

Alle betroffenen Bauernhöfe lagen im Himmelreich, auch der Brandtnerhof befand sich darunter. Kemals Herz machte einen kleinen Freudensprung. Die Aussicht Agnes zu sehen, machte ihm diese sinnlose Aufgabe erträglicher. Denn dass eine Ermittlung in dieser Einbruchsserie ohne Erfolg bleiben würde, war so sicher, wie seine Mutter Ecem hieß. Seit die großen Städte, wie auch Linz, ein Bettelverbot ausgesprochen hatten, zog es Obdachlose vermehrt in ländliche Gebiete, wohl in der Hoffnung, hier leichter ihr Auskommen zu finden. Meist hielten sie sich mit kleinen Diebstählen über Wasser und zogen nach wenigen Tagen weiter, um ihrer Ausforschung durch die Behörden zu entgehen. Die Art und der geringe Wert der entwendeten Dinge ließen den Schluss zu, dass es sich in diesem Fall ähnlich verhielt.

Kemal entschied, die Befragungen beim Huberbauern zu beginnen und auf dem Brandtnerhof abzuschließen. Wenn nichts dazwischenkam, ließ sich das an einem Nachmittag bewältigen.

An der Abzweigung, die zu seinem ersten Ziel führte, sah Kemal eine Frau auf dem Boden kauern. Als sie das Motorengeräusch des nahenden Autos vernahm, erhob sie sich rasch und humpelte die Straße weiter. Da ihm die Person verdächtig vorkam, beschloss er, eine Kontrolle durchzuführen. Er überholte sie und hielt den Wagen am Straßenrand. Im Rückspiegel beobachtete er, dass die Frau stehen blieb und etwas aus ihrer Tasche holte. Kemal öffnete das Halfter seiner Dienstwaffe und näherte sich vorsichtig der Person. Erst als er nur mehr wenige Schritte von ihr entfernt war, erkannte er, dass es sich bei der Frau um Gelatellos Lebensgefährtin handelte.

Erschrocken stellte er fest, dass ihr Gesicht wüst verunstaltet war. Das rechte Auge war derart geschwollen, dass nur mehr ein schmaler Schlitz zu sehen war. Die linke Wange war tiefrot gefärbt. Auch an den Oberarmen zeigten sich dunkelblaue Flecken. Der jungen Frau blieb sein entsetzter Gesichtsausdruck nicht verborgen. Sie wandte sich beschämt ab und ließ sich auf einem Baumstamm nieder, der neben der Straße in der Wiese lag. Dabei rutschte ihr Rock in die Höhe und gab den Blick auf ihr Knie frei, das eigenartig hervorgehoben wirkte und eine grün-gelbe Verfärbung aufwies.

„Allah, was ist mit Ihnen passiert? Hatten Sie einen Unfall? Kommen Sie, ich bringe Sie nachhause!“

Als er das Wort „nachhause“ aussprach, durchzuckte ein Beben den Körper der jungen Frau. Ihm kam ein furchtbarer Verdacht. Konnte es sein, dass Gelatello sie so zugerichtet hatte? Diesem Kerl traute er alles zu.

„Wenn das Gelatello war, dann rate ich Ihnen, unverzüglich Anzeige zu erstatten. Ich fahre mit Ihnen zum Polizeiposten, dort können wir das sofort erledigen.“

Sie machte eine abwehrende Handbewegung.

„Es ist nicht so, wie Sie glauben“, entgegnete sie mit weinerlicher Stimme. „Danke für Ihr Angebot, aber ich komme ganz gut alleine zurecht!“ Sie erhob sich und machte einen Schritt nach vorne, doch ihr rechtes Bein knickte weg. Nur Kemals schneller Reaktion war es zu verdanken, dass sie nicht stürzte.

„Jetzt steigen Sie schon ein! Sie sehen ja selbst, dass Sie das nicht von alleine schaffen. Ich bringe Sie hin, wo Sie wollen.“

Er hakte sich bei ihr ein und führte sie zum Wagen, wobei ihm nicht entging, wie sich ihr Körper verkrampfte, als er sie unterfasste.

„War halb so schlimm!“, versuchte er sie ein wenig aufzumuntern, nachdem sie auf dem Beifahrersitz Platz genommen hatte. „Jetzt müssen Sie mir nur noch sagen, wo ich Sie hinfahren soll.“

Sie schloss für einen Moment die Augen, ehe sie das Wort „nachhause“ so leise flüsterte, dass er sie kaum verstand.

„Nachhause“, wiederholte Kemal argwöhnisch. „Sind Sie sich sicher?“

Als sie nickte, startete er den Motor und setzte den Wagen Richtung Andling in Bewegung, blieb jedoch nach wenigen Metern wieder stehen. Er schaute sie forschend an.

„Wollen Sie wirklich nachhause? Wie gesagt, ich kann

Sie auch auf den Polizeiposten bringen. Dort sind Sie fürs Erste in Sicherheit. Oder ich setze Sie beim Pfarramt ab, damit Sie sich Hochwürden Brunner oder Pater Delale anvertrauen können?" Von Eleonore von Markstein hatte er erfahren, dass die junge Frau offensichtlich tiefgläubig war und jeden Sonntag regelmäßig die Messe besuchte. Und das, obwohl sie Nwongo Delale bei ihrem ersten Besuch in der Kirche vor der versammelten Gemeinde öffentlich bloßgestellt hatte, weil sie es gewagt hatte, in einem ihrer berühmten Miniröckchen, die mehr zeigten als verbargen, dem Gottesdienst beizuwohnen. Sie schien seinen Vorschlag ernsthaft abzuwägen, schüttelte schließlich trotzdem den Kopf.

„Bringen Sie mich nachhause! Es ist besser so."

Fünf Minuten später hielt Kemal im Hof von Trautners ehemaligem Anwesen. Er stieg aus und half der jungen Frau aus dem Wagen. Ehe er dazu kam, auf sich aufmerksam zu machen, wurde die Tür aufgerissen. Gelatello stürzte nach draußen, gefolgt von Branko, seinem „Mädchen" für alles, der den Hund an der Leine zurückhielt.

„Mia cara!", rief er aus. „Wie siehst du aus? Was ist geschehen?" Er zog die junge Frau an sich und strich behutsam über ihre geschwollene Wange. Kemal entging nicht, dass diese bei der Berührung zusammenzuckte.

„Angeblich ein Unfall", gab er misstrauisch zur Antwort. Obwohl er Gelatello als Menschen kennen gelernt hatte, der es hervorragend verstand, seine Gefühle im Zaum zu halten, verlor dieser für einen Moment die Fassung und bedachte ihn mit einem Blick, der einem das Blut in den Adern gefrieren lassen konnte. Aber er hatte seine Gefühle sofort wieder unter Kontrolle. Er nahm seinem „Mädchen" für alles den Hund ab und wies mit dem Kopf auf seine Lebensgefährtin.

„Branko, bring Elena auf ihr Zimmer und kümmere dich um ihre Verletzungen! Ich komme gleich nach. Vorher möchte ich mich noch bei unserem Freund für die Hilfe bedanken, die er Elena hat angedeihen lassen."

Die junge Frau ließ sich widerstandslos ins Haus geleiten. Kemal warf ihr einen besorgten Blick nach. Kaum hatte sich die Tür hinter ihr geschlossen, packte Gelatello ihn am Kragen und riss ihn nach vorne. Die Attacke kam so überraschend, dass Kemal keine Chance hatte, sich dagegen zur Wehr zu setzen.

„Wenn du noch einmal wagst, dich in meine Privatangelegenheiten einzumischen, wirst du den Tag verfluchen, an dem du mir zum ersten Mal begegnet bist. Hast du verstanden?"

Kemal wollte etwas erwidern, aber Gelatello drückte so fest zu, dass nur ein Röcheln aus seiner Kehle drang.

„Und jetzt zeige ich dir, was passiert, wenn man meinen Bitten nicht Folge leistet!"

So schnell wie er Kemal am Hals gefasst hatte, so schnell ließ er ihn wieder los. Doch das bösartige Grinsen, das über sein Gesicht huschte, offenbarte Kemal, dass er noch nicht in Sicherheit war. Wie in Zeitlupe formte Gelatello mit den Lippen das Wort „cano", worauf der Hund die Zähne fletschte und sich knurrend aufrichtete.

Entsetzt registrierte Kemal, dass ihn das Tier um Hauptеslänge überragte. In seiner Panik drehte er sich mit einer fahrigen Bewegung um und fuchtelte mit den Händen wild in der Luft herum. Ein Fehler, wie sich zeigte, denn das steigerte erst recht die Angriffslust der Bestie. Sie ließ sich einfach nach vorne fallen und begrub ihn unter sich. Der Hund war so schwer, dass sich Kemal nicht mehr bewegen konnte. Die Zähne des Tiers lagen nur wenige Zentimeter von seinem Hals entfernt. Der faulige Atem, der seinem

Maul entströmte, strich über sein Gesicht. Kemal war klar, dass ein Wort Gelatellos genügte und der Hund würde bedenkenlos zubeißen. Er schloss die Augen und ergab sich in sein Schicksal.

„Ich sehe, wir haben uns verstanden", spottete Gelatello und gab seinem Hund mit einem Schnalzlaut zu verstehen, dass er von seinem Opfer ablassen sollte.

Zitternd richtete sich Kemal auf. Er war den Tränen nahe. Seit dem Vorfall mit Trautner, als dieser ihn in den Oberschenkel gebissen und zutiefst verhöhnt hatte, war er nicht mehr so gedemütigt worden wie eben.

„Und jetzt scher dich von meinem Grundstück und lass dich nie wieder hier blicken!"

Dieser Worte hätte es gar nicht bedurft. Wie von der Tarantel gestochen, stürzte Kemal zu seinem Wagen und preschte mit Vollgas davon. Und eines wusste er genau, freiwillig würde er nicht mehr hierher zurückkehren, und wenn es sich aus irgendeinem Grund doch nicht vermeiden ließ, dann nur mit der entsicherten Waffe in der Hand.

Auf der Hauptstraße brachte Kemal den Wagen zum Stehen. Er hielt das Lenkrad so fest umklammert, dass das Weiß der Fingerknöchel hervortrat. Sein Herz raste. Ein Blick in den Spiegel zeigte ihm, dass er bleich wie ein Leintuch war. Vor seinen Augen tanzten schwarze Flecken. Er lehnte sich zurück und schloss die Augen. Leutner-Schnarringer kam ihm in den Sinn.

„In erster Linie haben die Atemtechniken die Aufgabe, Ihnen ein Instrument in die Hand zu geben, das Sie unterstützt, Ihre überbordenden Gefühle im Zaum zu halten", hatte sie ihm einmal mit ihrer einschläfernden Stimme erklärt. „Darüberhinaus kann richtiges Atmen sehr hilfreich sein, wenn Sie eine unerwartete Situation zu meistern haben, in der es gilt, einen kühlen Kopf zu bewahren."

Die Vorstellung, dass die Polizeipsychologin unter dem Körper des Hundes gefangen lag und dessen fauligen Atem einsog, um zu ihrer inneren Mitte zu gelangen, entlockte ihm ein bitteres Lachen. Doch dieses Lachen blieb ihm im Hals stecken, als er sich noch einmal vergegenwärtigte, was wenige Minuten vorher geschehen war. Eine falsche Bewegung und die Bestie hätte ihre Zähne in seine Kehle gestoßen. Unwillkürlich griff er sich an den Hals, um zu überprüfen, ob noch alles heil war. Er hatte Gelatello auch bislang nicht über den Weg getraut, aber wie eiskalt und gefährlich dieser sein konnte, hatte er erst heute am eigenen Leib zu spüren bekommen.

Ein Hupen riss ihn aus seinen düsteren Gedanken. In seiner Erregung hatte er gar nicht bemerkt, dass er den Wagen mitten auf der Straße angehalten hatte. Er fuhr an den Straßenrand und winkte den Tankwagen der Molkerei vorbei. Noch immer zitterten seine Hände wie Espenlaub. Obwohl er nicht viel von Leutner-Schnarringers Methoden hielt, atmete er ein paarmal tief durch, bis er das Gefühl hatte, dass er sich wieder einigermaßen im Griff hatte. Trotzdem fühlte er sich nicht in der Lage, die Befragung der Bauern nach diesem Vorfall durchzuführen. Er entschied, lediglich den Brandtnerhof aufzusuchen. Er hatte Sehnsucht nach Agnes und der Diebstahl lieferte ihm einen guten Vorwand, sie zu sehen. Den Rest konnte er getrost auch am nächsten Tag erledigen.

Eine Viertelstunde später erreichte er den Bauernhof. Agnes, ihr Vater und Romeo saßen im Vorgarten unter der mächtigen Linde und genossen den Frühsommernachmittag. Als Kemal ausstieg, sprang Agnes auf und lief auf ihn zu. Es hatte den Anschein, als wollte sie ihn umarmen, aber zwei Schritte vor ihm blieb sie stehen und streckte ihm lediglich die Hand zum Gruß entgegen.

„Kemal, das ist aber eine Überraschung! Ich dachte, du kommst erst in einer Woche zurück."

Obwohl ihr die Freude über sein Erscheinen ins Gesicht geschrieben stand, konnte er sich des Eindrucks nicht erwehren, dass sie dutzende andere Besucher auf eine ähnliche Weise willkommen geheißen hätte. Nichts an ihr ließ erkennen, dass er eine Sonderstellung unter ihren Bekannten einnahm und sie ihm mehr als anderen zugetan war. Das Ultimatum seiner Mutter fiel ihm ein. Er hatte ein paar Monate Zeit, um Agnes näher zu kommen. Keine Ahnung, wie er das bewerkstelligen sollte! Vielleicht war es der Mut der Verzweiflung, der ihn die folgenden Worte aussprechen ließ. Worte, die er nie in Gegenwart anderer von sich gegeben hätte.

„Du hast mir gefehlt, deshalb bin ich früher als geplant zurückgekehrt."

Das Blut schoss Agnes in die Wangen. Verlegen senkte sie den Blick.

Ihr Vater, der die Szene mit Argusaugen beobachtet hatte, mischte sich ein.

„Kemal, was treibt dich hier zu uns her? "

Er wandte sich um und reichte dem Bauern die Hand.

„Zwei Vorfälle genau genommen! Zum einen habe ich den Auftrag erhalten, die Diebstähle, die vergangene Woche verübt worden sind, aufzuklären."

Brandtner machte eine abwiegelnde Handbewegung. „Das ist doch nicht der Rede wert. Aus der Selchkammer sind ein Stange Wurst und ein Ranken Speck entwendet worden."

„Und von der Wäscheleine zwei Hemden und eine Wolldecke", ergänzte Agnes.

„Wenn du mich fragst", fuhr der Bauer fort, „waren das ein paar arme Teufel, die der Hunger dazu verleitet hat. Ich an eurer Stelle würde mich nicht weiter darum kümmern und sie laufen lassen."

„Der Postenkommandant sieht das anders", setzte Kemal zu einer Erklärung an, aber Agnes Vater ließ ihn nicht ausreden.

„Von Markstein kann mir gestohlen bleiben. Wäre besser, er kümmert sich um seinen eigenen Mist."

„Dem ist nichts hinzuzufügen", erwiderte Kemal. „Was nichts daran ändert, dass wir amtszuhandeln haben, sobald ein Delikt zur Anzeige gebracht worden ist. Der Hauptgrund meines Kommens ist allerdings, weil ich mich erkundigen wollte, wie es Romeo geht."

Er schüttelte dem Alten die Hand und betrachtete ihn besorgt. Romeo wirkte mitgenommen, man sah ihm an, dass er in der vergangenen Nacht nicht viel Schlaf gefunden hatte.

„Ich habe gehört, dass dich angeblich der Trautner in deiner Kate aufgesucht hat." Die Skepsis in seiner Stimme war nicht zu überhören.

„Mir glaubt ohnehin keiner", brummte der Alte. „Aber ich bin nicht verrückt und weiß genau, was ich gesehen habe."

„Dir ist schon klar, was du da behauptest", wandte Kemal ein. „Alfons Trautner ist vor etwas mehr als einem halben Jahr tot in seiner Jauchegrube aufgefunden worden."

„Das ist mir bewusst, immerhin bin ich in der gleichen Nacht von Trautners Sohn niedergeschossen worden und fast verreckt. Trotzdem bleibe ich dabei. Ich habe Trautner gesehen. Und wenn es nicht er war, dann war es sein Geist."

Kemal blickte Agnes und ihren Vater hilfesuchend an, aber die beiden zuckten nur mit den Schultern.

„Ich war heute mit diesem Pfarrer aus Wien bei deiner Hütte", unternahm er einen weiteren Versuch, Romeo von der Haltlosigkeit seiner Aussage zu überzeugen. „Er ist der Meinung, dass dich, wenn schon ein Dämon, dann einer von dieser Welt heimgesucht hat. Stellt sich natürlich die Frage, welchen Grund er dafür gehabt hat!"

„Pfaffen!", stieß Romeo verächtlich hervor. „Die biegen sich die Wahrheit ohnehin immer so zurecht, wie es ihnen gerade in den Kram passt. Mit denen will ich nichts zu schaffen haben."

Kemal spürte, dass mit Romeo augenblicklich nicht vernünftig über diese Angelegenheit zu reden war, deshalb lenkte er das Gespräch wieder auf eine sachlichere Bahn und setzte ihn vom Zustand seiner Kate in Kenntnis. Die Reaktion des Alten auf seinen Bericht verblüffte ihn.

„Mir ist absolut gleichgültig, wie es dort ausschaut, weil ich sowieso nie wieder dorthin zurückkehre."

„Aber wo willst du denn wohnen?", rief Kemal erstaunt aus.

Romeo wies mit der Hand auf das Gebäude neben dem Stall.

„Hier. Alois hat mir angeboten, dass ich bei ihnen bleiben kann. Ehrlich gesagt, kommt mir das sehr gelegen. Seit ich im Krankenhaus war, spüre ich, dass ich alleine kaum mehr zurechtkomme. Die Arbeiten gehen mir nur mehr schwer von der Hand und sicher, wirklich sicher habe ich mich dort nach dem Attentat auf mich auch nicht mehr gefühlt. Ich verkaufe den ganzen Krempel und lasse das Auszugshaus neben dem Stall renovieren. Das ist genau das Richtige auf meine alten Tage."

Kemal konnte nicht verhehlen, dass er das für eine gute Idee hielt. Auch ihm war in den letzten Monaten nicht entgangen, wie viel Mühe es den Alten kostete, den Alltag alleine zu meistern. Trotzdem war er so perplex, dass er noch einmal nachsetzte.

„Dann sag mir einmal, wer deine Liegenschaft kaufen soll! Im ganzen Ort gibt es niemanden, der so viel Geld zur Verfügung hat. Diesen Entschluss hättest du fassen sollen, als Trautner noch lebte. Der hätte dir eine astronomische Summe bezahlt, nur um an deine Grundstücke heranzukommen."

„Ich habe schon einen Käufer", erwiderte Romeo stolz.

„Und wer soll das sein?", fragte Kemal nach, obwohl er genau wusste, welcher Name gleich fallen würde.

„Gelatello. Er war schon vorher an einem Kauf interessiert und daran hat sich nichts geändert, wie er mir heute Morgen am Telefon mitgeteilt hat."

Obwohl Kemal geahnt hatte, dass nur Gelatello als Käufer in Frage kam, war er fassungslos. Noch vor wenigen Wochen hatte Romeo im Wirtshaus vor den anderen geschworen, dass man ihn schon mit den Füßen voran aus seiner Kate tragen müsse, ehe er seinen Grund und Boden diesem heimtückischen Katzelmacher aus der Stadt überlassen würde.

„Warum Gelatello?", wollte er wissen, wobei die Empörung in seiner Stimme nicht zu überhören war. „Bis vor kurzem hast du dich noch mit Händen und Füßen gegen diese Bauvorhaben in Andling gewehrt. Ich habe noch deine Worte im Ohr, als du die anderen gewarnt hast. Das ist der Anfang vom Ende, hast du gesagt. Kein Stein wird auf dem anderen bleiben und irgendwann werden wir Fremde im eigenen Ort sein, weil wir für die Aussicht auf ein wenig Gewinn alles geopfert haben, was uns etwas bedeutet hat."

„Auch ein Sturschädel wie ich kann seine Meinung ändern", gab Romeo kleinlaut zu.

„Außerdem habe ich ihm dazu geraten", kam Agnes dem Alten zu Hilfe.

„Du?", rief Kemal ungläubig aus.

„Du hast schon richtig gehört. Ich war das. Weil ich der festen Überzeugung bin, dass Gelatello für diesen Ort ein Geschenk des Himmels ist."

Kemal schüttelte abwehrend den Kopf. Nach dem, was ihm kurz zuvor widerfahren war, neigte er eher dazu, den Mann als Plage zu sehen, die man nicht los wurde.

„Kemal", ließ Agnes nicht locker, „du bist noch nicht lange hier und verstehst vielleicht nicht, worum es geht. Aber sieh dich nur einmal um! Andling ist ein sterbendes Dorf. Die Hälfte der Bauernhöfe steht mittlerweile leer, die Jungen finden hier keine Arbeit und ziehen in die Stadt, wir müssen bis nach Linz oder Freistadt fahren, um unsere Einkäufe zu erledigen, und Vroni hat mir vor kurzem anvertraut, dass ihr Vater überlegt, den „Goldenen Hirschen" zuzusperren, weil sich das Geschäft nicht mehr rentiert. Auch den Polizeiposten würde es schon lange nicht mehr geben, wenn ihn von Markstein und seine Jagdkameraden nicht durch ihre Machenschaften vor dem Zusperren bewahrt hätten. Aber eine wirkliche Zukunftsperspektive habt ihr auch nicht. Durch Gelatello wird sich das alles ändern. Ich kann nicht verstehen, was du gegen ihn hast. Er ist höflich, hat gute Manieren und, obwohl er als Geschäftsmann natürlich auf seine eigenen Interessen schauen muss, hat er das Herz auf dem rechten Fleck. Das beweist schon seine Haltung Romeo gegenüber. Anstatt seine Notlage auszunützen und ihm die Grundstücke zu einem Minderpreis abzuluchsen, hat er das Angebot erhöht und ist bereit, ihm mehr zu zahlen als vor dem Vorfall gestern Nacht."

Kemal war wie vor den Kopf gestoßen. Am liebsten hätte er Agnes erzählt, wozu Gelatello fähig war, wenn man sich in dessen Privatangelegenheiten einmischte. Aber er wusste, dass er das nicht durfte. Er hatte keinen Zeugen. Gelatello würde alles abstreiten und ihm mit einer Verleumdungsklage drohen. Plötzlich kam ihm ein furchtbarer Verdacht. War es nicht möglich, dass Gelatello hinter dieser makabren Inszenierung heute Nacht steckte? Die Quelle mit dem heilspendenden Wasser lag auf Romeos Grund und Boden. Ohne dessen Zustimmung durfte dieser nicht einmal einen Tropfen des Wassers nutzen. Und diese Zustimmung hatte ihm der alte Mann bislang verweigert, wodurch Gelatellos Pläne obsolet waren und wie ein Kartenhaus in sich zusammenbrachen.

Ihm war klar, dass ihm die anderen keinen Glauben schenken würden, aber er konnte zumindest das Sesamkorn in ihr Bett legen, das sie um den Schlaf bringen würde.

„Mich würde nicht wundern, wenn Gelatello…“ Das Aufheulen eines Motors ließ ihn innehalten. Auf der Hügelkuppe tauchte ein Geländewagen auf und hielt genau auf den Bauernhof zu.

„Wenn man vom Teufel spricht…“, lachte Brandtner.

Gelatello brachte den SUV neben seinem Wagen zum Stehen und stieg aus. Kemal war gespannt, wie dieser reagieren würde, wenn er ihn hier antraf. Für den Bruchteil einer Sekunde verhärteten sich dessen Gesichtszüge. Aber er hatte seine Gefühle sofort wieder im Griff und zauberte ein Lächeln auf seine Lippen.

„Ach, Herr Inspektor, so schnell sieht man sich wieder! Es ist mir eine Ehre.“

Er deutete eine Verbeugung an und reichte ihm die Hand. Kemal war so perplex, dass er sie ergriff, obwohl er sich geschworen hatte, dass er nie wieder etwas mit diesem Menschen zu tun haben wollte.

Doch es war nicht diese Abgebrühtheit und Aalglätte, die ihn vollends aus der Fassung brachte, sondern Agnes' Verhalten, als sie den Besucher begrüßte. Denn diese glich jener, die sie ihm hatte angedeihen lassen, wie ein Ei dem anderen. Sie sprang auf, lief mit einem Lächeln im Gesicht auf Gelatello zu, als wollte sie ihn umarmen, stoppte zwei Schritte vor ihm und reichte ihm artig die Hand.

Kemal glaubte, sein Herz würde auf der Stelle zerspringen. Er rang um Atem und war nahe daran, die Herrschaft über sich zu verlieren. Er hatte nur einen Gedanken: Nichts wie weg hier! Ohne sich zu verabschieden, hastete er zu seinem Wagen, drehte sich noch einmal um, um zu erklären, warum er so abrupt aufbrechen musste, brachte jedoch nicht viel mehr als ein Stammeln zustande. Er zuckte bedauernd die Schultern, schwang sich in sein Auto und raste davon, als sei der Leibhaftige persönlich hinter ihm her.

Sonntag

Es war tiefste Nacht, als ihn ein Geräusch weckte. Verwirrt blickte er sich um. Er lag mit dem Gewand in seinem Bett, nicht einmal die Schuhe hatte er ausgezogen. Ehrlich gestanden, hatte er keine Ahnung, wie er hierher gekommen war.

Verunsichert tastete er mit den Augen das Zimmer ab, um sich an die Dunkelheit zu gewöhnen. Es dauerte eine Weile, bis sich erste Konturen abzeichneten, die ihm vertraut waren. Fast gleichzeitig lüftete sich der Schleier, der sich über seine Erinnerung gebreitet hatte. Ihm fiel wieder ein, wie entsetzt er über Agnes′ Verhalten gewesen war, als sie Gelatello begrüßt hatte. Dass er in seiner Verzweiflung vom Brandtnerhof regelrecht geflüchtet war. Er erinnerte sich an den Blick in den Rückspiegel und die konsternierten Mienen der Zurückbleibenden. Dass er die Türe aufgesperrt hatte, ohne zu wissen, wie er nachhause gekommen war. Dass er heilfroh gewesen war, dass sich die Gräfin außer Haus befand, weil er in seinem Gemütszustand nicht in der Lage gewesen wäre, ihr zu verheimlichen, was vorgefallen war. Dass er sich schnurstracks in sein Zimmer begeben und so, wie er war, auf das Bett geworfen hatte. Dass er den Tränen nahe gewesen war. Dann musste er eingeschlafen sein.

Kemal schloss die Augen und stieß einen Seufzer aus. Da vernahm er wieder das Geräusch. Es kam vom Fenster. Irgendjemand hatte einen Stein gegen die Scheibe geworfen. Er stand auf und schob den Vorhang einen Spalt zur Seite. Im Hof nahm er eine Gestalt wahr, die gerade den Arm in die Höhe hob, offensichtlich um einen weiteren Stein herauf zu schmeißen. Er öffnete das Fenster, doch ehe er auf sich aufmerksam machen konnte, traf ihn eine volle Ladung mitten ins Gesicht.

„Verdammt! Was soll das?“

„Oh, pardon mon ami“, vernahm er Lembergés Stimme. „Das lag nischt in meiner Absicht.“

„Jean, was machst du hier?“, rief Kemal erstaunt.

„Isch wollte nur, vielleicht ast du kurz Zeit für misch.“

„Natürlich! Warte einen Moment.“

Er schlich nach unten und sperrte die Haustüre auf.

„Isch weiß nischt mehr ein noch aus“, begann Lembergé lautstark zu jammern, kaum wurde er seiner ansichtig. Blitzschnell legte ihm Kemal die Hand auf den Mund und gab ein Zeichen, ihm zu folgen. Auf Zehenspitzen schlichen sie in die Küche. Dort ließ sich Lembergé wie ein Häufchen Elend auf einen Sessel fallen.

Kemal schüttelte vorwurfsvoll den Kopf. „Jean, kannst du mir verraten, was in dich gefahren ist? Dieses Mal bist du eindeutig zu weit gegangen.“

Lembergé warf ihm einen bekümmerten Blick zu. „Glaub mir, das lag nischt in meiner Absicht! Mon dieu, wenn isch gewusst hätte, was passiert, hätte isch den Mann in Ruhe gelassen. Isch wollte doch nur herausfinden, was es mit seinen Üntersuchungen auf sisch at und abe gehofft, dass das eine oder andere Bierchén für misch dabei erausschaut. Isch abe überhaupt keinen Gedanken daran verschwendet, dass…“

„Das war schon immer dein Problem“, erklang plötzlich eine Stimme hinter ihnen. „Auch in der Schule hast du erst dann zu denken angefangen, wenn es dafür bereits zu spät war.“ Erschrocken wandten sich Kemal und Lembergé um. Eleonore von Markstein stand in der Tür. Mit ihrem weißen Nachthemd und den wirr in die Höhe stehenden Haaren sah sie einem Gespenst zum Verwechseln ähnlich. Lembergé sprang auf und nahm vor seiner ehemaligen Lehrerin Haltung an.

„Excusez moi, Madame, isch wollte Sie nischt wecken! Entschuldigen Sie die Störung, isch werde misch gleich wieder auf den Weg machen!"

„Gar nichts machst du! Wir haben ja gesehen, was herauskommt, wenn man dich nicht im Auge behält", erwiderte die Gräfin resolut. „Du setzt dich jetzt wieder nieder und dann beraten wir gemeinsam, wie wir dir aus der Patsche helfen können. Kemal, sei bitte so nett und stell Kaffee zu. Ich fürchte, den haben wir bitter nötig."

Zwei Stunden und vier Tassen Kaffee später waren sie übereingekommen, dass Jean die Nacht auf der Couch im Wohnzimmer verbringen und Kemal am nächsten Morgen auf den Polizeiposten begleiten sollte, um sich freiwillig zu stellen. Dies würde sich auf seine Beurteilung mildernd auswirken. Wobei Eleonore von Markstein davon überzeugt war, dass Jeans Unbedachtheit keine strafrechtlichen Konsequenzen nach sich ziehen würde. Dass er sich im moralischen Sinne schuldig gemacht habe, stehe trotzdem außer Frage. Immerhin habe er durch sein fahrlässiges Verhalten einen anderen Menschen in den Tod getrieben. Die Sühne dafür obliege einzig und allein ihm, und so wie sie ihn kenne, werde er ein Leben lang darunter zu leiden haben, was nur recht und billig sei. Obwohl Kemal hundemüde war, konnte er nicht einschlafen. Kaum schloss er die Augen, sah er Agnes vor sich, wie sie um Gelatello herum scharwenzelte. Dieser lächelte ihr verführerisch zu und beugte sich über sie, um sie zu küssen. Plötzlich verwandelte sich sein Gesicht in eine Hundeschnauze. Er fletschte die Zähne, um sie in Agnes´ Hals zu schlagen. Im letzten Moment ging Romeo dazwischen und verhinderte, dass der Köter die junge Frau zu Tode biss. Er lief mit ihr in die Scheune, wo sich Trautner versteckt hatte. Er war bleich wie ein Bettlaken und wartete mit blutunterlaufenen Augen auf seine Opfer.

Es dämmerte bereits, als Kemal endlich einnickte. Doch gefühlte drei Sekunden später wurde er von einem triumphierenden Fanfarenstoß wieder aus dem Schlaf gerissen. Verwirrt sprang er aus dem Bett, verfing sich in seiner Hose, die er achtlos auf den Boden geworfen hatte, und krachte der Länge nach nieder. Der Schmerz ließ ihn endgültig wach werden. Wieder ertönte der Fanfarenstoß. Sein Handy! Ein Blick auf das Display zeigte ihm, dass seine Mutter anrief. Wie jeden Sonntagmorgen.

„Ich verspreche, eine Woche zu fasten, wenn das nur ein Traum ist", flehte er, denn wenn er jetzt etwas nicht ertrug, dann war es die vorwurfsvolle Stimme seiner Mutter. Kurz erwägte er, ob er das Klingelzeichen ignorieren sollte, aber ihm war bewusst, dass die Folgen fatal wären. Seine Mutter würde vom Großonkel bis zum Cousin fünften Grades abwärts jeden aus der Verwandtschaft in Bewegung setzen, damit sie hier bei ihm Nachschau hielten, ob ihm etwas passiert war. Allein der Gedanke daran trieb ihm die Schweißperlen auf die Stirn. Also fügte er sich in sein Schicksal und hob ab.

„Guten Morgen, Mama!" Pause. „Warum meldest du dich nicht, wenn deine Mutter anruft?" „Aber ich habe mich doch gemeldet, sonst würdest du mich jetzt gar nicht hören." Pause. „Ich habe mir schon gedacht, du willst nicht mit mir sprechen."

„Ich habe noch geschlafen, deshalb hat es etwas gedauert, bis ich das Gespräch entgegengenommen habe." Pause. „Es ist halb neun am Morgen. Um diese Zeit ist ein rechtschaffener Mensch längst auf." „Ich habe dir doch gesagt, dass ich Dienst habe. Deshalb bin ich sehr spät ins Bett gekommen." Pause. „Dein Vater hat immer gesagt, wer sich die Nacht um die Ohren schlägt, den bestraft der Tag ein Leben lang."

Kemal verdrehte genervt die Augen. Wenn er dem Gespräch nicht schleunigst eine Wende gab, würde seine Mutter noch eine halbe Stunde darauf herumreiten, warum er nicht nach dem ersten Klingelton abgehoben hatte.

„Ich möchte mich noch einmal bei dir bedanken, weil du mich in der letzten Woche derart vorzüglich bewirtet hast. Ich habe gestern keinen Bissen zu mir genommen, nur um mir nicht die Erinnerung an die köstlichen Speisen zu verderben, die du mir zubereitet hast." Kaum hatte er die Worte ausgesprochen, wusste er, dass er einen Fehler begangen hatte.

„Habe ich es mir doch gedacht! Du musst hungern, weil dir diese Frau nichts Ordentliches kocht."

„Nein, Mutter, ich bekomme hier ausreichend zu essen", beeilte er sich zu sagen, „und Frau von Markstein gibt sich größte Mühe, aber dir kann beim Kochen niemand das Wasser reichen." Pause. „Vielleicht sollte ich einmal kommen und dieser Frau zeigen, wie man richtig kocht."

„Allah behüte!", entfuhr es Kemal. Er schlug sich die Hand vor den Mund. Aber die Worte waren bereits heraußen.

„Du möchtest also nicht, dass ich dich besuche. Ich habe ganz den Eindruck, du schämst dich für deine Mutter."

„Mama, wie kommst du darauf? So war das doch nicht gemeint! Ich meinte nur, ich habe in der einen Woche so zugenommen, dass ich die Uniformhose fast nicht mehr zubringe. Es schadet gar nicht, wenn ich ab und zu weniger esse." Pause. „Wenn du dich nicht für uns schämst, könntest du uns doch einmal zu dir einladen. Glaubst du, uns interessiert nicht, wie du dort lebst?"

Kemal stöhnte verzweifelt auf. Schon an einem normalen Tag konnte einen seine Mutter in den Wahnsinn treiben, aber heute zerrte dieses Gespräch so an seinen Nerven, dass er kurz vor einem Zusammenbruch stand. Und er kannte sich. Ein falsches Wort noch und er würde eine Unbedachtheit begehen, die alles nur noch viel schlimmer machte, als es bereits war. Dem galt es vorzubauen. Sein Vater fiel ihm ein. „Kannst du jemanden mit einer Lüge glücklich machen, dann sperr die Wahrheit in den Keller.“ Ganz wohl war ihm nicht, dieser Devise seines Vaters zu folgen, immerhin stand er gerade im Begriff, seine Mutter ein zweites Mal binnen weniger Tage zu belügen, aber er wusste sich im Augenblick nicht anders zu helfen.

Er pochte ein paarmal mit den Fingerknöcheln an die Kastentür.

„Mama, entschuldige einen Moment, aber jemand hat gerade an die Tür geklopft!“

Er öffnete den Kasten und rief laut und deutlich: „Handelt es sich um etwas Wichtiges? Ich telefoniere nämlich gerade mit meiner Mutter.....Ein Verkehrsunfall auf der B 124.....zwei Schwerverletzte.....der Unfalllenker hat Fahrerflucht begangen....ja, ich komme sofort.....ich muss mich nur noch schnell anziehen.“

„Mama, das war mein Kollege! Auf der Bundesstraße ist ein schwerer Verkehrsunfall passiert. Der Dienst ruft. Ich muss leider das Gespräch beenden.“

Schweigen. Nur ihr Atmen verriet, dass sie noch am Apparat war. Schließlich wurde es ihm zu bunt. „Mama, ich muss jetzt wirklich...“

„Tante Necla war gestern bei mir zu Besuch. Wir haben gemeinsam ein Mädchen ausgesucht, das gut zu dir passen würde. Deine Tante fliegt im Juni nach Kayseri, um bei den Eltern des Mädchens vorzufühlen, ob diese sich eine Verheiratung ihrer Tochter nach Österreich vorstellen können. Ich selbst werde mich im August in die Türkei aufmachen, um die Sache endgültig zu regeln. Wenn du dir Urlaub nimmst, kannst du gerne mitkommen, um deine zukünftige Braut kennen zu lernen."

Kemal verschlug es vor Schreck die Sprache. Die Ankündigung seiner Mutter kam einem Todesurteil gleich. Ein Gespräch mit den Eltern einer möglichen Braut zu führen, hatte in ihrer Kultur die Bedeutung eines bindenden Versprechens. Dieses einzuhalten, war eine Frage der Ehre. Eine Verehelichung, aus welchen Gründen auch immer, abzusagen, war schier unmöglich und brachte Schimpf und Schande über die ganze Familie bis ins dritte Glied. Kemal wollte seine Mutter an die Frist erinnern, die sie ihm eingeräumt hatte, aber ehe er dazu kam, hatte sie aufgelegt.

Niedergeschlagen sank er auf das Bett nieder. Er kannte seine Mutter. Wenn sie sich etwas in den Kopf gesetzt hatte, war sie davon kaum mehr abzubringen. Auch ohne seine Einwilligung würde sie für ihn eine Ehe arrangieren und er hatte sich zu fügen, weil das von einem guten Sohn erwartet wurde. Im besten Fall hatte er bis August Zeit, den Hals aus der Schlinge dieses Arrangements zu ziehen. Dazu war es allerdings nötig, seiner Mutter eine eigene Braut zu präsentieren. Er hatte keine Ahnung, wie er das bewerkstelligen sollte. In dem halben Jahr, das er hier lebte, war er Agnes keinen Schritt näher gekommen. Ganz im Gegenteil! Sie schienen sich fremder zu sein als je zuvor.

Ein Klopfen riss ihn aus seinen düsteren Gedanken. Es war Eleonore von Markstein.

„Kemal! Entschuldigen Sie, wenn ich Sie aufwecke. Aber Sie wollten Jean auf den Polizeiposten begleiten, und ich denke, das wäre jetzt ein günstiger Zeitpunkt, weil sich die meisten in der Kirche befinden und Sie so Aufsehen vermeiden könnten."

Er brummte, dass er gleich fertig sei, und begab sich widerwillig ins Bad. Am liebsten hätte er sich wieder ins Bett gelegt und keine Menschenseele zu Gesicht bekommen. Andererseits war es vielleicht gar nicht so schlecht, etwas zu tun, um auf andere Gedanken zu kommen.

Ein Viertelstunde später betrat er die Küche. Das angebotene Frühstück lehnte er ab, worauf sein Magen ein bösartiges Knurren vernehmen ließ. Er hatte seit über vierundzwanzig Stunden nichts mehr gegessen und einen Bärenhunger, trotzdem wollte er keine Sekunde länger als nötig verweilen, weil er fürchtete, die Gräfin könnte ihn zur Rede stellen, was mit ihm los sei. Und darauf hatte er überhaupt keine Lust. Er forderte Jean auf, ihm nach draußen zu folgen und in den Wagen zu steigen. Als er selbst Platz nahm, stieg ihm ein ekelerregender Geruch in die Nase. Er bedachte seinen Mitfahrer mit einem Seitenblick und sah, dass dieser ebenfalls die Nase rümpfte. Unauffällig schnüffelte Kemal an seiner Kleidung. Erleichtert stellte er fest, dass dieser Gestank nicht von ihm herrührte. Nach dem Ungemach mit dem Jauchewagen bei seiner Ankunft in Andling war er tagelang trotz frisch gewaschener Kleidung und stundenlangen Duschens das Gefühl nicht losgeworden, nach Gülle zu riechen. Die Angst, dass diese tief in die Poren seiner Haut eingedrungen war und darin haftete, wie die Scheiße im Profil der Schuhe, mit denen man in einen Hundekothaufen getreten war, hatte ihn damals fast um den Verstand gebracht.

Er kurbelte das Seitenfenster herunter, um frische Luft hereinzulassen, doch Lembergè riet ihm davon ab.

„Mon ami, wenn dieser Gestank vom Eau de toilette errührt, das ein Bauer auf seinem Feld ausbringt, scheint es mir besser, die Fenster geschlossen zu alten.“ Also kurbelte Kemal das Fenster wieder hinauf und vermied es, während der Fahrt durch die Nase zu atmen.

Wie Eleonore von Markstein vermutet hatte, war der Marktplatz um diese Zeit menschenleer, und er konnte Jean ungesehen in das Polizeigebäude bringen. Auch sein Vorgesetzter war nicht anwesend, was er auch nicht erwartet hatte, da dieser bis Mittag im Bett liegen blieb und sich sonntags noch nie auf dem Posten hatte blicken lassen. Lembergés verzweifelter Blick, als er ihm einen Platz in einer Zelle zuwies, rührte ihn zutiefst. „Nimm es nicht so schwer!“, versuchte er ihn ein wenig aufzumuntern. „Die Sache ist einfach dumm gelaufen, aber vielleicht stellt sich am Ende des Tages heraus, dass deine Schuld viel geringer ist, als es augenblicklich den Anschein hat.“

„Ach, mon ami, misch bekümmert das Schicksal dieses Mannes zwar, aber isch war in der Fremdenlegion und abe dort gelernt, mit dem Tod umzugehen. Was misch wirklisch zutiefst deprimiert, ist, dass isch nie wieder einen Fuß in den „Goldenen Irschen“ setzen darf. Und isch kenne Vroni genau, wenn sie etwas sagt, dann meint sie es auch so. Isch glaube, das werde isch nischt überleben.“

Seufzend ließ er sich auf der Holzpritsche nieder und schlug die Hände vors Gesicht. Kemal glaubte im ersten Moment, nicht richtig gehört zu haben. Doch so waren nun einmal die Menschen. Lieber versteckten sie einen Teil des Baklava in der Küche, als leer ausgehen zu müssen, weil es der Anstand gebot, das letzte Stück der Süßspeise dem Gast anzubieten.

Kemal verzichtete darauf, etwas zu erwidern, und begab sich in die Amtsstube, um auf Penniseder zu warten. Das einsetzende Glockengeläut kündigte das Ende des Gottesdienstes an. Er stellte sich ans Fenster und sah, wie sein Kollege als Erster die Kirche verließ und auf der anderen Seite des Platzes Aufstellung bezog, um den Auszug der Gemeinde mitzuverfolgen. Als er Agnes erblickte, spürte er einen heftigen Stich in der Brust. Am liebsten wäre er zu ihr geeilt, um sie zu begrüßen, aber er konnte sich nicht von der Stelle rühren, weil seine Füße plötzlich so schwer wie Blei waren. Er sah, wie Nwongo Delale mit rollenden Augen Agnes Hand ergriff und etwas zu ihr sagte, worauf sie demütig nickte und mit gesenktem Blick das Weite suchte. Als Nächstes wandte sich der Priester einer jungen Frau zu, die trotz der angenehmen Temperatur, die draußen bereits vorherrschte, einen Mantel trug und den Kopf mit einem Tuch verhüllt hatte. Es war nicht zu übersehen, dass ihr sein besonderes Interesse galt. Er hielt ihre Hand fest und verdrehte beim Reden die Augen so stark, dass die Pupillen hinter den Lidern verschwanden und nur mehr das Weiß der Iris zu erkennen war. Offensichtlich war er mit der Antwort der jungen Frau nicht zufrieden, denn er hob die Hände wie bei einer Predigt in die Höhe und fuchtelte damit aufgeregt vor ihrem Gesicht herum, bis auch sie den Kopf senkte und ihm mit einem Nicken zu verstehen gab, dass sie verstanden hatte, was er von ihr erwartete. Erst als sie sich zum Gehen wandte, erkannte Kemal, dass es sich um Elena handelte. Er konnte sich beim besten Willen nicht vorstellen, dass es Gelatello guthieß, wenn seine Lebensgefährtin Sonntag für Sonntag in die Kirche lief und von einer Person wie Nwongo Delale zu hören bekam, was sie tun musste, um ein wohlgefälliges Leben zu führen. Er war so in Gedanken versunken, dass er gar nicht bemerkte, wie Penniseder die Amtsstube betrat.

„Alevit, was machst du um diese nachtschlafene Zeit hier? Wenn du gekommen bist, um meinen Bereitschaftsdienst zu übernehmen, lasse ich mich sicher nicht zweimal bitten."

„Keine Chance! Du weißt, dass mir der Chef den Auftrag erteilt hat, die Einbrüche bis morgen zu klären. Das wird mir zwar nicht gelingen, aber ich will mir zumindest nicht nachsagen lassen, dass ich es nicht probiert habe. Ich bin auch gleich wieder weg. Eigentlich habe ich nur auf dich gewartet, um dir mitzuteilen, dass sich Jean freiwillig gestellt hat."

Penniseder riss erstaunt die Augen auf. „Sag das noch einmal!"

„Jean hat sich gestellt und döst unten im Kotter in einer Zelle vor sich hin", wiederholte er.

„Wir müssen sofort von Markstein informieren. Das bringt uns sicher einen großen Pluspunkt ein." Er strahlte über das ganze Gesicht und rieb sich erfreut die Hände. Kemal bedachte seinen Kollegen mit einem skeptischen Blick. Noch vor wenigen Monaten hatte Penniseder ihrem Vorgesetzten standhaft Paroli geboten, als dieser versucht hatte, Kemal zu einer freiwilligen Demissionierung zu zwingen, und diesem gedroht, alle Verfehlungen, die er sich im Laufe der letzten Jahre zu Schulden hatte kommen lassen, bei der Abteilung für interne Ermittlungen zur Anzeige zu bringen. Und jetzt gierte er schon wieder danach, seinem Vorgesetzten gefällig zu sein. Konnte man sich so in einem Menschen täuschen? Eigentlich war Fabian keinen Deut besser als Jean, dem das Wirtshausverbot mehr Sorge bereitete als die Mitschuld am Tod eines Menschen.

„Mach, was du willst", erwiderte er frostig, „aber warte damit, bis ich weg bin! Ich kann auf das unwürdige Schauspiel, das von Markstein inszenieren wird, wenn er Jean einer Amtshandlung unterzieht, liebend gerne verzichten."

Penniseder wollte etwas entgegnen, aber Kemal ließ ihn einfach stehen und warf die Tür hinter sich ins Schloss. Er stieg in den Wagen und fuhr Richtung Himmelreich, aber der Gestank im Inneren des Fahrzeugs war mittlerweile so unerträglich, dass an eine Weiterfahrt ohne vorheriges Lüften nicht zu denken war. Kurz nach dem Ortsende blieb er stehen und riss beide Türen auf. Da im Freien kein unangenehmer Geruch festzustellen war, konnte der Gestank nicht von der Jauche eines Bauern herrühren, sondern musste von Jean stammen, wie er schon zuvor vermutet hatte. Misstrauisch begutachtete er den Beifahrersitz, konnte jedoch keine Verunreinigung entdecken. Nach einer Viertelstunde setzte er die Fahrt mit geöffneten Fenstern fort. Der Gestank hatte sich zwar ein wenig verflüchtigt, blieb ihm jedoch den Rest des Tages über auf den Fersen wie eine Schmeißfliege dem Hinterteil einer Kuh.

Die Befragung der Bauern, bei denen eingebrochen worden war, verlief ähnlich wie beim Brandtner. Niemand hatte etwas Sachdienliches beobachtet, bis auf ein paar Lebensmittel und Kleidungsstücke war nichts entwendet worden. Alle waren der Meinung, dass es sich bei den Tätern um Landstreicher handelte, die längst wieder über alle Berge waren.

Der Letzte auf seiner Liste war der Rablbauer. Dieser zählte zu Lembergés Freundeskreis und war Kemal gegenüber immer wohlgesonnen aufgetreten. Er hatte ihn als aufrichtigen Mann kennen gelernt, der offen seine Meinung sagte und sich von niemandem etwas vorschreiben ließ. Außerdem war er einer der wenigen, die sich stets Trautners Einflussnahme entzogen hatten und nie in Abhängigkeit zu ihm geraten waren. Die Folgen dieses Widerstands zeigten sich deutlich an seinem Bauernhof, der schon einmal bessere Zeiten erlebt hatte. Da er sich Trautner gegenüber nicht wohlgefällig verhalten hatte, war er vom Geldsegen, den dieser jenen zuteil hatte werden lassen, die sich ihm untergeordnet hatten, ausgeschlossen geblieben.

Kemal betrat, wie es hier Sitte war, ohne anzuklopfen, die Stube. Rabl saß mit seiner Familie am Tisch, vor ihnen stand eine große Schüssel, aus der alle mit einem Löffel ihr Essen schöpften.

„Da schau her! Der Ötzi", sagte der Bauer anstelle einer Begrüßung. „Was führt dich in unsere bescheidene Hütte?"

Kemal wollte antworten, aber sein Magen kam ihm zuvor, indem er vernehmlich knurrte.

„Wie unhöflich von mir! Resi, bring einen Löffel für den Herrn Inspektor! Und du setz dich her und greif zu! Auf ein Maul mehr oder weniger kommt es auch nicht mehr an!"

Obwohl Kemal so hungrig war, dass er ein halbes Schaf hätte verdrücken können, war er sich nach einem Blick auf die Tischgesellschaft sicher, dass er keinen Bissen hinunterbringen würde. Rabls halbwüchsige Tochter verunstaltete ein unansehnliches Geschwür am Unterkiefer. Jedesmal, wenn sie einen Löffel in den Mund geführt hatte, schabte sie die überlaufende Brühe vom Kinn, und tauchte, ohne sich etwas dabei zu denken, das Besteck erneut in den Topf. Der kleine Sohn des Bauern beugte sich indessen über die Schüssel und fischte mit seinen ungewaschenen Händen eine Kartoffel aus der Suppe. Nur einem Zufall war es zu verdanken, dass der Rotzfaden, der aus seiner Nase baumelte, sich erst löste, als er wieder auf seinem Sessel Platz genommen hatte.

Nur mit größter Überwindung gelang es Kemal, seinen Ekel zu verbergen. Er schalt sich einen Narren, weil er genau zur Mittagszeit die Befragung durchführte. Er hätte es besser wissen müssen. Die Bauern in dieser Gegend waren bekannt für ihre Gastfreundschaft. Eine Einladung zum Essen abzulehnen, stellte einen Affront dem Gastgeber gegenüber dar und galt als große Unhöflichkeit, die nicht wieder gutzumachen war. Krampfhaft überlegte er, wie er einigermaßen unbeschadet aus dieser Sache herauskommen könnte. Ihm würde wohl auch dieses Mal nichts anderes übrigbleiben, als seinen Kopf mit einer Lüge aus der Schlinge zu ziehen.

Die Erkenntnis, dass er sich bereits zum dritten Mal binnen weniger Tage einer Unwahrheit bediente, um einer unangenehmen Situation aus dem Weg zu gehen, setzte ihm einigermaßen zu. An und für sich war er ein Mensch, dem Ehrlichkeit über alles ging. Trotzdem war es besser, die Wahrheit in den Keller zu sperren, als Menschen, die es gut mit einem meinten, vor den Kopf zu stoßen. Allerdings musste das, was er zu seiner Rettung vorbrachte, auch glaubhaft sein. Nur zu behaupten, dass er nicht hungrig sei, war in diesem Fall zu wenig. Und lehne nie wieder die Honigküchlein mit dem Hinweis ab, dass du Saures bevorzugst, hatte ihm sein Vater nach einem Gastmahl bei einem Nachbarn eingeschärft, sondern bedauere, dass du sie nicht verzehren kannst, weil du an heftigen Zahnschmerzen leidest. Das wird jeden Verdacht zerstreuen, du wollest nicht davon kosten.

„Ich...liebend gern“, stammelte Kemal, „aber...aber... muss...fasten.“

Im selben Moment, als er diese Worte aussprach, ärgerte er sich, weil er sich wieder einmal auf seine Herkunft und seine Religion berief, um einer unangenehmen Situation aus dem Weg zu gehen. Eigentlich hatte er sich vorgenommen, das zu vermeiden, denn solange er sich von den Menschen hier abgrenzte, würde er auch nie die Chance haben, einer von ihnen zu werden. Wenigstens erfüllte der Hinweis auf das Fasten seinen Zweck, denn der Rablbauer nickte ihm anerkennend zu.

„Ihr feiert gerade dieses Ramidami. Richtig? Ich würde das nie aushalten, einen Monat lang nichts zu essen.“

„Der Ramadan dauert einen Monat“, erklärte er ihm, „und man darf nur in der Zeit zwischen Sonnenaufgang und Sonnenuntergang nichts zu sich nehmen. Allerdings gibt es auch Ausnahmen, zum Beispiel, wenn man sich gerade auf einer Reise befindet oder wichtige berufliche Pflichten zu erfüllen hat. Wobei alles eine Auslegungssache ist. Deshalb nehme ich gerne ein Stück trockenes Brot von dir an, damit ich mich für die Rückreise auf den Posten stärken kann."

Der Rablbauer zwinkerte ihm verschmitzt zu und schnitt eine große Scheibe von dem frisch gebackenen Brot herunter. Dann reichte er ihm den Mostkrug.

„Damit dir dein Reiseproviant nicht im Hals stecken bleibt."

Kemal war nicht entgangen, dass, während zuvor die ganze Familie reihum aus dem Gefäß getrunken hatte, ein Rotzfaden, der dem Sohn des Bauern aus dem Nasenloch gehangen war, darin verschwunden war. Deshalb winkte er mit dem Hinweis ab, dass ihm seine Religion den Konsum von Alkohol verbiete. Wieder nickte Rabl anerkennend. Allerdings verriet sein Gesichtsausdruck auch, dass er froh war, nicht der gleichen Religion wie Kemal anzugehören. Er nahm einen großen Schluck aus dem Krug und erkundigte sich, was ihn veranlasst habe, den weiten Weg zu ihnen an einem Sonntag in Kauf zu nehmen. Als er erfahren hatte, worum es ging, machte er eine abwiegelnde Handbewegung.

„Es ist zwar nicht die feine Art, etwas ungefragt an sich zu nehmen, aber hätten sie mich darum gebeten, hätte ich es ihnen ohnehin gegeben. Also vergiss die Sache! Das alles ist nicht der Rede wert."

Er begleitete Kemal vor die Haustüre. Diesem entging nicht, dass der Bauer noch etwas auf dem Herzen hatte.

„Kann ich noch etwas für dich tun?"

„Mich hätte nur interessiert, ob man schon etwas von Jean gehört hat."

Kemal berichtete ihm, dass sich Lembergé am Morgen freiwillig gestellt hatte. Rabl legte ihm die Hand auf die Schulter und blickte ihn ernst an.

„Eigentlich sind wir alle an dem Unglück schuld. Jean wollte nur für uns herausfinden, ob es sich bei dem Mann um einen Beamten der Wasserschutzbehörde handelt. Und du kennst ihn ja mittlerweile. Für einen Spaß ist er jederzeit zu haben. Versprich mir, dass du auf ihn aufpasst!“

„Ich denke, ihm wird nicht viel passieren“, versuchte Kemal, ihn zu beruhigen. „Die Pide wird selten so heiß gegessen, wie sie gebacken wird. Wirst sehen, in ein paar Tagen befindet er sich wieder auf freiem Fuß.“

„Das mag schon stimmen“, erwiderte der Bauer. „Aber trotzdem mache ich mir Sorgen. Von Markstein ist für Jean ein rotes Tuch, und die Vorstellung, dass er dem Spott des Postenkommandanten mehrere Tage lang wehrlos ausgesetzt ist, erzeugt mir Magendrücken.“

Kemal bedachte den Bauern mit einem mitleidigen Blick. Nachdem er vorher Gelegenheit gehabt hatte, die Familie beim Essen zu beobachten, wunderte ihn nicht, dass dieser Verdauungsprobleme hatte. Trotzdem war dessen Befürchtung, dass von Markstein Jean so lange reizte, bis sich dieser zu einer Unüberlegtheit hinreißen ließ, nicht von der Hand zu weisen. Höchstwahrscheinlich wäre es am besten gewesen, nach Andling zurückzukehren, um ein Auge darauf zu haben, dass die beiden nicht aneinandergerieten. Sein Auftrag war erledigt und er konnte seine Anwesenheit auf dem Posten damit rechtfertigen, dass er die Befragungsergebnisse in Ruhe auswerten müsse. Doch, um ehrlich zu sein, empfand er überhaupt keine Lust, sich freiwillig den Launen seines Vorgesetzten auszuliefern. Bei ihm wusste man nie, was ihm den lieben langen Tag alles einfiel, um seinen Untergebenen zu zeigen, wer das Haus im Herrn war, wie er es so treffend auszudrücken pflegte. Er überlegte, ob er stattdessen nachhause fahren sollte, entschied sich jedoch dagegen, denn was ihn dort erwartete, war ebenfalls nicht sehr verlockend. Entweder musste er Eleonore von Markstein Rede und Antwort stehen, was mit ihm los sei, oder er würde auf seinem Bett liegen und Trübsal blasen, weil ihm die Androhung seiner Mutter nicht aus dem Sinn ging.

Er beschloss, eine Fahrt durch ihren Rayon zu unternehmen, um sich ein wenig umzuschauen. Es gab keinen Hinweis, dass die Einbrecher Andling bereits den Rücken gekehrt hatten. In der Gegend gab es genügend aufgelassene Bauernhöfe, in denen sie Unterschlupf gefunden haben konnten. Vielleicht fiel ihm ja etwas Verdächtiges auf, obwohl er keine Ahnung hatte, wie er weiter vorgehen würde, sollte er tatsächlich etwas entdecken. Gemächlich fuhr er die Bundestraße Richtung Freistadt entlang und spähte aus dem Wagen. Obwohl alle Fenster geöffnet waren, stank es im Inneren nach wie vor wie in einem Güllefass. Allmählich kamen Kemal Zweifel, ob er sich diese Geruchsbelästigung nicht nur einbildete. Vielleicht saß er einer olfaktorischen Halluzination auf. Gewissermaßen einer Jauchemorgana. Oder die Begegnung mit dem Güllewagen gestern bei seiner Rückfahrt nach Andling war der Auslöser für ein Geruchstrauma gewesen. Es gab Menschen, die nicht über einen offenen Platz gehen konnten, andere kollabierten, wenn sie in einem engen Raum eingeschlossen waren, und wieder andere brachte alleine der Gedanke, auf einen Turm steigen zu müssen, einer Ohnmacht nahe. Was sprach dagegen, dass er an einer Olfaktophobie litt, an einer Gestankspsychose, für deren Auftreten, allein der Anblick eines Jauchewagens oder eine Fahrt auf das Land ausreichte? Er verringerte die Geschwindigkeit und beugte sich schnüffelnd über den Beifahrersitz. Enttäuscht richtete er sich wieder auf. Der üble Geruch kam definitiv nicht von dem Platz, auf dem Jean am Morgen gesessen hatte. Der Gestank schien überall und nirgends zu sein, war nicht greifbar und doch vorhanden. Kemal beschloss, diese olfaktorische Belästigung bis auf Weiteres zu ignorieren. Sollte sich in den nächsten Tagen keine Besserung einstellen, würde er wohl nicht umhinkommen, einen Arzt zu konsultieren. Leutner-Schnarringer fiel ihm ein. Die Erinnerung an die Therapiestunden bei ihr ließ ihn gequält aufstöhnen. Er vernahm ihre Stimme, die wie aus weitere Ferne zu ihm schwebte. „Wenn Sie wieder einmal das Gefühl haben, nicht mit sich im Einklang zu sein, dann atmen Sie sich frei, bis Sie zu Ihrer inneren Mitte zurückgefunden haben." Allerdings war inmitten dieses Gestanks an Einatmen nicht zu denken. Die Vorstellung, dass er die Polizeipsychologin aus ihrer nach allen Regeln der Feng-Shui-Kunst gestalteten Praxis entführte und mit ihr einen ganzen Tag lang bei geschlossenen Fenstern durch die Gegend fuhr, spielte ein heimtückisches Grinsen auf seine Lippen. „Jedes Yin hat ein Yang", vernahm er ihre Stimme so deutlich, als säße sie hinter ihm im Fond des Wagens. „Wenn Sie über eine bestimmte Person in Zorn geraten, müssen Sie sich einer anderen Person entsinnen, der Sie Gutes tun wollen, und schon hält sich der Balken Ihrer Gefühle die Waage und trägt zu Ihrer Beruhigung bei." Obwohl er nicht viel von ihren Methoden hielt, konnte er nicht verhehlen, dass ihn ihre Ratschläge bereits mehrmals vor unüberlegten Handlungen bewahrt hatten. Vielleicht musste er dem Yin Jauche ganz einfach einen anderen Sinneseindruck entgegenstellen, um ihn zu neutralisieren. Sein Magen kam ihm zu Hilfe und knurrte vernehmlich. Aber abgesehen davon, dass er nichts zum Essen dabei hatte, um sich damit von diesem olfaktorischen Übel abzulenken, hätte er unter diesen widrigen Umständen wohl auch keinen Bissen hinuntergebracht. Deshalb gab er seinen Augen den Auftrag, den Kampf mit der Nase aufzunehmen. Er starrte durch die Windschutzscheibe und versuchte, so viele Eindrücke wie möglich in sich aufzunehmen. Nach einer Weile stellte er fest, dass diese Methode tatsächlich funktionierte. Was auch kein Wunder war! Die Landschaft rund um Andling war so schön, dass die Geruchsbelästigung auf das reduziert wurde, was sie auch war. Unangenehm, aber unbedeutend. Das saftige Grün der Wiesen war Balsam für die Augen. Die Getreidefelder glänzten golden in der gleißenden Nachmittagssonne. Hie und da lugten schroffe Findlinge wie gestrandete Wale aus dem dichten Wald hervor. Die Bauernhöfe in der Ferne wirkten wie Spielzeug, das ein Riese verloren hatte. Ein Traktor drehte auf einem Acker einsam seine Runden, ansonsten schien die Gegend menschenleer zu sein. Kurz vor der Gemeindegrenze thronte ein mächtiger Vierkanter auf einem Hügel. Von Penniseder wusste er, dass der Hof seit über einem Jahrzehnt leer stand. Im Vorbeifahren vermeinte er eine Bewegung vor dem Gebäude wahrzunehmen. Er hielt an und starrte aufmerksam nach oben, konnte jedoch nichts Verdächtiges entdecken. Offensichtlich hatten ihm seine angespannten Sinne einen Streich gespielt. Er wollte gerade weiterfahren, als er etwas im Sonnenlicht aufblinken sah. Obwohl die Wahrscheinlichkeit groß war, dass er sich getäuscht und es sich lediglich um eine Glasscherbe oder ein Metallstück gehandelt hatte, das bei der Räumung des Hofs liegen geblieben war, entschloss er sich, Nachschau zu halten. Er hatte ohnehin nichts Besseres zu tun und war über jede Abwechslung froh, mit der er die Zeit, die an diesem Nachmittag wie eine Schnecke dahinkroch, totschlagen konnte.

Er stellte den Wagen vor dem Hauptgebäude ab und stieg aus. Der Ausblick, den man von hier oben auf das Himmelreich hatte, war atemberaubend. Unter ihm lagen der Gutshof von Eleonore von Markstein, etwas rechts der Trautnerhof, den Gelatello bewohnte, dahinter der Brandtnerhof. Andling lag in einer Senke verborgen. Er wandte sich um und begutachtete den verlassenen Bauernhof. Das Gehöft machte einen armseligen Eindruck. Der Großteil der Fensterscheiben war zerbrochen. Die Wiese vor dem Haus war mit Glasscherben übersät, die im Sonnenlicht wie Diamanten glitzerten. Er rüttelte an der Eingangstür. Sie war fest verschlossen. Dass jemand über ein Fenster in das Gebäude eingedrungen war, hielt er für unwahrscheinlich, weil diese im Erdgeschoß vergittert waren. Er umrundete einmal den Bauernhof, konnte aber nichts erkennen, was seinen Argwohn hervorgerufen hätte. Die Wirtschaftsgebäude wirkten noch erbärmlicher als das Haupthaus. Das Scheunentor hing zerborsten in den Angeln und drohte, jeden Moment in sich zusammenzufallen. Vorsichtig zwängte sich Kemal durch den engen Spalt ins Innere und blickte sich um. Von den Deckenbalken hingen dichte Spinnweben, die sich gespenstisch im Wind bewegten. Überall lag Gerümpel herum, das mit einer Zentimeter dicken Staubschicht bedeckt war. Allem Anschein nach hatte seit Jahren niemand mehr die Scheune betreten. Plötzlich entdeckte er auf dem Boden mehrere Fußspuren. Sie führten hinter einen Traktoranhänger, der so abgestellt war, dass er den hinteren Teil des Raumes verbarg. Kemal zog seine Dienstwaffe und schlich näher. Langsam richtete er sich auf und lugte über die Ladefläche. Im Halbdunkel erkannte er zwei kleine Kinder, die auf einer zerschlissenen Matratze kauerten und ihn mit großen Augen anblickten. Er ließ die Waffe sinken und machte einen Schritt nach vorne. In diesem Moment nahm er ein Geräusch hinter sich wahr. Ehe er jedoch dazu kam, sich umzudrehen, donnerte etwas Schweres auf seinen Schädel nieder und ihm wurde schwarz vor Augen.

Ein stechender Schmerz am Hinterkopf ließ ihn erwachen. Intuitiv wollte er mit der Hand auf die schmerzende

Stelle greifen, musste aber feststellen, dass er die Arme nicht bewegen konnte. Verwirrt öffnete er die Augen. Er lag auf dem Boden, Arme und Beine waren gefesselt. Vor ihm saßen noch immer die beiden Kinder auf der Matratze und starrten ihn an. Vor ihnen lagen auf einer Holzkiste ein paar Eier und eine halbe Stange Wurst. Verärgert schüttelte er den Kopf, weil er wie ein Anfänger in diese Falle getappt war. Er hätte ahnen können, dass hier etwas nicht stimmte. Er zerrte an dem Strick an seinen Handgelenken, um ihn zu lösen, aber eine Stimme ließ ihn innehalten. „Du sofort aufhören, sonst ich wieder schlagen zu!"

Vorsichtig drehte er sich um und erblickte eine junge Frau hinter sich mit einem Holzprügel in der Hand. Sie war höchstens zwanzig Jahre alt und machte einen heruntergekommenen Eindruck.

Kemal wies mit dem Kopf auf die Nahrungsmittel auf der Kiste.

„Bisher haben Sie sich nur einiger kleinerer Diebstähle schuldig gemacht. Das ist nicht so schlimm. Aber das hier", er hielt die gefesselten Hände in die Höhe, „ist Freiheitsberaubung. Noch dazu eines Polizeibeamten. Das kommt Sie teuer zu stehen. Also, binden Sie mich sofort los!"

Sie schüttelte trotzig den Kopf. „Du lügen. Du nix Polizei. Polizei schauen anders aus." Sie sagte etwas zu den Kindern in einer fremden Sprache, worauf diese aufsprangen und die Lebensmittel in einen Plastiksack stopften. Offensichtlich hatten sie vor, sich aus dem Staub zu machen und ihn hier liegen zu lassen. Zwar stand sein Wagen vor dem Gebäude und war von der Straße aus gut sichtbar, aber wenn es dumm lief, konnte es bis morgen dauern, ehe man ihn entdeckte. Er musste sie unbedingt dazu bringen, ihn von den Fesseln zu befreien. Traxler, sein ehemaliger Abteilungsleiter, kam ihm in den Sinn. Dieser hatte ihnen immer wieder eingeschärft, sich mehr auf das Wort als Waffe zu verlassen denn auf ihre Pistole. „Sobald ihr eine persönliche Beziehung zu einem Täter hergestellt habt, fällt es diesem schwerer, euch etwas anzutun. Durch gutes Zureden besänftigt man sogar einen wild gewordenen Tiger." So sehr er Traxler schätzte, an einer Raubkatze hätte er dessen Ratschlag dennoch nicht ausprobiert. Doch bei dieser jungen Frau war es einen Versuch wert.

„Sie sind aber auch nicht von hier. Darf man erfahren, woher Sie kommen?"

Sie kniff die Augen zusammen und schaute ihn misstrauisch an.

„Warum wissen wollen? Aber egal, kommen aus Tschetschenien."

„Von so weit her!", rief er gespielt überrascht aus. „Und noch dazu mit Ihren kleinen Kindern. Das muss ja wahnsinnig anstrengend gewesen sein."

Obwohl offensichtlich war, dass es sich nicht um ihre Kinder handeln konnte, hatte Kemal das in seine Antwort eingebaut, in der Hoffnung, dass sie seinen Irrtum richtig stellen würde. Und das tat sie auch.

„Sind nicht meine Kinder", erwiderte sie traurig. „Sind Bruder und Schwester. Eltern tot und ich mich muss kümmern."

„Das tut mir aber leid. Und warum sind Sie gerade nach Österreich gekommen?"

„Haben gesucht Schwester ältere. Arbeiten in Österreich."

Kemal entging der bekümmerte Ton nicht, den ihre Stimme annahm, als sie ihre ältere Schwester erwähnte.

„Und haben Sie Ihre Schwester gefunden?"

Kaum hatte er das gesagt, ging die Frau auf die Knie und begann bitterlich zu weinen.

„Wissen Sie was? Jetzt binden Sie mich erst einmal los und dann erzählen Sie mir, was passiert ist. Vielleicht kann ich Ihnen ja weiterhelfen."

Er robbte zu ihr hin und hielt ihr die gefesselten Hände entgegen. Mit einem Satz war sie wieder auf den Beinen und hob den Holzprügel drohend über den Kopf.

„Nicht rühren von Stelle! Wenn du wirklich Polizei, du mich müssen verhaften und abschieben zurück nach Tschetschenien. Das ich auf keinen Fall wollen. Deshalb ich jetzt gehen mit Kinder und du bleiben, wo sein, sonst ich schlagen zu."

„Aber wo wollen Sie denn hin?"

Als sie nicht reagierte, deutete er auf die beiden Kinder. „Mit den Kleinen werden Sie nicht weit kommen. Ihre Geschwister brauchen etwas Ordentliches zu essen und ein Bett für die Nacht. Und auch Ihnen würde ein heißes Bad nicht schaden."

Sie wandte beschämt den Kopf zur Seite.

„Noch einmal! Binden Sie mich los! Ich verspreche Ihnen, dass ich Ihnen nichts tue."

„Und wo wollen du mit uns hin?"

„Zunächst einmal zu mir nachhause." Er registrierte ihren misstrauischen Blick, deshalb fügte er schnell hinzu: „Ich wohne bei einer älteren Dame und bin überzeugt, dass sie sich um Sie kümmern wird, so gut sie kann."

„Gut, ich dich machen los, aber vorher du mir schwören, dass wir nicht werden abgeschoben über Grenze."

Kemal nickte. „Ich verspreche es."

Sie blickte ihm einige Sekunden lang in die Augen, ehe sie seine Hände ergriff, um sie von den Fesseln zu befreien.

„Gregoria dir glauben. Aber dir noch sagen wollen, dass bei uns sein Schwören heilig. Wer Versprechen nicht hält, sein für immer verdammt."

„Das ist auch bei uns so", dachte sich Kemal. „Und was ein Özylimazkorucu verspricht, das hält er ohnehin, komme, was wolle." Wohl war ihm in diesem Augenblick trotzdem nicht, denn gleichzeitig mit diesem Gedanken kam ihm die Erkenntnis, dass er sich mit diesem Schwur in Teufels Küche gebracht hatte. Ihm als Exekutivbeamten oblag es bei der Ergreifung von Flüchtlingen, die keine ordnungsgemäßen Papiere aufweisen konnten, die Fremdenpolizei einzuschalten, damit sich diese der Aufgegriffenen annehmen konnten. Alles andere war nicht rechtens und würde disziplinarrechtliche Konsequenzen nach sich ziehen. Wenn von Markstein erfuhr, was er hier machte, konnte er seine Koffer packen. Deshalb war beim weiteren Vorgehen größtmögliche Vorsicht angebracht.

Ein Blick auf die Uhr zeigte ihm, dass es kurz nach halb fünf war. Frühestens um sieben würde die Dämmerung einsetzen. Davor war es viel zu gefährlich, die drei ungesehen zu sich nachhause zu bringen. Er ging nach draußen und stellte seinen Wagen hinter den Bauernhof, damit dieser nicht von der Straße aus entdeckt werden konnte. Nachdem er das erledigt hatte, forderte er die junge Frau auf, ihm zu berichten, was ihrer Schwester zugestoßen war.

In der nächsten Stunde erfuhr er, dass diese vor gut einem halben Jahr den Versprechungen eines Mannes, bei ihm als Tänzerin arbeiten zu können, erlegen und illegal mit Hilfe von Schleppern nach Österreich eingereist sei. Seit ihrer Abreise hätten sie nichts mehr von ihr gehört. Kurz nach Weihnachten seien ihre Eltern bei einem Sprengstoffattentat in Grosny ums Leben gekommen. Daraufhin habe sie beschlossen, sich mit ihren Geschwistern ebenfalls nach Österreich aufzumachen, um ihre Schwester zu suchen. Nach einer langen Irrfahrt seien sie schließlich nach Wien gelangt. Dort habe sie mit Hilfe eines jungen Mannes aus ihrem Dorf herausgefunden, dass ihre Schwester nicht wie erhofft in einem Tanztheater, sondern in einem anrüchigen Etablissement gelandet sei. Als sie sich dort nach ihrer Schwester erkundigt habe, habe man sie hinausgeworfen und ihr gedroht, dass man sie der Polizei ausliefern werde, wenn sie sich noch einmal dort blicken lasse. Doch sie habe sich nicht einschüchtern lassen und vor dem Haus auf die Lauer gelegt, um ihre Schwester abzupassen. Allerdings ohne Erfolg. Deshalb habe sie sich nach einigen Tagen einer Frau anvertraut, die jeden Vormittag in der Bar sauber machte. Diese habe versprochen, ihr zu helfen und Erkundigungen einzuziehen. Nach ein paar Tagen habe sie ihr mitgeteilt, dass ihre Schwestern nicht mehr hier sei. In ihrem eigenen Interesse habe sie ihr geraten, die Suche aufzugeben und das Lokal zu meiden.

„Und haben Sie Ihre Schwester gefunden?", erkundigte sich Kemal mitfühlend.

Gregoria brach in Tränen aus und reichte Kemal mit zitternden Fingern einen zerknitterten Zeitungsartikel. Er faltete ihn auf.

„Junge Frau bestialisch zu Tode gequält" lautete die Schlagzeile des Berichts.

Kemal konnte sich gut an den Fall erinnern, er hatte im März österreichweit für Aufsehen gesorgt. Der Leichnam einer jungen Frau war in einem Straßengraben in der Nähe von Hollabrunn aufgefunden worden. Die Tote wies am ganzen Körper Brandverletzungen auf, die ihr zugefügt worden waren, ehe sie der Täter mit einer schmalen Kette erdrosselt hatte.

Kemal riss entsetzt die Augen auf und stammelte: „Und… Sie…glauben…das…"

„Ich nicht glauben, ich wissen, das sein Alenka. Bin hundertprozentig sicher."

Kaum hatte sie das gesagt, brach sie wieder in Tränen aus. Ein Beben durchzuckte ihren schmächtigen Körper. Obwohl sie die Kieferknochen aufeinander presste, hörte er ihre Zähne klappern. Am liebsten hätte Kemal sie in die Arme genommen und getröstet, aber er wollte das eben erworbene Vertrauen nicht durch eine unbedachte Handlung zerstören, deshalb beschloss er, sie von ihrem Leid abzulenken, indem er ihr ein wenig von sich erzählte. Er berichtete ihr von seinem ersten Tag in Andling und seinem Erlebnis mit dem Jauchewagen. Als er ihr schilderte, wie sich die Spritzdüsen öffneten und das Gebläse die Jauche ins Wageninnere saugte, konnte sie sich selbst in ihrer Trauer nicht mehr zurückhalten und musste lauthals loslachen.

Wieder einmal bewahrheitete sich eine der Weisheiten seines Vaters. „Verspottest du einen anderen, wird dein Herz schwer, wie Baklava, das mit zu viel Honig getränkt wurde. Gelingt es dir jedoch einen anderen über dich zum Lachen zu bringen, wird es leicht wie ein guter Filoteig nach dem Backen!" Ihm war klar, dass ein falsches Wort ausreichte, um diese zerbrechliche Fröhlichkeit wieder ins Gegenteil zu kehren. Trotzdem konnte er nicht umhin, ihr die eine Frage zu stellen, die ihm, seit sie ihren Bericht beendet hatte, auf der Zunge brannte.

„Warum sind Sie eigentlich hierher nach Andling gekommen?"

Es kam, wie er vermutet hatte. Augenblicklich verfinsterte sich ihr Gesicht. Sie warf ihm einen verächtlichen Blick zu und sagte mit einer derart eisigen Stimme, dass ihm ein kalter Schauder den Rücken hinablief: „Weil ich dem Teufel auf der Spur bleibe."

Kemal hätte gern nachgefragt, was sie damit meinte, aber er spürte, dass sie kein Wort mehr darüber verlieren würde.

Als es endlich dämmerte, brachte er die junge Frau und die beiden Kinder nach draußen zum Wagen. Er öffnete die Tür und forderte sie auf, sich hinten auf den Boden zu legen. Der Gestank, der dem Fahrzeug entströmte, war jedoch derart ekelhaft, dass sich die Kinder im ersten Moment weigerten, einzusteigen. Gregoria warf ihm einen fragenden Blick zu, worauf Kemal bedauernd mit den Achseln zuckte.

„Tut mir leid, aber seit heute Morgen riecht es in meinem Auto nicht so angenehm. Ich habe keine Ahnung warum. Trotzdem muss ich Sie bitten, einzusteigen. Die Fahrt dauert auch nur wenige Minuten, das müssen Sie einfach aushalten."

Die junge Frau sagte etwas zu den Kindern in ihrer Sprache, worauf die beiden die Hände auf den Mund und die Nase pressten und in den Fond des Wagens krochen. Gregoria atmete noch ein paarmal tief ein, ehe sie ihnen nachfolgte. Vorsichtshalber breitete Kemal eine Decke über sie aus, um sie im Notfall vor neugierigen Blicken zu schützen. Eine Maßnahme, die sich als richtig erwies, wie sich sehr bald zeigen sollte. Denn kaum befand er sich auf der Bundesstraße, kam ihm Penniseder in ihrem Dienstwagen entgegen und bedeutete ihm mit der Lichthupe, stehenzubleiben.

„Das ist ein Kollege von mir", zischte Kemal. „Ich versuche ihn, so schnell wie möglich abzuwimmeln. Ihr dürft keinen Mucks machen. Wenn er euch entdeckt, kann ich für nichts garantieren."

Penniseder stieg aus dem Wagen und überquerte die Straße. Er beugte sich zum geöffneten Fenster hinab. „Wo kommst du her?", wollte er fragte, hielt aber mitten im Satz inne und schlug die Hand vor die Nase.

„Mein Gott, das ist ja nicht zum Aushalten! Brandtners Jauche duftet im Vergleich zu deinem Auto nach Kanal

Nummer fünf. Hast du ein neues Parfüm entdeckt, das extra dafür entwickelt wurde, damit sich Stadtmenschen besser in das Leben auf dem Land integrieren, oder hat dir einer deiner Cousins einen halben Hammel mit nach Andling gegeben und du hast ihn versehentlich im Kofferraum liegen lassen. Ich an deiner Stelle würde das tote Vieh nicht mehr verzehren, sondern schleunigst der Tierkörperverwertung zuführen."

Als Penniseder die Worte „Hammel" und „Kofferraum" aussprach, fiel Kemal plötzlich wie Schuppen von den Augen, wo der ekelerregende Geruch in seinem Auto herrührte. Seit gestern Mittag führte er das tote Huhn, das jemand an Gelatellos Tür genagelt hatte, in seinem Wagen spazieren. Kein Wunder, dass der Kadaver bei den sommerlichen Temperaturen zu stinken begonnen hatte. Er stieg aus und sog gierig die frische Luft ein. Sein Kollege hatte sich inzwischen von der überraschenden Geruchsattacke erholt und lugte neugierig ins Innere des Wagens.

„Mich würde wirklich interessieren, was du in deinem Wagen versteckt hast!"

„Gar nichts!", beeilte sich Kemal zu sagen. „Ich bin nur ein wenig herumgefahren und habe mich umgesehen. Leider vergeblich. Die Einbrecher scheinen sich wirklich längst aus dem Staub gemacht zu haben."

„Fleißig, fleißig, der Herr Kollege! Allerdings bringt dich dein Übereifer stets zur falschen Zeit an den falschen Ort." Als er das sagte, blitzten seine Augen schelmisch auf.

„Wie darf man das verstehen?", fragte Kemal neugierig nach. „Ist irgendetwas vorgefallen, von dem ich Kenntnis haben sollte?"

„Das will ich meinen. Dreimal darfst du raten, was passiert ist?"

Kemal schwante Böses.

Höchstwahrscheinlich hatte ihr Chef Lembergé so lange drangsaliert, bis dieser durchgedreht und ihm etwas zu Leide getan hatte. Allerdings passte der vergnügte Gesichtsausdruck seines Kollegen überhaupt nicht zu dieser Vorstellung.

„Nun sag schon, was los ist! Ich habe überhaupt keine Lust für diese Art von Spielchen", fauchte er Penniseder an, worauf ihm dieser einen beleidigten Blick zuwarf. Aber sein Mitteilungsbedürfnis war größer, als dass er wirklich geschmollt hätte. „Spielverderber! Aber ich will nicht so sein! A...l...s...o..." Er dehnte das Wort wie einen Börekteig in die Länge. „Was meinst du, wer heute nach Andling gekommen ist?"

Kemal verdrehte genervt die Augen. „Sag endlich, was los ist, sonst kann ich für nichts mehr garantieren!" Penniseder trat intuitiv einen Schritt zurück, weil er bereits mehr als einmal Zeuge der südländischen Temperamentausbrüche seines Kollegen geworden war.

„Am späten Nachmittag hat ein Bus voller..." Penniseder legte eine Pause ein und grinste von einem Ohr zum anderen, „Weiber am Marktplatz gehalten."

Kemal starrte ihn ungläubig an.

„Sag das noch einmal! Ein Bus voller..."

„Voller Frauen", wiederholte sein Kollege und zwinkerte ihm verschmitzt zu. „Aber was für Frauen? Im Vergleich zu dem, was sie anhatten, kleidet sich Gelatellos Freundin züchtig wie eine Nonne." Penniseders Blick sprach Bände. Doch Kemal zuckte nur mit den Schultern. Tschechien war nicht weit, in der Nähe der Grenze gab es ungezählte Etablissements, in denen Frauen wie diese dem ältesten Gewerbe der Welt nachgingen. Sein Kollege schien zu erraten, was er sich dachte.

„Wenn du glaubst, sie wollten über die Grenze und sind nur vom Weg abgekommen, irrst du dich jedoch gewaltig.

Ihr Ziel war eindeutig unser schönes Andling. Und dir wird sicher nicht schwer fallen, herauszufinden, zu wem sie wollten."

„Gelatello!", rief Kemal aus. Von Anfang an hatte er es geahnt. Zu lange hatte er selbst in der Nähe des Gürtels gewohnt und zu eindeutig waren die Zeichen, die diesen verrieten. Der amerikanische Schlitten, der Kampfhund, der bullige Leibwächter, die blonde Freundin mit kleinem Hund, der protzige Schmuck.

„Jedenfalls sind zwei dieser Damen auf den Polizeiposten gekommen, um sich nach dem Weg zu Gelatellos Etablissement zu erkundigen."

Als er bemerkte, wie Kemal ungläubig den Kopf schüttelte, nickte er zur Bestätigung. „Du hast schon richtig gehört. Etablissement!" Er spitzte die Lippen und flötete in einer Tonhöhe, als hätte ihm gerade jemand sein Geschlechtsteil zerquetscht: „Wären die Herren so gütig, uns den Weg zu Signore Gelatellos Etablissement zu weisen?" Mit seiner normalen Stimme fuhr er fort: „Du hättest von Markstein sehen sollen. Wie er um die beiden herumscharwenzelt ist und sie bezirzt hat! Natürlich hat er es sich nicht nehmen lassen, die Damen höchstpersönlich zu seinem hochverehrten Freund Enrico zu geleiten. Er mit den beiden in seinem Dienstwagen voran und der Bus mit den leichten Mädchen hinter ihm her."

Plötzlich erklang ein ersticktes Husten im Fond des Wagens. Kemal war so von der Erzählung seines Kollegen in Bann gezogen worden, dass er ganz auf die heikle Fracht hinter sich vergessen hatte.

„Was war das für ein eigenartiges Geräusch?"

Penniseder spähte neugierig ins Innere des Fahrzeugs. Glücklicherweise war es zu dunkel, als dass er etwas hätte ausmachen können.

„Du willst wissen, was das für ein Geräusch war", lenkte Kemal die Aufmerksamkeit seines Kollegen schnell auf sich. „Das kann ich dir verraten. Das war mein Magen. Kein Wunder, wenn er wie ein bösartiger Hund knurrt, immerhin hat er seit fast zwei Tagen nichts Ordentliches mehr zu verdauen bekommen." Er hob den Arm in die Höhe und warf einen Blick auf die Uhr. „In fünf Minuten erwartet mich die Gräfin zum Essen. Du kannst dir selbst ausmalen, was passiert, sollte ich nicht rechtzeitig erscheinen."

„Dann würde ich mich an deiner Stelle sputen", riet ihm Penniseder. „Eleonore von Markstein ist zwar ein herzensguter Mensch, aber wenn es ums Essen geht, ist mit ihr nicht zu spaßen."

„Vorher möchte ich dir noch ein wichtiges Beweismittel aushändigen. Ich denke, es ist besser, wenn es bis auf Weiteres in einem Polizeifahrzeug verwahrt wird." Neugierig folgte ihm sein Kollege zur Rückseite des Wagens. Als Kemal den Kofferraum öffnete, stob ein Schwarm fetter Schmeißfliegen in die Höhe. Angewidert fuchtelten die beiden mit den Armen in der Luft herum, um das Ungeziefer von sich fernzuhalten. Der Verwesungsgeruch, der dem Kofferraum entströmte, war derart intensiv, dass Kemal im ersten Moment glaubte, die Besinnung zu verlieren. Er hielt sich mit einer Hand die Nase zu und holte mit zwei Fingern der anderen den Plastiksack mit dem toten Huhn heraus.

„Das Delictus Corpi", presste er mit geschlossenem Mund hervor und reichte Penniseder die Tüte. „Pass gut auf, dass es nicht verloren geht!"

Doch sein Kollege dachte gar nicht daran, dieses zum Himmel stinkende Beweismittel in Verwahrung zu nehmen und eine Schädigung seines Riechnervs zu riskieren, was unter Umständen zu einem Verlust des Geruchssinns oder noch schlimmer zur Manifestation eines chronischen

Fehlriechens führen konnte. Allein die Vorstellung, seinen über alles geliebten Schweinsbraten aufgrund einer Riechtrugwahrnehmung mit Brokkoli oder Karfiol zu verwechseln, brachte sein limbisches System derart in Wallung, dass die Regeln korrekter Polizeiarbeit darin sang- und klanglos davon gespült wurden. Er packte kurzerhand den Sack mit dem Kadaver, lief zum Waldrand und schleuderte ihn in hohem Bogen in das Dickicht.

„Und wenn von Markstein das Huhn sehen will, um es erkennungsdienstlich zu erfassen?“, erkundigte sich Kemal spöttisch, nachdem Penniseder zurückgekommen war.

„Dann sage ich ihm, dass es plötzlich davongelaufen ist.“

„Und du meinst, das nimmt er dir ab?“

Sein Kollege zuckte mit den Achseln. „Keine Ahnung! Aber wenn ich ihm erzähle, dass ich auf dem Bauernhof meiner Großmutter selbst miterlebt habe, wie die Hühner nach dem Schlachten ohne Kopf vom Hackstock gesprungen sind, um das Weite zu suchen, bin ich mir sicher, dass er einige Nächte lang keinen Schlaf findet, weil er darüber nachgrübelt, ob das tatsächlich passieren kann.“

Die Gräfin staunte nicht schlecht, als Kemal wenige Minuten später mit der jungen Frau und den beiden Kindern im Schlepptau die Küche betrat. Er setzte zu einer Erklärung an, aber Eleonore von Markstein fiel ihm ins Wort und bewies erneut ihren Sinn fürs Praktische. „Ihr drei folgt mir zunächst einmal ins Bad, damit ihr euch sauber machen könnt! Und danach gibt es etwas Ordentliches zu essen. Ihr seid ja alle am Verhungern.“

Während Kemal den Tisch deckte, berichtete er ihr, wie er auf die drei gestoßen war und was er bisher von ihnen in Erfahrung gebracht hatte.

„Hier können sie auf keinen Fall bleiben!“, konstatierte sie, nachdem er seinen Bericht beendet hatte. Kemal schaute sie erstaunt an. Diese harten Worte hatte er nicht aus ihrem Mund erwartet. Normalerweise war sie eine Person, die nicht lange fackelte, wenn es darum ging, anderen zu helfen.

„Sie brauchen mich gar nicht so entsetzt anzuschauen“, rechtfertigte sie sich. „Glauben Sie mir! Ich würde die drei sofort bei mir aufnehmen, bis wir eine andere Lösung für sie gefunden haben. Aber hier bei mir sind sie auf keinen Fall sicher!“

„Aber“, wollte Kemal einwenden, sie schnitt ihm jedoch das Wort ab.

„Kein Aber! Wenn mein Neffe davon Wind bekommt, informiert er sofort die Fremdenpolizei. Und es gibt überhaupt keine gesetzliche Handhabe, eine Abholung der drei zu verhindern.“

Kemal wusste, dass sie Recht hatte. Deprimiert ließ er den Kopf hängen.

„Es gibt nur einen Platz in Andling, wo sie – zumindest eine Zeit lang – sicher sind.“

Er blickte sie fragend an.

„In der Kirche! Die Kirche ist der einzige Platz, der Asylsuchenden Schutz gewähren kann.“

„In der Kirche?“, rief Kemal überrascht aus. „Sie glauben wirklich, Nwongo Delale wird drei wildfremden Personen Schutz gewähren? Noch dazu, wo dieser eigenartige Pater aus Wien hier ist, um ihm auf die Finger zu schauen. Ich denke, da sind Sie auf dem Holzweg. Ja, wenn Hochwürden Brunner noch einigermaßen bei Sinnen wäre, wäre das etwas anderes. Er hätte den dreien sicher weitergeholfen. Aber bei Delale oder diesem Altmann kann ich mir das beim besten Willen nicht vorstellen.“

„Sie schätzen Delale völlig falsch ein", widersprach ihm die Gräfin. „Es mag schon stimmen, dass er ein etwas eigenartiges Verhalten an den Tag legt, doch ich bin mir sicher, dass er sich sehr gut in die Situation dieser drei Hilfsbedürftigen hineinversetzen kann. Immerhin musste er selbst vor einigen Jahren aus Nigeria flüchten, nachdem seine ganze Familie bei den Glaubenskämpfen, die in diesem Land herrschen, abgeschlachtet worden ist. Außerdem geht es Brunner wieder besser, seit nicht mehr die ganze Last der seelsorgerischen Arbeit auf ihm lastet. Durchaus möglich, dass er in der Lage ist, seine ganze Autorität als Dechant dieses Kirchenbezirks in die Waagschale zu werfen, sollte dieser fremde Pater Einwände gegen eine Beherbergung der Flüchtlinge ins Treffen führen."

Kemal war nach wie vor skeptisch. Allerdings war ihm auch klar, dass die junge Frau und die beiden Kindern sonst nirgends vor einem Zugriff der Fremdenpolizei wirklich sicher waren. Wären sie in Wien gewesen, hätte ihm ihre Unterbringung keine Schwierigkeiten bereitet. Dort gab es vielfältige Möglichkeiten, wo Personen, die illegal nach Österreich eingereist waren, Hilfe finden konnten. Kurz überlegte er, ob er die drei einfach ins Auto verfrachten und sich mit ihnen in die Bundeshauptstadt aufmachen sollte. Aber er verwarf diesen Gedanken wieder. Dass er bei ihrer Entdeckung nicht den Amtsweg beschritten, sondern ihnen weitergeholfen hatte, würde ihm ohnehin genug Scherereien einbringen, falls von Markstein davon Wind bekam. Brächte er sie jedoch auf eigene Faust nach Wien und würde das öffentlich bekannt werden, konnte er sofort seinen Hut nehmen. Seine Vorgesetzten warteten nur auf ein Vergehen von seiner Seite, um die Entscheidung der Disziplinarkommission, die ihn trotz der schweren Körperverletzung eines Kollegen im Dienst belassen hatte, zu korrigieren.

Nachdem sie gegessen hatten, machten sie sich auf den Weg nach Andling. Eleonore von Markstein begleitete sie, weil sie der Meinung war, dass es ihr eher als Kemal gelingen würde, die drei Pfarrer dazu zu bringen, den Flüchtlingen Obdach zu gewähren. Glücklicherweise war der Marktplatz um diese Zeit menschenleer. Dafür ging es im „Goldenen Hirschen" hoch her. Durch die hell erleuchteten Fenster war zu erkennen, dass das Wirtshaus bis auf den letzten Platz gefüllt war. Offensichtlich wollte sich keiner den Tratsch über – wie hatte es sein Kollege formuliert – „den Bus voller Weiber" entgehen lassen. Penniseders Stimme war bis nach draußen zu vernehmen. Er stand mitten in der Wirtsstube und gab gerade seine Sicht der Dinge zum Besten, wobei er mit den Händen die Körperform einer dieser Frauen zum Gaudium der Anwesenden nachformte. Zwar hätte auch Kemal brennend interessiert, was im Wirtshaus über diesen Vorfall gesprochen wurde, aber er wusste, dass ihm sein Kollege am nächsten Tag ohnehin alles brühwarm berichten und damit seine Neugierde stillen würde.

Um kein Aufsehen zu erregen, schaltete er das Licht aus und bog vor dem Wirtshaus nach links in die Gasse ab, an deren Ende sich das Pfarramt befand. Obwohl es hinter der Kirche stockdunkel und die Gefahr einer Entdeckung sehr gering war, schärfte Kemal, ehe sie ausstiegen, den anderen ein, jedes verdächtige Geräusch zu vermeiden. Er klopfte vorsichtig an die Tür und lauschte, aber im Inneren war nichts zu hören.

„Ich hoffe, dass noch jemand wach ist, sonst können wir einpacken", flüsterte er Eleonore von Markstein zu.

„Das können wir ändern", erwiderte diese resolut und pochte so laut an die Tür, dass sogar ein Toter zum Leben erweckt worden wäre. Das Klopfen hallte wie Pistolenschüsse über den Marktplatz. Erschrocken blickte sich Kemal um.

Aber ganz Andling schien so gut zu schlafen, dass dieses Geräusch ungehört blieb. Immerhin ging nach wenigen Sekunden das Licht im Flur an und Delales Stimme erklang hinter der verschlossenen Tür.

„Wer macht da draußen einen derart infernalischen Lärm?“, knurrte er verärgert.

Eleonore von Markstein gab sich zu erkennen und forderte den Pfarrer auf, zu öffnen. Gerade als Delale die Tür aufstieß und sich der Lichtschein aus dem Flur auf sie ergoss, vernahm Kemal das Aufheulen eines Motors. Geistesgegenwärtig drückte er auf den Lichtschalter. Keine Sekunde zu früh, denn kaum war das Licht erloschen, rollte ein Geländewagen im Schritttempo den Marktplatz hinab. Rüdiger von Markstein! Keine Ahnung, was sein Vorgesetzter um diese Zeit hier zu suchen hatte. Normalerweise verbrachte dieser den Sonntagabend mit seinen Jagdkumpanen und betrank sich, bis er nicht mehr gerade gehen konnte. Kemal hielt den Atem an und beschwor Allah, dieser möge seinen Chef so blind sein lassen, wie er es ohnehin üblicherweise war. Als der Wagen nach rechts ausscherte und den Randstein streifte, atmete Kemal erleichtert aus. Von Markstein war offensichtlich sternhagelvoll. In diesem Zustand stellte er keine Gefahr für sie dar. Im Zeitlupentempo verschwand er aus ihrem Blickfeld.

Nwongo Delales Augen funkelten in der Finsternis wie glühende Kohlen. Er schaltete das Licht wieder ein und setzte zu einer Beschwerde an, hielt aber inne, als er sah, wer vor ihm stand. Die Kinder beachtete er kaum, dafür erweckte die junge Frau umso mehr sein Interesse. Er fixierte sie mit weit aufgerissenen Augen, als sei sie ein Dämon aus einer anderen Welt, ehe er seinen Blick ganz langsam von ihrem Gesicht über den Oberkörper bis zu den Füßen und wieder zurück gleiten ließ.

Gregoria wich erschrocken einen Schritt zurück und packte Kemal am Arm.

Eleonore von Markstein bewies wieder einmal ihren Sinn fürs Naheliegende. Sie fackelte nicht lange und bugsierte die junge Frau und die Kinder an Delale vorbei ins Innere des Pfarrhauses. Kemal folgte ihnen.

Der Priester wandte sich um und starrte die Anwesenden ungläubig an.

„Was soll das hier werden?“, fauchte er.

„Wir bitten um Kirchenasyl für das Mädchen und ihre beiden Geschwister“, brachte die Gräfin ihr Anliegen zur Sprache. Sie erklärte Delale, dass es sich um Flüchtlinge handelte, die Kemal am Nachmittag auf einem aufgelassenen Hof entdeckt hatte. Der Priester bedachte die drei mit einem neugierigen Blick. Man sah ihm an, dass er überlegte, wie er mit dieser Situation umgehen sollte. Schließlich schüttelte er den Kopf.

„Ich würde ja gerne, aber das ist nicht möglich. Wir sind hier nicht für so etwas gerüstet.“

„Außerdem hat sich die Bischofskonferenz eindeutig gegen die Aufnahme von Asylwerbern in kirchlichen Einrichtungen ausgesprochen“, ertönte eine Stimme. Es war Altmann. Er stand in der Tür, die zum Wohntrakt führte, und machte keine Anstalten, näher zu kommen.

„Ist es nicht ein Akt der Nächstenliebe, sich um Schutzbedürftige zu kümmern?“, fragte die Gräfin mit einem provokanten Unterton in der Stimme.

„Wir sind angeleitet zu helfen, wo wir können“, erwiderte dieser ruhig. „Wer hungert, den werden wir laben, und wer friert, den werden wir wärmen. Aber in der Heiligen Schrift steht auch geschrieben: Gebt dem Kaiser, was des Kaisers ist! Die Aufnahme und Betreuung von Flüchtlingen ist Sache des Staates. Dafür gibt es genau festgelegte

Regeln und Gesetze. Bittet uns der Staat um Hilfe, dann sind wir dazu bereit. Aber an die Gesetze müssen auch wir uns halten. Daran ist nicht zu rütteln. Sie können sich hier ein wenig ausruhen und wir teilen gerne unser Brot mit Ihnen, doch dann ersuche ich Sie, wieder zu gehen und irgendwo anders eine Unterkunft für diese bedauernswerten Menschen zu suchen."

Kemal konnte sich des Eindrucks nicht erwehren, dass Nwongo Delale anderer Meinung war. Während Altmann ihnen die offizielle Sichtweise der Kirche auseinandersetzte, sprühten seine Blicke vor Widerspruch und bebten die Lippen, als gälte es, einem Ungläubigen den Weg zu Gott zu weisen. Aber der Priester aus Wien stand in der Hierarchie weit über ihm, demzufolge war es ihm nicht gestattet, die Aussagen des rangmäßig Höhergestellten in Zweifel zu ziehen. Trotzdem unternahm er einen Versuch, nachdem Altmann seinen Vortrag beendet hatte.

„Könnten wir nicht eine Ausnahme machen? Ich kenne einige Pfarreien, die..."

„Ich glaube, Sie verkennen Ihre Befugnisse", fiel ihm Altmann ins Wort. „Noch einmal: Die Kirche ist kein Asylantenheim. Wir helfen, wo wir können, für den Rest ist der Staat zuständig."

„Doch steht in der Bibel nicht auch geschrieben: Der Herr wird dich mit seinen Fittichen decken, und Zuflucht wirst du haben unter seinen Flügeln." Die Worte kamen von Hochwürden Brunner, der unbemerkt in den Flur getreten war. Trotz des Ernstes der Situation musste sich Kemal zusammennehmen, um nicht laut aufzulachen, als er den Pfarrer erblickte. Brunner trug ein rosa Damennachthemd und eine weiße Zipfelmütze, die er bis über die Ohren über den Kopf gezogen hatte. Altmann wandte sich um und funkelte Brunner böse an.

„Ich glaube, Sie sind nicht mehr in der Lage, eine Angelegenheit wie diese richtig zu beurteilen."

„Mag sein", erwiderte dieser lächelnd, „aber ich bin mir sicher, dass ich noch immer für diese Pfarre zuständig bin und deshalb die Befugnis habe, alleine Entscheidungen zu treffen. Und ich habe mich entschieden!"

Er winkte Gregoria und ihre Geschwister zu sich. „Ich zeige euch jetzt, wo ihr schlafen könnt. Ihr müsst ja todmüde sein."

Wütend verschwand Altmann in seinem Zimmer.

Delale begleitete Eleonore von Markstein und Kemal vor die Tür.

„Darf ich Sie noch um etwas bitten?", wandte er sich an Kemal, ehe dieser in den Wagen stieg.

„Ihnen wird sicher nicht entgangen sein, dass heute Nachmittag ein Bus voller liederlicher Frauen", er würgte das Wort Frauen wie einen Bissen verdorbener Speise hervor, „wie ein Schwarm Heuschrecken in den Ort eingefallen ist. Könnten Sie in Ihrer Funktion als Staatshüter nicht etwas gegen diesen Sündenpfuhl unternehmen? Es wird doch sicher irgendeine gesetzliche Handhabe geben, um diesem Treiben von vornherein einen Riegel vorzuschieben."

Obwohl Kemal Delale hoch anrechnete, dass dieser zuvor versucht hatte, Altmann umzustimmen, war ihm die Art und Weise, wie sich dieser dem weiblichen Teil der Andlinger Bevölkerung gegenüber verhielt, zutiefst zuwider. Die abfällige Betonung des Wortes „Frauen" hatte ihm das nur erneut ins Gedächtnis gerufen. Deshalb hatte er nicht vor, ihm in dieser Sache auch nur einen Schritt entgegenzukommen.

„In dieser Angelegenheit sind mir die Hände gebunden. Ich empfehle Ihnen, sich deswegen morgen mit meinem Vorgesetzten in Verbindung zu setzen."

Nachdem sie ins Himmelreich zurückgekehrt waren, ging Kemal in sein Zimmer und legte sich nieder. Doch an Schlaf war nicht zu denken. Kaum lag er im Bett, brach alles, was er den Tag über erfolgreich verdrängt hatte, mit voller Wucht auf ihn ein. Das Ultimatum seiner Mutter kam ihm wieder in den Sinn. Verzweifelt überlegte er, wie er sie von ihrem Vorhaben abbringen könnte. Dass er ihr Agnes bis zum August als Schwiegertochter präsentieren konnte, war absurd. Aber warum versteifte er sich überhaupt auf Agnes? Es gab genügend andere Mädchen in Andling, die ihm bei weitem wohlgesonnener waren als sie. Warum den leckeren Dürüm ablehnen, nur weil man von einer köstlichen Pide träumt? Gregoria fiel ihm ein. Nachdem sie gebadet hatte, hatte sich herausgestellt, dass es sich bei ihr um eine attraktive junge Frau handelte. Vielleicht sollte er sich um sie bemühen. Damit würde er zwei Fliegen mit einer Klappe schlagen. Zum einen wäre er der Sorgen mit seiner Mutter ledig und zum anderen musste sie nicht mehr befürchten, abgeschoben zu werden, weil sie durch eine Heirat mit ihm in den Besitz der österreichischen Staatsbürgerschaft gelangte. Erst jetzt erinnerte er sich wieder, was mit ihrer Schwester passiert war und was sie auf seine Frage, warum sie hierher gekommen war, geantwortet hatte. Weil sie dem Teufel auf der Spur bleiben wollte. Lebte dieser Teufel etwa in Andling? Plötzlich tauchte Gelatellos Bild vor ihm auf. Konnte es möglich sein, dass er der Teufel war, den sie nicht aus den Augen verlieren wollte? Gregorias Schwester war in ein anrüchiges Etablissement nach Wien gelockt worden und hatte dort arbeiten müssen, ehe sie getötet worden war. Auch Gelatello stammte aus Wien. Er war, kurz nachdem dieser bestialische Mord verübt worden war, in Andling aufgetaucht. Außerdem hatte Kemal von Anfang an vermutet, dass Gelatello etwas mit dem Rotlichtmilieu zu tun haben musste. Die Frauen, die heute mit dem Bus zu ihm gebracht worden waren, waren nur ein weiterer Beweis in einer Kette von Indizien, die auf diesen Umstand hinwiesen. Eigentlich unverzeihlich, dass er Enrico Gelatello nicht längst erkennungsdienstlich überprüft hatte. Er nahm sich vor, gleich am nächsten Morgen dieses Versäumnis wettzumachen. Wenn Gelatello Verbindungen zur Rotlichtszene hatte, schien dies sicher im Polizeicomputer auf. Allerdings konnte er diese Überprüfung nicht auf dem Polizeiposten durchführen. Nur von Markstein verfügte über die Zugangsberechtigung zum Datenerfassungssystem der Polizei. Wenn sie dort etwas in Erfahrung bringen wollten, mussten sie bei ihm um die Erlaubnis dafür ansuchen. Das konnte er vergessen. Er würde Traxler bitten, ihm in dieser Sache behilflich zu sein. Obwohl ihm klar war, dass die Fantasie mit ihm durchging und er vorrangig wegen der Ressentiments, die er Gelatello gegenüber hegte, geneigt war, diesem alles erdenklich Böse zuzutrauen, beruhigte ihn der Gedanke, dass er diesem unter Umständen auf die Schliche kommen könnte, aber erst, als er sich vorstellte, dass er Agnes umarmte und ihr einen Kuss auf die Lippen drückte, schlief er ein.

Montag

Kurz vor acht betrat Kemal den Polizeiposten. Außer ihm war noch niemand anwesend, was ihn nicht sonderlich verwunderte. Penniseder hatte offensichtlich am Vorabend etwas zu tief ins Glas geschaut und würde – wie oft am Montag – erst im Laufe des Vormittags auf dem Posten eintrudeln. Und von Markstein erschien ohnehin nie vor Mittag zur Arbeit. Er setzte Kaffee auf und brachte Lembergé eine Tasse und zwei Stück Kuchen, die er von zuhause für ihn mitgenommen hatte. Zufrieden vernahm er, dass ihr Vorgesetzter Jean nur kurz zur Rede gestellt, ansonsten aber in Ruhe gelassen hatte. Er öffnete die Zellentür, damit dieser etwas mehr Bewegungsfreiheit hatte, bat ihn aber auch, im Keller zu bleiben, damit er nicht dem Postenkommandanten in die Arme lief, falls dieser wider Erwarten einmal früher auftauchte. Nachdem er Lembergé versorgt hatte, rief er Traxler an und ersuchte diesen, ihm bei der erkennungsdienstlichen Überprüfung von Gelatello behilflich zu sein, was dieser, ohne eine Erklärung zu verlangen, zu tun versprach. Fünf Minuten später rief sein ehemaliger Abteilungsleiter zurück.

„Fehlanzeige!“, kam er sofort zur Sache. „Entweder ist dieser Gelatello sauber wie ein frisch gewaschener Babypopo oder er hat sich bei euch unter einem falschen Namen eingenistet. Jedenfalls scheint nichts über ihn im Polizeicomputer auf.“

„Bist du dir sicher?“, fragte Kemal nach. Die Enttäuschung in seiner Stimme war nicht zu überhören. „Ich war felsenfest davon überzeugt, dass dieser Typ Dreck am Stecken hat.“

„Dann gehe ich einmal davon aus, dass er die Identität gewechselt hat. Du weißt doch selbst noch aus deiner

Zeit in Wien, dass das Besorgen eines echten „falschen“ Passes jemandem aus diesem Milieu ungefähr gleich große Schwierigkeiten bereitet, wie uns das Manipulieren eines Parkscheins mit einem auslöschbaren Stift. Schick mir seine Fingerabdrücke, dann kann ich dir mit hundertprozentiger Sicherheit sagen, ob dieser Kerl schon einmal unser Gast gewesen ist!“

Kemal bedankte sich für die Hilfe und legte auf. Ihm war klar, dass Traxlers Ratschlag gut gemeint war und die Überprüfung der Fingerabdrücke die einzige Möglichkeit darstellte, um absolute Gewissheit zu erlangen, aber er hatte keine Ahnung, wie er sich diese verschaffen sollte.

Das Kreischen der Sirene, die in Gang gesetzt wurde, wenn jemand unerlaubt den Posten betrat, riss ihn aus seinen Gedanken. Enrico Gelatello stürmte in das Büro des Chefs, tauchte wenige Sekunden später wieder daraus auf und baute sich vor ihm auf.

„Wo ist Ihr Vorgesetzter?“, fauchte er ihn anstelle einer Begrüßung an.

„Der kommt erst später“, erwiderte Kemal ruhig, obwohl ihn das rüpelhafte Verhalten Gelatellos erzürnte. „Vielleicht kann ich Ihnen behilflich sein.“

Gelatello bedachte ihn mit einem verächtlichen Blick. „Ich bin heute Nacht überfallen worden. Irgendeiner dieser Mistbauern hat mein Haus verunstaltet und mit roter Farbe hinterhältige Schweinereien an die Außenwände geschmiert. Rüdiger soll sofort herkommen und sich dieser Sache annehmen.“

Obwohl Kemal sich insgeheim ins Fäustchen lachte, setzte er eine geschäftige Miene auf. „Ich werde Major von Markstein sofort von diesem Vorfall in Kenntnis setzen.“

Er wählte die Nummer des Postenkommandanten und ließ dessen Schimpftirade, weil er ihn aus dem Bett geholt hatte, geduldig über sich ergehen. Erst auf die Frage seines Vorgesetzten, warum er ihn so früh am Morgen störe, teilte er ihm mit, was geschehen war.

„Und warum sagt er das nicht gleich? Müssen wir ihm immer die Nase aus den Würmern ziehen? Richte er unserem Freund aus, dass wir bereits unterwegs sind!"

Nachdem er aufgelegt hatte, wandte er sich wieder Gelatello zu.

„Er ist spätestens in einer Viertelstunde hier. Darf ich Ihnen inzwischen eine Tasse Kaffee anbieten?"

Ohne eine Antwort abzuwarten, stellte er eine Tasse vor ihm auf den Tisch und begab sich in den Nebenraum, wo er eine Arbeit am Computer vortäuschte. Wenig später traf von Markstein auf dem Posten ein. Er entschuldigte sich wortreich bei seinem Freund, dass er ihn habe warten lassen, und ersuchte ihn, ihm in sein Büro zu folgen. Kaum hatten die beiden die Amtsstube verlassen, streifte Kemal einen Latexhandschuh über und nahm die Tasse, aus der Gelatello getrunken hatte, an sich. Hastig leerte er den restlichen Kaffee in das Waschbecken, verstaute das Gefäß in einem Plastikbeutel und ließ diesen in einer Schreibtischlade verschwinden.

Es müsste schon mit dem Teufel zugehen, wenn sich darauf keine Fingerabdrücke sichern ließen. Überhaupt schien heute sein Glückstag zu sein. Denn wenige Sekunden, nachdem er die Aktion beendet hatte, kehrten von Markstein und Gelatello wieder in die Amtsstube zurück. Nicht auszudenken, was los gewesen wäre, hätten sie ihn bei der Sicherstellung der Tasse ertappt!

„Achtung! Still gestanden!", blaffte von Markstein in seine Richtung. „Alarmstufe eins! Der hiesige Mob hat binnen zwei Tagen zwei heimtückische Anschläge auf den Besitz unseres hoch verehrten Freundes verübt. Der Aufklärung dieser feigen Taten gilt ab nun unser gesamtes Augenmerk. Penniseder, er erhält von uns den Auftrag, die Untersuchungen vor Ort durchzuführen. Wir erwarten von ihm, dass er nicht ruht, bis er eine beweisfeste Hand gesichert hat, die zur baldigen Aufklärung dieser verabscheuungswürdigen Verbrechen führen. Pennis…" Der Postenkommandant hielt inne und ließ den Blick durch den Raum schweifen.

„Kann er uns erläutern, wo sich sein Kollege befindet?"

„Er ist auf dem Weg hierher aufgehalten worden", log Kemal. „Soll ich inzwischen die Ermittlungen…"

Von Markstein brachte ihn mit einer herrischen Geste zum Schweigen.

„Aus Gründen, von denen wir noch keine Kenntnis haben", er legte eine Pause ein und fasste ihn scharf ins Auge, „verbietet sich unser geschätzter Freund, dass dieses Kamel noch einmal sein Grundstück betritt. Sei er sich gewiss, wir werden ihm später auf den Fühl zahnen, was er sich wieder hat zuschulden kommen lassen, und uns eingehend damit befassen, ob das dienstkonsequente Rechte für ihn nach sich zieht!" Er drehte sich zu Gelatello um. Dieser gab ihm mit einem Kopfnicken zu verstehen, dass er mit dieser Vorgehensweise einverstanden war.

„Doch jetzt haben wir Wichtigeres zu tun. Wir werden unseren Freund zu seinem Haus begleiten und uns selbst ein Bild machen, zu welchen Schändlichkeiten sich das Ortsgesindel hat hinreißen lassen. Er hält hier die Stellung und gibt Pennis unmissverständlich zu verstehen, dass er sich unverzüglich – und wenn ich unverzüglich sage, meine ich noch früher als sofort – auf dem Grundstück von Herrn Gelatello einfindet."

Er wandte sich mit Gelatello zum Gehen. Doch ehe sie die Amtsstube verließen, drehte er sich noch einmal zu Kemal um. „Wir haben uns persönlich bei unserem geschätzten Freund dafür verbürgt, dass sich derart schändliche Vergehen wie das Befestigen eines toten Huhnes an der Tür oder das Beschmieren der Hauswände mit Fäkalwörtern nicht wiederholen. Das heißt: Ab sofort Bereitschaftsdienst für alle! Wir werden Herrn Gelatellos Anwesen rund um die Uhr überwachen und nicht ruhen, bis wir diese Schmierfinken und Tierquäler dingfest gemacht und zur Verantwortung gezogen haben.“

Kemal wunderte sich, wie kalt ihn das demütigende Verhalten seines Vorgesetzten ließ. Normalerweise ergriff unbändiger Zorn von ihm Besitz, wenn er so wie eben behandelt wurde, und nur der Einsatz von Leutner-Schnarringers Atemtechnik verhinderte in solchen Fällen, dass er sich mit einer unbedachten Aktion um Kopf und Kragen brachte. Höchstwahrscheinlich rührte seine Gelassenheit daher, weil er endlich einen Weg gefunden hatte, Gelatello auf die Schliche zu kommen und diesem und damit auch von Markstein auf legalem Weg zurückzuzahlen konnte, was sie ihm angetan hatten. Bevor er jedoch seine Aufmerksamkeit der Tasse in seiner Schreibtischlade zuwenden konnte, musste er Penniseder benachrichtigen, dass ihr Chef ihn bei Gelatellos Haus erwartete. Er wählte dessen Nummer. Als sich niemand meldete und das Handy auf die Mailbox umschaltete, setzte er sich ins Auto und fuhr zur Wohnung seines Kollegen. Er läutete Sturm, bis ihm dieser öffnete. Penniseder stierte ihn mit geröteten Augen an. Das weiße Nachthemd, das er trug, wies im Vergleich zu seinem Gesicht eine zutiefst gesunde Farbe auf. Als Kemal zu sprechen ansetzte, presste er die Hände gegen die Schläfen und stöhnte laut auf. Kemal fackelte nicht lange. Er zerrte seinen Kollegen ins Bad und hielt dessen Kopf so lange unter das kalte Wasser, bis er zumindest wieder so weit hergestellt war, dass er begriff, was Kemal von ihm wollte. Aber daran, dass er selbst mit dem Auto fuhr, war nicht zu denken. Deshalb verfrachtete Kemal ihn kurzerhand in seinen Wagen und chauffierte ihn ins Himmelreich. Kurz bevor Gelatellos Haus auftauchte, ließ er Penniseder aussteigen und gab ihm den Rat, seine Verspätung damit zu erklären, dass ihr Dienstwagen den Geist aufgegeben habe und er deswegen zu Fuß habe herkommen müssen. „Diese Ausrede wird dir angesichts der alten Rostschüssel, die die Bezeichnung Fahrzeug gar nicht mehr verdient, selbst von Markstein abnehmen."

Da er nun schon einmal unterwegs war, beschloss er, auf dem Rückweg beim Pfarramt Halt zu machen, um sich zu erkundigen, wie Gregoria und ihre Geschwister die Nacht verbracht hatten. Vielleicht ergab sich auch eine Gelegenheit, sich mit der jungen Frau zu unterhalten. Er wollte unbedingt herausfinden, wer der Teufel war, dem sie sich an die Fersen geheftet hatte. Die drei Geschwister saßen gerade am reich gedeckten Frühstückstisch und ließen es sich schmecken. Brunner und Delale kümmerten sich rührend um ihre Gäste und lasen ihnen jeden Wunsch von den Augen ab, nur Altmann schien noch immer zu schmollen, weil man nicht auf ihn gehört hatte. Als Kemal das Lächeln im Gesicht der kleinen Kinder gewahrte, brachte er es nicht übers Herz, durch eine Befragung diese Idylle zu zerstören. Höchstwahrscheinlich würde Gregoria die bestialische Tötung ihrer Schwester nie aus dem Gedächtnis bannen können. Aber wenn ihr die Erinnerung eine kleine Atempause gönnte, wäre es mehr als grausam gewesen, ihr diese zu verleiden. Er wandte sich gerade wieder zum Gehen, als die Tür zur Stube geöffnet wurde und Agnes eintrat. Sie grüßte zuerst die drei Priester, ehe sie Kemal die Hand reichte.

„Willst du etwa verreisen?", erkundigte er sich perplex, als er den Koffer in ihrer Hand bemerkte.

Sie schüttelte lachend den Kopf. „Leider habe ich dafür keine Zeit. Aber ich habe mir gedacht, dass deine Schützlinge nichts dagegen haben, wenn sie etwas Frisches zum Anziehen bekommen. Deshalb habe ich mich heute Morgen sofort auf den Weg gemacht, um bei den Nachbarn Kleidungsstücke zu besorgen, die sie nicht mehr brauchen. Ich muss dir sagen, dass wir alle sehr stolz auf dich sind."

Ihre Worte machten ihn verlegen. Er spürte, wie das Blut in seine Wangen schoss, und blickte betreten zu Boden.

„Das war nur...ich konnte doch nicht...was hätte ich sonst", stammelte er beschämt.

„Du hättest auch Meldung erstatten können, wie es wohl die meisten deiner Kollegen getan hätten. Dass du das nicht gemacht hast, sondern einen Platz für die armen Kinder besorgt hast, spricht wieder einmal für dich. Ich hoffe nur, dass dir von Markstein daraus keinen Strick dreht. So wie ich ihn kenne, ist ihm alles zuzutrauen, und er wartet nur auf eine Gelegenheit, um dir ans Zeug zu flicken."

Von Markstein! Dass ihn dieser wegen seiner Vorgehensweise in dieser Sache noch nicht in die Mangel genommen hatte, war wohl nur dem Umstand zu verdanken, dass sein Vorgesetzter den Tratsch der Leute schlichtweg verschlafen hatte. Allerdings war ihm auch klar, dass es sich nur um einen Aufschub handelte, denn eines hatte er gelernt, seit er in Andling lebte. Neuigkeiten verbreiteten sich hier wie ein Lauffeuer und es war nur eine Frage der Zeit, bis sie auch das letzte Ohr erreichten. Da er Agnes jedoch nicht beunruhigen wollte, machte er eine abwiegelnde Handbewegung.

„Die Pide wird nie so heiß gegessen, wie sie gebacken wird. Wenn von Markstein bemerkt, dass ein großer Teil der Bevölkerung meine Vorgehensweise gutheißt, wird auch er nicht daran vorbeikommen, sich der vorherrschenden Meinung anzuschließen." Die Wirklichkeit sah natürlich anders aus. Er wusste genau, dass sich von Markstein keinen Deut um das scherte, was andere dachten, weil er zutiefst davon überzeugt war, das ihm hier keiner das Wasser reichen konnte und er den anderen in allen Belangen überlegen war. Ehrlich gestanden, musste man kein großer Hellseher sein, um prophezeien zu können, wie sein Vorgesetzter auf sein Dienstvergehen, und genau als solches würde er es auslegen, dass er die aufgegriffenen Flüchtlinge nicht in Schubhaft genommen hatte, reagieren würde.

Im besten Fall kam er mit einer Verwarnung davon, aber wahrscheinlicher war, dass ihn von Markstein vom Dienst suspendierte und eine Anzeige bei der Disziplinarkommission einbrachte, um ihn endgültig loszuwerden.

Die einzige Chance, den Kopf aus der Schlinge zu ziehen, bestand wohl darin, etwas erkennungsdienstlich Relevantes über Gelatello herauszufinden. Das würde für derart viel Wirbel sorgen, dass es gut möglich war, dass von Markstein darüber vergaß, ihn für seine Vorgehensweise zur Verantwortung zu ziehen.

Agnes´ Stimme riss ihn aus seinen Überlegungen.

„Könntest du in der Zwischenzeit draußen warten? Wir würden gerne ausprobieren, ob die Kleidungsstücke passen, die ich mitgenommen habe." Erst jetzt bemerkte Kemal, dass die drei Priester bereits den Raum verlassen hatten.

Obwohl er noch gerne etwas Zeit mit Agnes verbracht hätte, verabschiedete er sich mit dem Hinweis, dass auf dem Posten eine wichtige Arbeit auf ihn wartete. Er ließ den Wagen vor dem Pfarramt stehen und ging zu Fuß ins Büro. Erleichtert stellte er fest, dass sein Vorgesetzter und sein Kollege noch nicht zurückgekehrt waren. Er holte den Spurensicherungskoffer aus dem Nebenzimmer und entnahm ihm das Grafitpulver, einen Pinsel und die Klebestreifen, die er zur Sicherung der Fingerabdrücke benötigte.

Vorsichtig hob er die Tasse aus dem Beutel und stellte sie vor sich auf den Schreibtisch. Wohlweislich hatte er das Gefäß nur am Henkel berührt, um nirgends sonst seine Abdrücke zu hinterlassen. Er öffnete das Döschen mit dem Grafitpulver, tauchte den Pinsel hinein und bestäubte damit die Tasse. Dann löste er die Klebestreifen von der Schutzfolie und klebte sie über die Abdrücke, die das Pulver auf dem weißen Porzellan deutlich erkennen ließ. Insgesamt konnte er fünf Finderabdrücke sicherstellen. Genug, um herauszufinden, ob Gelatello im Polizeicomputer gespeichert war. Allerdings hatte er keine Ahnung, wie er Traxler die Beweismittel zukommen lassen sollte. Natürlich verfügte auch ihre Dienststelle über einen Hochleistungsscanner, mit dem die Fingerabdrücke problemlos weitergeleitet werden konnten. Aber von Markstein würde das nicht verborgen bleiben und ihn zur Rede stellen, warum er Daten nach Wien gesandt hatte. Das wollte er auf alle Fälle vermeiden. Blieb nur der Postweg. Dabei war jedoch die Gefahr gegeben, dass die Abdrücke beschädigt wurden und nicht für eine Überprüfung herangezogen werden konnten. Am besten wäre gewesen, nach Wien zu fahren und die Beweismittel Traxler persönlich zu übergeben. Um Gelatello eins auszuwischen, wäre er, wenn nötig, bis ans Ende der Welt gereist. Allerdings hatte ihm von Markstein unmissverständlich zu verstehen gegeben, dass er auf dem Posten auszuharren und überdies am Abend Bereitschaftsdienst zu versehen hatte. Ein Zuwiderhandeln wäre ihm als Insubordination ausgelegt worden und hätte ihm höchstwahrscheinlich ein Disziplinarverfahren wegen einer groben Dienstverletzung eingebracht. Guter Rat war teuer! Plötzlich hatte er eine Idee. Warum im strömenden Regen zum Krämer laufen, wenn es Nachbarn gibt? Er wählte die Nummer des Landeskriminalamtes und ließ sich mit Mayr verbinden.

„Özylimazkorucu am Apparat“, meldete er sich, als dieser abhob.

„Ach, Herr Özi…!“ Kemal vernahm ein verlegenes Räuspern, ehe Mayr fortfuhr. „Was verschafft mir die Ehre?“

„Sagen Sie der Einfachheit halber Kemal. Mein Nachname ist ja wirklich etwas schwerer auszusprechen.“ Zwar empfand er es als Zeichen der Wertschätzung, sich den Namen einer Person, mit der man zu tun hatte, zu merken, aber er wollte den Kollegen nicht desavouieren.

„Gerne! Ich heiße übrigens Alois. Was kann ich für Sie tun?“

„Ich wollte mich eigentlich nur erkundigen, ob sich in der Sache Hanke irgendetwas bezüglich der Beweislage geändert hat.“

„Einen Moment“, erwiderte Mayr kryptisch. „Ich melde mich gleich wieder.“

Kemal hörte, wie ein Stuhl zur Seite geschoben wurde und der Kollege irgendwohin ging.

„So, ich denke, wir können jetzt ungestört miteinander reden.“

„Darf man erfahren, wo Sie sich gerade hinbegeben haben?“

„Ich bin auf der Toilette, dem einzigen Ort in diesem Gebäude, in dem die Wände keine Ohren haben. Wissen Sie, es ist für die Karriere nicht besonders förderlich, sollte Brückl Wind davon bekommen, dass man hinter seinem Rücken Informationen weitergibt.“

„Das kommt mir irgendwie bekannt vor“, lachte Kemal. „Dann sollten wir uns beeilen, nicht dass Ihre Kollegen Angst bekommen Sie könnten erkrankt sein, weil Sie sich so lange auf dem WC aufhalten. Ich wollte eigentlich nur in Erfahrung bringen, ob Sedlacek dabei bleibt, dass es sich um einen Unfall handelt. Sein Assistent hat nämlich eine

Andeutung gemacht, dass unter Umständen doch Fremdverschulden vorliegen könnte."

„Der Obduktionsbericht ist fertig und bestätigt, was Sedlacek bereits am Tatort angedeutet hat. Tod durch Unfall. Damit ist der Akt geschlossen."

Kemal stieß einen enttäuschten Seufzer aus.

„Ich habe natürlich auch mitbekommen, dass sein Assistent Zweifel an dieser These hat und mit ihm gesprochen. Es gibt tatsächlich Druckstellen im Nacken des Toten. Allerdings kann er nicht beweisen, dass diese dem Opfer vor dem Tod zugefügt worden sind."

„Das heißt dann wohl, dass nicht weiterermittelt wird, obwohl es Indizien gibt, die nicht eindeutig geklärt sind?" Der vorwurfsvolle Ton in Kemals Stimme war nicht zu überhören.

„Das ist nicht zwangsläufig richtig. Sie müssen nur verstehen, dass sich hier keiner zu weit aus dem Fenster lehnen will. Brückl und Sedlacek haben einflussreiche Freunde. Ihren Anweisungen nicht Folge zu leisten, kann einen Kopf und Kragen kosten. Natürlich haben wir alles, was wir bei dem Toten sicherstellen konnten, einer kriminaltechnischen Untersuchung unterzogen. Und dabei sind wir auf zwei Dinge gestoßen, die zumindest etwas eigenartig anmuten."

Mayr hielt kurz inne, ehe er ganz leise fortsetzte. „Die Tastatur des Notebooks weist keine Fingerabdrücke auf."

„Und das bedeutet?", erkundigte sich Kemal neugierig.

„Entweder dass der Tote die Tastatur abgewischt hat, nachdem er darauf geschrieben hat, oder dass jemand seine Spuren verwischen wollte."

„Und was haben Sie noch herausgefunden?"

„Der letzte Eintrag auf dem Notebook wurde um 20.32 Uhr getätigt."

„Ich glaube, ich verstehe nicht ganz", gab Kemal zu.

„Nun, laut den Zeugenaussagen hat dieser Hanke kurz nach neunzehn Uhr die Gaststätte verlassen. Irgendwie schon eigenartig, dass er so betrunken war, dass er sich nicht mehr selbst aus dem flachen Wasserbett retten konnte, in das er gefallen ist, aber kurz davor noch in der Lage war, sein Notebook zu bedienen. Wie gesagt, das muss nichts zu bedeuten haben, aber es hinterlässt schon einen eigentümlichen Eindruck."

„Und was gedenken Sie mit diesen Spuren anzufangen?"

„Nichts! Für Brückl ist der Fall abgeschlossen, deshalb sind mir die Hände gebunden. Wenn jemand dem allen auf den Grund gehen kann, sind Sie das."

„Ich?", rief Kemal erstaunt aus. „Glauben Sie mir, ich habe ganz andere Sorgen. Ich stehe einen Schritt vor der Suspendierung. Wenn mir nicht ein Zufall zu Hilfe kommt, kann ich heute Abend meine Uniform an den Nagel hängen. Deshalb hätte ich eine Bitte an Sie."

Er erklärte Mayr, worum es ging.

„Das mache ich gerne für Sie", erklärte sich dieser sofort bereit, ihm zu helfen. „Stellt sich nur die Frage, wie ich zu den Fingerabdrücken gelange. Diese direkt in mein Büro zu mailen, halte ich jedenfalls für keine gute Idee, denn die Mauern haben hier nicht nur Ohren, sondern auch Augen, denen nichts entgeht. Wenn Brückl dahinterkommt, was wir treiben, geraten wir beide in Teufels Küche. Aber ich habe einen Vorschlag. Ich muss noch heute nach Prag fahren, weil ich an einer Sitzung der Europol zur grenzüberschreitenden Verbrechensbekämpfung teilnehmen muss. Warten Sie einfach gegen Mittag auf der Bundesstraße, die zur tschechischen Grenze führt, auf mich und händigen mir dort das Beweismaterial aus. Gleich nach meiner Rückkehr am Dienstagabend werde ich mich darum kümmern. Einverstanden?"

„Einverstanden! Ich werde auf Sie warten", erwiderte Kemal bedrückt. Höchstwahrscheinlich befand er sich gar nicht mehr im Dienst, wenn die Untersuchungsergebnisse fertig waren. Musste sich eben jemand anderer um Gelatello kümmern, falls sich herausstellte, dass dieser Dreck am Stecken hatte. Das war es ihm allemal wert. Er wollte noch etwas sagen, hörte jedoch plötzlich das Rauschen einer Toilettenspülung, dann war die Verbindung unterbrochen.

Obwohl es erst kurz nach zehn war, beschloss Kemal, sich sofort auf den Weg zu machen. Er würde sich bis zum Eintreffen Mayrs schon irgendwie die Zeit vertreiben. Auf dem Posten zu bleiben, schien ihm einfach zu riskant. Von Marksteins Einfallsreichtum war unerschöpflich, wenn es galt, Arbeiten für seine Untergebenen zu finden, damit diese nicht dem Müßiggang erlagen. Denn alles Laster war des Müßiggangs Anfang, wie er zu sagen pflegte.

Die Übergabe der Fingerabdrücke funktionierte reibungslos. Nachdem er mit der Gräfin zu Mittag gegessen hatte, kehrte er auf den Polizeiposten zurück. Als er aus dem Auto stieg, trat Penniseder gerade nach draußen.

„Ist der Chef noch da?", erkundigte sich Kemal.

Sein Kollege grinste von einem Ohr zum anderen und tippte sich mit dem Zeigefinger gegen die Stirn. „Der sitzt in seinem Büro und malt sich sicher aus, was er morgen bei dem Fest mit den Weibern, pardon, Frauen, alles anstellen wird. Du hättest seinen Blick sehen müssen, wie ihm Gelatello seine Mitarbeiterinnen vorgestellt hat. Mit den Augen hat er sie ausgezogen, obwohl das wenige, das sie angehabt haben, ohnehin mehr verraten als verhüllt hat."

„Und ist sonst noch etwas vorgefallen?"

„Nicht dass ich wüsste, und wenn doch, dann hat es von Markstein sicher nicht mitbekommen, weil sich in seinem Kopf alles nur noch um die eine Sache dreht."

Um die Bedeutung seiner Worte zu unterstreichen, verdrehte Penniseder die Augen und ließ die Zunge aus dem Mund hängen. Kemal atmete erleichtert auf. Mit ein wenig Glück war ihm doch bis morgen oder sogar länger Aufschub gewährt, ehe er sich vor seinem Vorgesetzten für sein Dienstvergehen rechtfertigen musste.

„Und jetzt erweisen wir uns als gnädig und gewähren ihm und seinem Kollegen, dem Kamel, ein wenig freie Zeit, damit sie am Abend umso gewissenhafter ihre Aufgabe vor dem Anwesen unseres hochverehrten Freundes erfüllen können."

Kemal konnte sich ein Schmunzeln nicht verkneifen. Penniseder hatte ihren Chef so lebensecht nachgespielt, dass man hätte meinen können, dieser stünde leibhaftig vor einem.

„Ich für meinen Teil, mache mich jetzt jedenfalls aus dem Staub, ehe er seine Meinung wieder ändert. Und dir würde ich das auch empfehlen. Um sechs hole ich dich ab, damit wir gemeinsam eine schöne Nacht verbringen können."

Zur vereinbarten Zeit wartete Penniseder vor Kemals Unterkunft. Nachdem sie Lembergé mit einem Abendessen versorgt hatten, kehrten sie auf einem Güterweg ins Himmelreich zurück. Penniseder parkte den Dienstwagen hinter Gelatellos Haus. Der Platz war gut gewählt. Von dort konnten sie das ganze Anwesen überblicken und hatten die Zufahrtsstraße im Auge, ohne selbst gesehen zu werden. Hinter dem Schwimmbecken, das Gelatello vor kurzem hatte errichten lassen, standen mehrere Baufahrzeuge. Auch in der einsetzenden Dunkelheit war der Graben, den diese ausgehoben hatten, gut erkennbar.

„Weißt du was ich eigenartig finde? Noch vor kurzem war das Projekt durch Romeos Weigerung, die Rohre auf seinem Grundstück verlegen zu lassen, zum Scheitern verurteilt, und dann setzen die Arbeiten zwei Tage, nachdem ihm angeblich Trautner erschienen ist, wieder ein, als ob die Baufirma auf Abruf bereitgestanden wäre."

„Ich verstehe, was du sagen willst", griff Penniseder seinen Gedanken auf, „aber du hast selbst mit Romeo gesprochen. Er beharrt darauf, dass er Trautner leibhaftig gesehen hat. Ich könnte mir beim besten Willen nicht vorstellen, wie das Gelatello bewerkstelligen könnte."

„Ich auch nicht. Und trotzdem stinkt die Sache zum Himmel. Wenn ich jetzt nicht etwas frische Luft schöpfe, ersticke ich."

Kemal stieg aus und drehte eine Runde um das Grundstück, um sich ein wenig umzuschauen. Kaum war er zurückgekommen, wurde der Zubau hinter dem Wohntrakt, in dem sich ein Pool befand, der mit dem Außenbecken verbunden war, beleuchtet. Gelatello tauchte auf und ließ sich auf einer Liege nieder. Ihm folgten drei Frauen. Auch ohne Penniseders Feldstecher konnte Kemal erkennen, dass sie völlig nackt waren. Sie knieten sich neben Gelatello und begannen ihn zu massieren. Sein Kollege stieß einen sehnsüchtigen Seufzer aus. Plötzlich erschien eine weitere Person in der Halle. Es war Gelatellos Lebensgefährtin. Offensichtlich war sie mit dem, was sich hier abspielte, nicht einverstanden. Sie gestikulierte wild mit den Armen und schrie auf die Frauen ein. Doch ihr Auftritt währte nur kurz. Mit einem Satz war Gelatello auf den Beinen und verabreichte ihr einen Faustschlag ins Gesicht, worauf die junge Frau zu Boden stürzte. Doch damit noch nicht genug. Er baute sich vor ihr auf und trat er ihr zweimal mit voller Wucht in den Unterleib, um ihr eindringlich zu demonstrieren, wer hier das Sagen hatte. Die anderen Frauen waren erschrocken in den hinteren Teil der Halle geflüchtet. Elena lag auf den

Fliesen und krümmte sich vor Schmerzen. Einen Augenblick später tauchte Branko, Gelatellos Faktotum, auf. Er packte Elena an den Armen und schleifte sie rüde aus der Halle.

Kemal riss die Tür auf, um Gelatello zur Rede zu stellen, aber sein Kollege hielt ihn zurück.

„Hier geblieben! Du hast Hausverbot, aus welchem Grund auch immer. Von Markstein hat Gelatello heute Vormittag versprochen, ein Disziplinarverfahren gegen dich einzuleiten, solltest du nur eine Zehenspitze auf sein Grundstück setzen."

„Aber wir können doch nicht zuschauen, wie er sie halb totschlägt!"

„Können wir nicht", gab Penniseder ihm Recht. Ihm war anzumerken, dass er sich in seiner Haut nicht sonderlich wohl fühlte.

„Dann tu etwas!", forderte ihn Kemal auf.

„Ist ja gut! Wir geben uns jetzt zu erkennen und erkundigen uns, ob etwas passiert ist. Vielleicht reicht es, wenn er merkt, dass wir vor Ort sind und alles gesehen haben."

Sie gingen zur Vorderseite und läuteten an. Branko öffnete die Tür und musterte sie abschätzig.

„Wir wollten uns nur vergewissern, dass bei Ihnen alles in Ordnung ist."

„Wie aufmerksam von Ihnen! Mir wäre jedenfalls nichts Verdächtiges aufgefallen."

„Uns war, als ob jemand um Hilfe gerufen hat", mischte sich Kemal ein.

Branko kniff für einen Moment die Augen zusammen, dann schlug er sich mit der flachen Hand auf die Stirn und begann zu lachen.

„Ach so! Das war nur der Fernseher. Enrico dreht immer so laut auf, dass selbst ein Tauber etwas verstehen würde. Ich hoffe, das stört niemanden."

„Überhaupt nicht!“, beeilte sich Penniseder zu sagen. „Wie schon erwähnt, wir wollten uns nur vergewissern. Nichts für ungut!“

Kaum hatte der Mann die Tür hinter sich geschlossen, zischte Kemal seinen Kollegen an: „Fein hast du das hingekriegt. Eine wahre Heldentat. Warum hast du ihm nicht gesagt, was Sache ist?“

„Weil das nichts geändert hätte. Aber unser Alevit weiß natürlich immer alles besser“, brummte Penniseder beleidigt und machte sich auf den Rückweg zum Auto. Kemal folgte ihm mit ein paar Schritten Abstand. Als sie an den Sträuchern vorbeikamen, die das Schwimmbecken von der Straße abschirmten, glaubte Kemal, eine Bewegung dahinter wahrgenommen zu haben. Er ließ sich nichts anmerken und ging weiter. Ohne Penniseder zu informieren, bog er nach rund fünfzig Metern auf die Wiese ab und schlich von hinten zu dem Gebüsch. Im Mondlicht erkannte er, dass jemand davor stand und durch das dichte Strauchwerk auf Gelatellos Grundstück lugte. Er hielt den Atem an und näherte sich vorsichtig der Gestalt. Als er nur mehr zwei Armeslängen entfernt war, drehte sich die Person plötzlich um und starrte ihn mit weit geöffneten Pupillen an.

„Pater!“, stieß Kemal erstaunt hervor. „Was machen Sie hier?“

Nwongo Delale senkte verlegen den Blick. „Ich wollte mich nur mit eigenen Augen überzeugen, ob stimmt, was die Leute erzählen“, gab er schließlich zur Antwort.

„Und was ist Ihr Eindruck?“

Delale hob langsam den Kopf und schaute Kemal an.

„Es ist viel schlimmer, als ich es mir vorgestellt habe. Das da“, er wies mit dem Zeigefinger auf Gelatellos Haus, „ist ein liederlicher Sündenpfuhl.“ Die letzten Worte würgte er hervor wie verdorbenes Essen.

„Dem muss Einhalt geboten werden, sonst wird Gottes Strafe über ganz Andling hereinbrechen wie einst über Sodom und Gomorrha. Und alle werden verflucht sein bis ins letzte Glied." Delales Stimme ließ Kemal erschaudern. Auch er war davon überzeugt, dass im Ort kein Stein auf dem anderen bleiben würde, wenn niemand Gelatello daran hinderte, seine Pläne zur Ausführung zu bringen. Ein Blick über die Grenze in das nahe Tschechien führte einem deutlich vor Augen, was mit Orten passierte, wenn sie sich dieser Art von Geschäft verschrieben. Bald schossen Etablissements, wie das von Gelatello geplante, wie Pilze aus dem Boden. Den Frauen, die ihren Körper zum Verkauf anboten, folgten die Zuhälter, die sich eine goldene Nase verdienen wollten. Streit und Missgunst begannen überhand zu nehmen. Gestrauchelte zogen in Heerscharen über das Land wie Maden, die sich am Speck satt fressen wollten.

Und die Bewohner? Wen nichts hielt, der suchte schleunigst das Weite. Andere arrangierten sich mit den Umständen und versuchten, sich ihren Anteil am Kuchen zu sichern. Der große Rest aber wagte sich kaum mehr auf die Straße und musste tatenlos mit ansehen, wie die geliebte Heimat zugrunde ging. Ja, er war Delales Meinung! Dem allen musste Einhalt geboten werden, ehe es zu spät war. Doch in einem stimmte er nicht mit ihm überein. Das alles hatte nichts mit Gott zu tun, es war Menschenwerk. Deshalb würde auch seine Strafe ausbleiben und Andling nicht in Schutt und Asche versinken.

„Kann ich auf Ihre Hilfe zählen?"

Delales Frage riss Kemal aus seinen düsteren Gedanken. Er schüttelte bedauernd den Kopf. „Ich würde Ihnen von Herzen gern helfen, aber ich habe Ihnen schon gestern gesagt, dass mir die Hände gebunden sind. Meine Möglichkeiten sind mehr als begrenzt. Ich habe hier überhaupt nichts zu melden. Wenn, dann müssten Sie sich in dieser Angelegenheit an meinen Vorgesetzten wenden. Allerdings kann ich Ihnen, ohne ein großer Hellseher zu sein, prophezeien, dass das nichts fruchten wird."

Der Pfarrer warf ihm einen enttäuschten Blick zu. Schließlich straffte er die Schultern und wich ein paar Schritte zurück, sodass in der Finsternis nur mehr das Weiß seiner Augen zu sehen war.

„Ich bin deine Zunge und dein Schwert. Mit deiner Hilfe werde ich diesen neuen Turm zu Babel ins Wanken bringen, bis er stürzt und alles unter sich begräbt, was sich von dir abgewandt hat."

Die Stimme, mit der Delale diese Drohung ausgestoßen hatte, klang so kalt, dass es Kemal erneut fröstelte. Er wollte den Priester noch vor einer Unbedachtheit warnen, aber dieser war bereits in der Dunkelheit verschwunden. Nachdenklich starrte Kemal in die Finsternis. Wie weit würde der Pater gehen, um einem Widersacher Einhalt zu gebieten? Plötzlich fiel ihm das kopflose Huhn wieder ein, das jemand an Gelatellos Tür genagelt hatte und das ihn beinahe in den olfaktorischen Wahnsinn getrieben hätte. War es möglich, dass Delale dafür verantwortlich zeichnete? Immerhin kam er aus einem Land, in dem andere Sitten herrschten als hier in Österreich. Vielleicht war es in Afrika üblich, durch das Anbringen eines toten Tieres das Böse zu bannen und Irregeleitete wieder auf den richtigen Weg zu führen.

Das Heulen eines Käuzchens ließ Kemal zusammenzucken. In der Nähe raschelte etwas in einem Gebüsch. Eine Fledermaus segelte nur eine Hand breit über seinen Kopf hinweg.

An und für sich war Kemal kein ängstlicher Mensch, aber in diesem Augenblick fühlte er sich so unwohl, dass er keine Sekunde länger alleine hier verweilen wollte.

„War irgendetwas?“, erkundigte sich Penniseder neugierig, als Kemal außer Atem in den Wagen sprang. Aber er hatte keine Lust, ihn von der Begegnung mit Delale in Kenntnis zu setzen. Wozu auch? So wie er seinen Kollegen einschätzte, würde dieser aus Angst, es sich mit seinen Vorgesetzten zu verscherzen, keinen Finger rühren. Genauso wie zuvor bei Gelatellos Lebensgefährtin.

„Wenn du es genau wissen willst: Ich habe meine Blase entleert. Ich hoffe, das darf ich, ohne dich vorher um Erlaubnis zu fragen.“

Penniseder verzog beleidigt das Gesicht und drehte sich demonstrativ zur Seite. Kemal war das nur recht, er wollte ohnehin seine Ruhe, um über alles, was er heute in Erfahrung gebracht hatte, ungestört nachdenken zu können. Er spähte durch die Windschutzscheibe und sah, wie im Wintergarten das Licht gelöscht wurde. Offensichtlich war es Gelatello unangenehm, dass sie ihn ungehindert beobachten konnten, und er zog sich in jenen Teil des Gebäudes zurück, der ihren Blicken nicht ausgesetzt war. Hatte Fabians Vorgehen doch etwas Positives bewirkt! Wobei nicht ausgeschlossen war, dass Gelatello die Misshandlung seiner Lebensgefährtin in seinen Privatgemächern fortsetzte. Doch dagegen waren sie machtlos. Er erinnerte sich daran, wie oft sie in Wien zu Wohnhäusern gerufen worden waren, weil ein Bewohner irgendwo Schreie gehört hatte, die darauf hinwiesen, dass jemand seine Frau oder Freundin schlug. Meist hatten sie unverrichteter Dinge wieder abziehen müssen, weil unmöglich auszumachen war, woher das Wehklagen kam.

Er wollte sich bei seinem Kollegen entschuldigen. Ein leises Schnarchen zeigte ihm jedoch, dass dieser eingenickt war. Er warf noch einmal einen Blick auf Gelatellos Anwesen. Es lag auf der Hand, dass hier kein Spa Ressort im üblichen Sinn entstehen würde. Der ganze Wellnessbereich war nur ein Täuschungsmanöver, um vom eigentlichen Zweck der Anlage abzulenken. Letztlich konnte es Gelatello gleichgültig sein, ob das alles mit Quellwasser gespeist oder dafür ganz normales Leitungswasser benutzt wurde. Warum sollte er sich überhaupt die Mühe machen, dieses Schauspiel bei Romeo zu inszenieren? Und was hatte es mit dem Toten für eine Bewandtnis auf sich? Gelatello selbst hatte bei der Firma, für die dieser Hanke arbeitete, ein Gutachten in Auftrag gegeben. Das Untersuchungsergebnis konnte sich sehen lassen. Warum sollte Gelatello dem Gutachter nach dem Leben trachten, wo doch der Auftrag genau das Resultat gezeitigt hatte, das er sich erhofft hatte? Vielleicht war doch jemand anderer für diese Vergehen verantwortlich. Aber wer? Ein Raubmord konnte ausgeschlossen werden, weil nichts entwendet worden war.

Als Nächstes fiel ihm Gregoria ein. Wie kam sie überhaupt darauf, dass Gelatello der Teufel war, der etwas mit dem Tod ihrer Schwester zu tun hatte? Oder war es gar nicht Gelatello, dem sie auf der Spur war? Sie hatte noch keinen Namen genannt, nur erwähnt, dass ihre Schwester in einem anrüchigen Lokal in Wien zur Prostitution gezwungen worden war. Obwohl natürlich genau diese Hinweise zu Gelatello führten, da er ebenfalls aus Wien stammte und seine Nähe zum Rotlichtmilieu nicht mehr von der Hand zu weisen war, seit die Frauen in Andling eingelangt waren.

Fragen über Fragen. Kemal schüttelte resigniert den Kopf. Er war ein einfacher Streifenpolizist und nicht dafür ausgebildet, derart komplexe Sachverhalte zu analysieren. Dafür waren andere zuständig. Wozu gab es Kriminalbeamte? Ihn interessierte eigentlich nur eines. Er wollte Gelatello zu Fall bringen, um sich für die Demütigungen zu rächen, die ihm dieser zugefügt hatte. Einen Özylimazkorucu beleidigte niemand ungestraft. Das zu sühnen, war eine Frage der Ehre und sein vorrangiges Ziel. Alles andere lag nicht in seinem Zuständigkeitsbereich.

Er wusste gar nicht, warum er sich so unter Druck setzte. Von seinem Vorgesetzten hatte er augenblicklich nichts zu befürchten. Dieser war so gebannt von dem Fest, das morgen stattfinden sollte, dass er nichts wahrnahm, was sonst noch um ihn herum vor sich ging. Und die Zeit arbeitete eindeutig für ihn. Er würde Gelatello pflücken, sobald dieser reif war. Oder um es mit den Worten seines Vaters auszudrücken: „Am süßesten schmecken die Früchte, die von alleine vom Baum fallen."

Dienstag

Gut gelaunt wie schon lange nicht machte sich Kemal auf den Weg zur Arbeit. Spätestens am Abend würde er erfahren, ob Gelatellos Fingerabdrücke im Polizeicomputer gespeichert waren. Er hegte daran keinen Zweifel und lachte sich insgeheim ins Fäustchen, weil sein Widersacher keine Ahnung hatte, dass die Zeit der Ernte näher lag, als sich dieser träumen ließ.

Der Tag versprach prächtig zu werden. Die Sonne lachte von einem wolkenlosen Himmel. Die Luft war so klar, dass die schneebedeckten Berge im fernen Salzkammergut zum Greifen nahe schienen. Als er den Marktplatz erreichte, bemerkte er, dass sich eine größere Gruppe von Frauen vor dem Pfarramt versammelt hatte. Alle trugen ein Kopftuch und blickten gebannt auf Pfarrer Brunner, der trotz seines gebrechlichen Zustands auf die kniehohe Mauer, die den Kirchhof umgab, geklettert war und die Hände über die Anwesenden erhoben hielt, als spende er ihnen den Segen. Unwillkürlich musste er an seine Schwester denken. Die Frauen unterschieden sich kaum von jenen Musliminnen, die nach dem Freitagsgebet aus der Moschee ins Freie geströmt waren. Verwundert stellte er fest, dass sich auch Agnes und Gregoria unter den Anwesenden befanden. Er stellte den Wagen ab und ging neugierig näher.

„Wenn nötig, werden wir den Teufel eigenhändig aus dem Himmelreich vertreiben", verkündete Brunner. Er unterstrich seine Worte mit einer derart ungestümen Geste, dass er ins Wanken geriet und beinahe von der Mauer gefallen wäre, hätte ihn Delale nicht rechtzeitig gestützt. Kemal nutzte die Pause, die darauf entstand, und erkundigte sich, ob etwas passiert sei.

„Ach, Herr Polizist!", rief der Hochwürden erfreut aus.

„Sind Sie auch gekommen, um uns bei unserem Kreuzzug unter die Arme zu greifen?"

Er wies auf das mächtige Holzkreuz neben sich. „Wir könnten einen kräftigen Mann wie Sie durchaus beim Tragen gebrauchen."

Kemal konnte sich ein Lächeln nicht verkneifen. Offensichtlich fand hier eine Besprechung für die am Donnerstag stattfindende Fronleichnamsprozession statt und der Pfarrer hatte vergessen, dass er einer anderen Religion angehörte.

„Ich glaube nicht, dass es statthaft wäre, wenn ich als Ungläubiger eine solch ehrenvolle Aufgabe am Donnerstag übernehme", erwiderte er deshalb schmunzelnd. „Meines Wissens gibt es genügend starke Mannsbilder im Ort, die alles geben würden, um dieser Ehre teilhaftig zu werden."

Brunner schaute ihn erstaunt an.

„Wieso Donnerstag? Der Kreuzzug soll heute stattfinden."

„Heute? Ich glaube, ich verstehe nicht ganz."

„Wir ziehen zum Haus dieses italienischen Sünders, um ihn von seinem Vorhaben abzubringen und auf den rechten Weg zu führen", mischte sich Delale ein.

„Und wie gedenken Sie das zu bewerkstelligen?", wollte Kemal wissen.

„Wir werden uns vor seinem Hof postieren und so lange beten, bis er seine schändlichen Pläne aufgibt."

Kemal schwante nichts Gutes. Er hatte am eigenen Leib verspüren müssen, wozu Gelatello fähig war, wenn man sich in seine Angelegenheiten einmischte.

„Ich halte das für keine gute Idee", gab er zu bedenken. „Zwar bin auch ich wie Sie der Meinung, dass es moralisch nicht richtig ist, was er plant, aber er verstößt gegen kein Gesetz und hat das Recht auf seiner Seite. Niemand kann ihn zwingen, von seinem Vorhaben Abstand zu nehmen."

„Wir werden ihn mit unseren Gebeten dazu zwingen, und sollte er nicht einsichtig sein, werden wir den Teufel mit den Worten des Herrn aus dem Himmelreich vertreiben." Delales Stimme überschlug sich, als er das sagte.

„So sei es!", erwiderten die Anwesenden wie aus einem Mund. „Im Namen des Herrn, des Sohnes und des Heiligen Geistes. Amen."

Kemal blickte sich bestürzt um. Die Frauen starrten gebannt auf das Holzkreuz, das Delale gerade in die Höhe wuchtete, und murmelten wie in Trance ein Gebet. Er wandte sich Agnes zu.

„Ihr stürzt euch ins Unglück", beschwor er sie. „Du musst die anderen zur Vernunft bringen, ehe es zu spät ist."

Entsetzt erkannte er, dass seine Worte sie nicht erreichten. Ihre Augen waren wie die der anderen Frauen starr nach vorne gewandt, auch sie bewegte verklärt die Lippen im Gebet. Er reckte den Kopf in die Höhe und suchte Altmann. Er war der einzige, der diese unselige Prozession aufhalten konnte. Altmann war Gesandter der obersten Kirchenbehörden, und Kemal konnte sich nicht vorstellen, dass diese eine Aktion wie die eben geplante guthießen. Der Priester aus Wien half Brunner gerade von der Mauer. Seine Miene schien zu allem entschlossen.

„Hochwürden Altmann!", rief Kemal über die Köpfe der Anwesenden hinweg. „Sie müssen diesen Irrsinn beenden. Ich kann mir nicht vorstellen, dass Ihre Vorgesetzten eine Maßnahme wie diese unterstützen."

Der Angesprochene drehte sich langsam in seine Richtung. Er hatte die Augen zu schmalen Schlitzen geschlossen, trotzdem entging Kemal nicht der Zorn, der ihm daraus entgegenfunkelte.

„Aus dem Weg, Ungläubiger!", fauchte er mit einer Stimme, die nicht von dieser Welt zu sein schien. „Wir sind der Zorn Gottes. Niemand wird uns aufhalten, den Teufel aus dem Himmelreich zu vertreiben. Denn selig sind die, die dem Bösen widerstehen und helfen, das Reich des Herrn auf Erden zu errichten."

Wieder ertönte ein einstimmiges Amen.

Kemal erinnerte sich an Altmanns Worte, als dieser Romeos Hütte nach dem Auftauchen Trautners begutachtet hatte.

„Aber Sie haben selbst gesagt, dass es sich hier um einen menschlichen Teufel handelt, für den die Kirche nicht zuständig ist", unternahm er einen letzten Versuch, die Anwesenden von ihrem Vorhaben abzubringen.

„Die Vorzeichen haben sich geändert. Dieser Teufel in Menschengestalt sät die Samen aus, aus denen Heerscharen von Dämonen erwachsen werden. Dem müssen wir Einhalt gebieten, bevor der Antichrist seine Söldner schickt, um diesen Ort in Besitz zu nehmen. Und nun weiche hinfort! Auch du wirst den gerechten Zorn Gottes nicht aufhalten können."

Langsam setzten sich Anwesenden in Bewegung, angeführt von Delale, der das Kreuz trug, und den beiden anderen Priestern. Altmann intonierte ein Gebet, in das die Frauen monoton einstimmten. Auf dem Marktplatz bog der Zug nach rechts ab und erklomm den sanften Hügel Richtung Himmelreich.

Kemal schaute der eigentümlichen Prozession gebannt nach. Erst als die letzten Frauen aus seinem Blickfeld verschwanden, erwachte er aus seiner Erstarrung. Er rannte zum Polizeiposten hinab. Penniseder war seine letzte Hoffnung. Dieser ging jeden Sonntag zur Messe und hatte ein gutes Verhältnis zu Brunner. Schon als Schüler war er dem Pfarrer als Ministrant zur Hand gegangen, wie er ihm einmal erzählt hatte. Wenn es jemandem gelang, diese unselige Prozession zu stoppen, dann ihm. Sollte er scheitern, konnte er zumindest die Gruppe begleiten und Acht geben, dass sich niemand zu einer Unbedachtheit hinreißen ließ, was ihm selbst verwehrt war, da sich Gelatello seine Anwesenheit in der Nähe seines Anwesens ausdrücklich verbeten hatte.

Verärgert musste er feststellen, dass sein Kollege noch nicht zum Dienst erschienen war. Er hätte es wissen müssen. Das handhabte dieser jedesmal so, wenn er zu spät ins Bett gekommen war. Nun war guter Rat teuer! Kemal schätzte, dass die Gruppe in ungefähr zwanzig Minuten Trautners ehemaligen Hof erreichen würde. Zu wenig Zeit, um Penniseder aufzuwecken und dorthin zu schicken. Obwohl nicht auszuschließen war, dass sein Erscheinen zu einer Eskalation der Situation beitragen konnte, beschloss er, selbst zu Gelatello zu fahren, um das Schlimmste zu verhindern. Als er aus dem Gebäude eilte, stieß er mit einem Mann zusammen, der gerade eintreten wollte. Kemal versuchte, an ihm vorbeizuhuschen, aber der Bauer stellte sich ihm in den Weg und hinderte ihn am Weitergehen. Der Geruch, der von ihm ausging, war so ekelerregend, dass Kemal die Luft anhielt und intuitiv zwei Schritte zurücktrat. Dass die meisten Bauern das Gewand, das sie bei der Arbeit im Stall trugen, oft wochenlang nicht wechselten und eine Duftnote nach sich zogen, die den Gestank eines Müllwagens, der im Hochsommer den Inhalt der Biotonnen durch die Stadt transportierte, in nichts nachstand, hatte er mittlerweile kennen und ertragen gelernt. Doch der Mief, den dieser Kerl verbreitete, übertraf alles, was seine Nase bisher in ihrem olfaktorischen Leben zu riechen bekommen hatte. Angewidert wandte er sich seinem Wagen zu, doch der Bauern hielt ihn zurück. „Ich habe etwas in meinem Wald gefunden, das ich abgeben wollte."

Kemal schaute ihn verständnislos an.

„Ich glaube sogar, es gehört ihm. Er ist doch der, der von woanders herkommt." Kemal nickte irritiert.

„Dann übergebe ich ihm das jetzt. Wenn es nicht seines ist, dann soll er den rechtmäßigen Besitzer herausfinden. Ich habe jedenfalls nichts damit zu schaffen."

Er drückte Kemal einen Sack in die Hand, stieg auf seinen Traktor und fuhr von dannen. Entgeistert starrte er dem Gefährt hinterher. Eigenartigerweise verflüchtigte sich der Gestank nicht, nachdem der Bauer das Weite gesucht hatte, sondern verstärkte sich sogar noch, als sei er der Verursacher desselben. Er warf einen Blick auf das Behältnis, das ihm der Mann überreicht hatte, und erschrak, als er erkannte, was er in der Hand hielt. Es war die Tüte mit dem „Delictus corpi", das Penniseder am Vortag in den Wald geschmissen hatte. In großen roten Lettern prangte darauf der Name seines Cousins. „Emin Özylimazkorucu. Türkische Spezialitäten. Am Naschmarkt. 1060 Wien." Kein Wunder, dass ihn der Mann als Besitzer dieses Fundstücks identifiziert hatte! Der widerliche Geruch kam eindeutig aus dem Sack. Aber da war noch etwas anderes. Im Inneren der Tasche schien sich etwas zu bewegen. Ihm fiel ein, was Penniseder über die Hühner erzählt hatte, die dessen Großmutter geschlachtet hatte. Angeblich waren sie ohne Kopf vom Hackstock gesprungen und davongelaufen. Aber er verwarf diesen Gedanken wieder. Das Tier war mittlerweile drei Tage tot und es war absolut unmöglich, dass es nach dieser langen Zeit noch Lebenszeichen von sich gab. Vorsichtig öffnete er den Sack einen Spalt breit und lugte hinein. Von dem Huhn war nicht mehr viel zu erkennen. Dafür hielten sich Dutzende dicke weißen Maden an dem Kadaver gütlich. Angeekelt ließ er die Tüte fallen, wobei einige der Würmer herausgeschleudert wurden und panisch nach allen Seiten, wohl auf der

Suche nach dem Leckerbissen, von dem sie eben getrennt worden waren, davonkrochen. Der Anblick der schleimigen Spur, die sie auf dem Kopfsteinpflaster hinterließen, und der Gestank, der nach wie vor dem Sack entströmte, raubte Kemal fast die Besinnung. Er presste die Hand auf den Mund und würgte jenen Teil des Frühstücks, der bereits den Weg vom Magen in die Speiseröhre gefunden hatte, wieder hinunter. Leutner-Schnarringer kam ihm in den Sinn. Nicht umsonst hatte er sich durch mehr als zwanzig Therapiesitzungen in ihrer streng nach den Regeln des Feng shui gestalteten Ordination gequält und den betäubenden Duft der überall glimmenden Räucherstäbchen beinahe bis zur Besinnungslosigkeit in sich aufnehmen müssen. „Wenn Sie wieder einmal das Gefühl haben, dass Sie Ihrer Emotionen nicht mehr Herr werden, müssen Sie sich in einen Ruhezustand atmen, der Ihnen die Kraft gibt, die Kontrolle über Ihre Handlungen zurückzuerlangen. Also, einatmen – Luft anhalten – wieder ausatmen!"

Er befolgte ihren Ratschlag und sog gierig frische Luft ein. Ein Fehler, wie sich herausstellte, denn diese war in unmittelbarer Nähe des „Delictus corpi" alles andere als frisch, und das heftige Atemholen hatte zur Folge, dass sich das Frühstück erneut seinen Weg nach oben bis in seine Mundhöhle bahnte. Hätte der Wind nicht in diesem Moment einen Fetzen der von den Prozessionsteilnehmern im monotonen Singsang vorgetragen Litanei an sein Ohr getragen, er wäre wohl in Ohnmacht gefallen und bewusstlos auf dem Marktplatz inmitten der schleimigen Maden zum Liegen gekommen, aber die Gebetsrelikte, die aus der Ferne zu ihm drangen, brachten ihm ins Gedächtnis zurück, was er vorgehabt hatte. Er gab sich einen Ruck und wankte Richtung Wagen. Dabei stieß er mit dem Fuß gegen den Sack, was zur Folge hatte, dass dieser umfiel und erneut rund ein Dutzend

Maden ins Freie befördert wurden. Am liebsten hätte er das „Delictus corpi“ an Ort und Stelle gelassen, aber das konnte er aufgrund der verräterischen Aufschrift nicht riskieren. Mit zwei Fingern hob er die Tüte hoch und stellte sie neben sich auf den Boden vor dem Beifahrersitz. Irgendwo würde er schon einen Platz finden, um sich der heiklen Fracht unauffällig zu entledigen.

Obwohl er alle Fenster herabgekurbelt hatte, stank es binnen Sekunden derart abscheulich im Inneren des Wagens, dass ihm nichts anderes übrigblieb, als den Kopf aus dem Seitenfenster zu strecken, wollte er nicht qualvoll am Geruch des verwesenden Huhns zugrunde gehen. Ungeachtet der Insekten, die ihm während der Fahrt ins Gesicht klatschten und auf seiner Stirn und den Wangen kleben blieben, verharrte er in dieser eigentümlichen Haltung, bis er einen halben Kilometer vor der Zufahrt zu Gelatellos Grundstück die Prozession erreichte. An den fanatischen Gesichtern der Priester und Frauen erkannte er, dass ein weiterer Versuch, sie zum Umkehren zu bewegen, zwecklos war.

Er bog auf die Straße ein, die zu dem stattlichen Hof führte, und stellte den Wagen vor dem Hauptgebäude ab. Als er aussteigen wollte, fiel ihm die Geschichte eines Cousins dritten Grades ein, der ihm einmal erzählt hatte, dass sich eine Maus über den Kofferraum in die Rücksitze seines Autos geflüchtet habe. Dort sei sie verendet, und der Kadaver habe einen derartigen Gestank verursacht, dass an eine Benutzung des Fahrzeugs bald nicht mehr zu denken gewesen sei. Erst nach Wochen sei das Übel dieser olfaktorischen Belästigung durch Zufall entdeckt worden. Zu spät, wie sich herausstellte, denn der Verwesungsgeruch sei mittlerweile so tief in das Interieur des Wagens eingedrungen, dass er das Fahrzeug der Verschrottung habe zuführen müssen.

Da Kemal seinem neuen Wagen, der im Gegensatz zu dem „Ding“, das ihn bei seiner ersten Ankunft in Andling nicht nur im Stich gelassen hatte, sondern auch eine gewissen Teilschuld an dem Umstand trug, dass er damals über und über mit Jauche besudelt worden war, den Namen Fahrzeug durchaus verdiente, ein ähnliches Schicksal ersparen wollte, nahm er den Sack mit dem „Delictus corpi“ und lehnte ihn in einiger Entfernung an den Zaun, der das Grundstück einfasste.

Sein Eintreffen war nicht unbemerkt geblieben. Branko erschien und baute sich vor ihm auf. „Ich soll dir vom Chef ausrichten, dass du sofort verschwinden musst. Sonst passiert etwas!“

„Das würde ich mir an eurer Stelle noch einmal gut überlegen“, erwiderte Kemal beherrscht und wies mit der Hand Richtung Hauptstraße. Dort tauchte gerade die Spitze des Prozessionszuges auf und bog unter Delales Führung auf die Zufahrtsstraße ab.

Branko riss ungläubig die Augen auf. „Was...was... soll...das?“, stammelte er, ehe er sich umwandte und ins Haus zurücklief.

Obwohl die Gruppe noch an die zweihundert Meter von ihm entfernt war, vernahm Kemal klar und deutlich Delales Stimme.

„Satan, weiche!“, intonierte dieser in einem fort, worauf die anderen gebetsmühlenartig mit einem „Denn der Herr ist unser“ antworteten. Einen Steinwurf vom Eingangsportal des Gutshofes entfernt, kamen die Gläubigen zum Stehen. Delale pflanzte das Holzkreuz in den Boden und hob die freie Hand gen Himmel. „Herr, hilf uns reuigen Sündern, Gutes zu tun, und gib uns die Kraft, dem Bösen zu widerstehen! Denn dein ist die Kraft und die Herrlichkeit in Ewigkeit! Amen!“

Aus den Augenwinkeln heraus nahm Kemal eine Bewegung hinter sich wahr. Gelatello stürmte mit seinem Bluthund aus dem Haus. Ihm folgten Branko und Elena. Das Tier war kaum zu bändigen. Es fletschte die Zähne und zerrte wild an der Leine. Kemal wich ängstlich ein paar Schritte zurück, weil er sich des Gefühls nicht erwehren konnte, dass es die Bestie auf ihn abgesehen hatte.

Als Delale Gelatello erblickte, bekreuzigte er sich und schrie außer sich:„Satan weiche!“ „Denn der Herr ist unser“, erwiderten die Frauen.

Gelatello spuckte verächtlich auf den Boden. „Was soll dieses erbärmliche Schauspiel? Schert euch sofort von meinem Land oder ich hetze den Hund auf euch!“

Doch Delale und die anderen ließen sich von dieser Drohung nicht beeindrucken und setzten unbeirrt mit ihren Gebeten fort.

Gelatellos Gesicht verzog sich zu einer teuflschen Fratze. „Ihr habt es nicht anders gewollt!“

Er beugte sich zu seinem Hund hinab und flüsterte ihm etwas ins Ohr, worauf sich das Tier aufrichtete und bösartig knurrte. Nur die Leine verhinderte, dass es sich auf die Menschengruppe stürzte. Mehrere Frauen schrien ängstlich auf. Kemal riss mit zitternden Fingern seine Dienstwaffe aus dem Halfter und entsicherte sie. Er war entschlossen, das Tier zu erschießen, sollte Gelatello es auf die Menschen vor ihm hetzen.

„Zum letzten Mal!“, brüllte dieser hysterisch. „Weg von meinem Land!“

Als die Anwesenden keine Anstalten machten, seiner Aufforderung Folge zu leisten, und erneut das Gebet ertönen ließen, war es mit dessen Geduld zu Ende. Mit einem raschen Griff löste er die Leine vom Halsband und gab den Hund frei. Dieser wusste im ersten Moment nicht, was er mit seiner neu gewonnenen Freiheit anfangen sollte. Ein Beben durchzuckte seinen massigen Körper. Unruhig warf er den Kopf hin und her, ehe er die Zähne fletschte und die Muskeln zum Sprung anspannte. In diesem Augenblick holte Kemal die Erinnerung ein.

Fünfzehn Jahre vorher

Jedes Jahr schickten die Eltern Kemal und seine kleine Schwester in den Ferien nach Kayseri zu ihrem Onkel.

Damit waren sie beileibe kein Einzelfall. Nach Schulschluss leerten sich die Gassen und Parks in Wien von Jugendlichen. Es war nämlich Brauch, die Kinder zu Verwandten in die ehemalige Heimat zu verfrachten. Mit dieser Verschickung glaubten die Eltern, zwei Fliegen mit einer Klappe zu erlegen. Zum einen mussten sie sich nicht um die Beaufsichtigung ihrer Sprösslinge in der langen unterrichtsfreien Zeit sorgen und zum anderen hofften sie, ihnen die fremd gewordene Heimat durch diesen Aufenthalt wieder ein Stück näher zu bringen.

Doch während die meisten von Kemals Kameraden den Ortwechsel begeistert antraten, weil sie die Freiheiten, die sie dort erwarteten, zu schätzen wussten, hätte er alles gegeben, wenn ihm diese Deportation, und als nichts anderes empfand er diese erzwungene Reise, erspart geblieben wäre. Er hasste alles, was mit Kayseri zu tun hatte. Das hektische Treiben in den Straßen und auf den Plätzen, das ihn in eine permanente Unruhe versetzte, die ihn sogar bis in seine Träume verfolgte und nachts nicht schlafen ließ. Das Essen, dessen Konsistenz ihm Übelkeit und Dauerblähungen bescherte. Der eigentümliche Dialekt seiner Verwandten, der zu allerlei Missverständnissen führte und ihn nicht selten als Dummkopf erscheinen ließ. Und die Langeweile, diese unendlich öde Langeweile, die Sekunden zu Stunden dehnte und in ihm das Gefühl hervorrief, dass hier die Zeit stehen geblieben sei. Obwohl er zugegebenermaßen mit dem Aufenthalt bei seinem Onkel gar kein so schlechtes Los gezogen hatte. Dieser hatte es mit seiner Import-Export-Firma zu einem ansehnlichen Vermögen gebracht, bewohnte mit seiner

Familie ein herrschaftliches Haus mitten in der Stadt und ließ es ihnen an nichts mangeln. Jeden Morgen nahm er Kemal und seinen Sohn mit in seine Firma, um sie daran teilhaben zu lassen, wie man erfolgreich Geschäfte abwickelte.

„Früh übt sich, wer seinen Beutel mit Lira füllen will", war seine Devise. Die beiden Jungen langweilten sich an diesen Vormittagen fast zu Tode, denn viel mehr als ein paar Telefonate, die sein Onkel mit Geschäftspartnern zu führen hatte, war nicht zu beobachten. Gegen Mittag brachte sie sein Onkel schließlich nachhause. Das Mittagessen war die nächste Hürde, die es zu nehmen galt. Seine Tante war eine leidenschaftliche Köchin und hatte es sich zur Aufgabe gemacht, die beiden Kinder ihrer Schwester wieder zu ihren Wurzeln zurückzuführen und mit Spezialitäten der türkischen Küche zu verwöhnen. Zu Kemals Leidwesen, denn die meisten dieser Speisen schmeckten ihm überhaupt nicht und riefen oben erwähnte Unpässlichkeiten hervor. Das Kredenzte abzulehnen oder gar zu verschmähen, war nicht erlaubt, zudem wurde die Tafel erst aufgehoben, wenn die Teller leer gegessen waren. Das führte dazu, dass sich das Essen oft bis in den frühen Nachmittag hineinzog. Den Rest des Tages hatten sie Freizeit, wobei dieses Wort eine Verhöhnung dessen war, was es tatsächlich bedeutete. Wie sehr sehnte sich Kemal in den Käfig des Einsiedlerparks zurück, wo er mit seinen Freunden bis zum Umfallen dem Ball hinterherhetzte, oder in die Simmeringer Heide, die ein Paradies für jeden Jugendlichen war, der sich den wachsamen Augen der Erwachsenen für ein paar Stunden entziehen wollte. In Kayseri war es ihnen nicht gestattet, alleine das Haus zu verlassen, was sie dazu zwang im Zimmer seines Cousins zu bleiben und mit dessen pädagogisch wertvollen, also uninteressanten, Spielsachen die Zeit totzuschlagen. Das musste noch dazu in absoluter Ruhe vor sich gehen, weil der Onkel sein Nachmittagsschläfchen hielt und sich dabei jede Störung verbat. Kemal oblag dabei als Ältestem die Aufgabe des Aufpassers. Er war der Abu, der für das Benehmen und die Sicherheit seiner Schwester und seines Cousins Sorge zu tragen hatte. Eine Sisyphosarbeit, die ihm alles abverlangte, denn sein Cousin war an diesen Nachmittagen kaum zu bändigen. In Anwesenheit seines Vaters war der Junge ein Engel, der kein Wässerchen zu trüben schien, kaum hatte ihm dieser jedoch den Rücken gekehrt, kam die schwarze Seite seiner Seele zum Vorschein. Er verwandelte sich in ein Ungeheuer, dem keine Vorschrift heilig war. Sein Repertoire an Bösartigkeiten war schier unerschöpflich. Er tobte durch das Zimmer, warf Gegenstände absichtlich zu Boden und bedachte Kemal und dessen Schwester mit Schimpfwörtern, die seinen Kameraden im Grätzel rund um den Hundsturm die Röte ins Gesicht getrieben hätte, obwohl auch sie nicht unbedingt eine feine Klinge führten. Die Schelte für den Lärm und die zu Bruch gegangenen Dinge musste Kemal einstecken, trug er als Abu doch die alleinige Verantwortung für das Verhalten der Kinder. Beschwerden waren sinnlos, weil der Vater dem Sohn mehr Vertrauen schenkte als dem Neffen und darüber hinaus nicht glauben wollte, dass der Jüngere dem Älteren nicht Folge leistete, wo er ihn doch gemäß den Grundsätzen ihrer Tradition in diesem Sinn erzogen hatte.

Schon nach wenigen Tagen sehnte Kemal stets das Ende der Ferien herbei und wünschte sich nach Wien zurück. Selbst die Schule erschien ihm aus der Ferne wie ein Paradies, verglichen mit der Hölle, der er hier in Kayseri ausgesetzt war.

Natürlich hatte der Aufenthalt an diesem Ort auch seine angenehmen Facetten, zum Beispiel, wenn der Onkel mit ihnen am Wochenende den Rummelplatz besuchte oder sie zu einem Fußballspiel mit ins Stadion nahm. Aber das geschah so selten, dass man es an den Fingern einer Hand abzählen konnte. Zu wenig jedenfalls, um die Schattenseiten, die hier sein Leben verdunkelten, wettzumachen.

Noch schlimmer als der ständige Druck, der als Abu auf ihm lastete, und der Eintönigkeit im Tagesablauf, waren jedoch die Besuche bei seiner Großmutter. Einmal in der Woche brachte der Onkel sie zur Mutter ihres Vaters nach Griftüc, einem kleinen Dorf rund vierzig Kilometer von Kayseri entfernt. Dort setzte er sie am Morgen ab und holte sie erst am Abend wieder. Seine Großmutter war fast achtzig und hauste in einer windschiefen Hütte, die gleichzeitig ihren Tieren als Stall diente.

Sie trug weite Pluderhosen und einen löchrigen Kittel, der roch, als sei er vor einer Ewigkeit zum letzten Mal gewaschen worden. Wenn sie sich zur Begrüßung zu ihnen hinabbeugte, um ihnen mit ihrem zahnlosen Mund einen Kuss auf die Wange zu drücken, war der Gestank, den sie ausströmte, so eindringlich, dass Kemal zu ersticken glaubte. Alles an ihr und um sie herum starrte vor Dreck. Er konnte nicht begreifen, wie man freiwillig so ein Dasein fristen konnte. Es gab kein fließendes Wasser, die Notdurft musste hinter der Hütte über einem offenen Loch verrichtet werden und das Essen wurde auf einer primitiven Feuerstelle mitten unter den Tieren zubereitet. Schon Tage vor diesen Besuchen verursachte ihm der Gedanke an das Essen bei seiner Großmutter Magenschmerzen. Aber der Respekt, den man ihr als dem wahren Oberhaupt der Familie schuldete, machte es unmöglich, die dargebotenen Speisen abzulehnen. Auch Kemal musste gute Miene zum bösen Spiel machen und würgte das Essen, das sie gemeinsam aus einer großen Schüssel zu sich nahmen, mit Todesverachtung hinunter, obwohl er dabei stets dem Erbrechen nahe war.

Gelegentlich wurde auch sein Cousin zu diesen Besuchen mitgenommen. Dessen Vater war der Meinung, es schade seinem Sohn nicht, am eigenen Leib zu verspüren, was Armut bedeutet, um wieder schätzen zu lernen, was ihm zuhause geboten wurde. Für den Jungen waren diese Aufenthalte in Griftüc ein Eldorado. Abseits der väterlichen Kontrolle konnte er sich den ganzen Tag austoben und den dunklen Neigungen seiner Seele freien Lauf lassen. Zwar war Kemal angewiesen worden, auf ihn zu achten, aber er kümmerte sich nicht darum, was dieser trieb, weil in dieser gottverlassenen Gegend ohnehin niemand Anstoß an dessen Streichen und Ausgelassenheiten nahm.

Auf dem Hof seiner Großmutter vegetierte auch ein alter Köter dahin. Er hatte ein räudiges Fell, konnte sich nur noch humpelnd vorwärtsbewegen und war auf einem Auge blind. Trotz dieser offensichtlichen Behinderungen war das Tier brunftig wie ein Rüde im besten Alter. Kam man ihm zu nahe, sprang er einen an und rieb sein steifes Geschlechtsteil wie verrückt am Bein seines Opfers. Dabei hechelte er kurzatmig wie nach einem Dauerlauf. Wenn man nicht aufpasste, besudelte er einem die ganze Kleidung mit dem Geifer, der ihm in einem fort aus den Lefzen troff.

Dieses Tier hatte es seinem Cousin besonders angetan. Während alle anderen der Umklammerung des Köters angeekelt auswichen oder diesen voll Abscheu von sich stießen, hatte er sie einmal erfasst, suchte er geradezu die Nähe des brunftigen Tieres. Immer wieder ließ er sich von ihm bespringen, wobei er glückselig lächelte, als bereite ihm dessen Triebhaftigkeit größtes Vergnügen. Aber es wäre nicht sein Cousin gewesen, wenn seine Laune nicht schlagartig wechseln konnte wie das Wetter an einem Apriltag. Eines Nachmittags, an dem er wieder einmal mit auf Besuch in Griftüc war und dem Hund wohl ein Dutzend mal sein Bein zur Befriedigung seiner Bedürfnisse zur Verfügung gestellt hatte, wurde ihm dessen Treiben lästig. Er griff nach einem Stock und schlug damit dem Tier, als es ihn wieder bespringen wollte, mit voller Wucht auf das erigierte Glied.

An und für sich war der Hund die Gutmütigkeit in Person. Wenn er nicht gerade im Gange war, seiner Triebhaftigkeit Abhilfe zu verschaffen, lag er träge vor der Hütte und bot nicht einmal den Fliegen Einhalt, die zu Dutzenden über seine verdreckte Schnauze herfielen und sich an den Speiseresten in seinen verfilzten Zotteln gütlich hielten. Umso verblüffender war die Reaktion auf den Stockschlag. Er jaulte kurz auf und stürzte sich mit einer Wendigkeit, die man ihm aufgrund seines friedlichen Charakters und seiner augenscheinlichen Hinfälligkeit niemals zugetraut hätte, auf seinen Peiniger. Mit einem eigenartig schmatzenden Geräusch, das Kemal nie wieder vergessen würde, verbiss er sich im Gesicht des Jungen und zerrte ihn zu Boden. Sein Cousin brüllte wie am Spieß. Kemal und seine Schwester standen einen Steinwurf von den beiden entfernt und starrten gebannt auf die Szene, die sich vor ihnen abspielte. Obwohl ihr Cousin Hilfe gebraucht hätte, waren sie nicht in der Lage, sich auch nur einen Schritt von der Stelle zu rühren.

Später fragte sich Kemal immer wieder, warum er nicht eingeschritten war. Hatte ihn die Genugtuung, dass sein Cousin endlich die Abreibung bekam, die er sich längst verdient hatte, daran gehindert oder der Schock, der ihm in alle Glieder gefahren war? Höchstwahrscheinlich trugen beide Aspekte einen Anteil daran. Jedenfalls sauste gerade in dem Moment, in dem er aus seiner Starre erwachte und seinem Cousin zu Hilfe kommen wollte, sein Onkel an ihm vorbei und befreite den eigenen Sohn aus den Fängen des Hundes, indem er ihm einen derart kräftigen Tritt gegen den Schädel versetzte, dass man die Kieferknochen splittern hörte. Das Tier rollte jaulend zur Seite und gab den Blick auf den Jungen frei. Dieser war übel zugerichtet. Die linke Wange war nur mehr eine breiige Masse, aus der das Fleisch in Fetzen herabhing. Sein Onkel versetzte dem Köter einen weiteren Tritt und zerrte ihn zu einem Pfahl am Rande des Hofes, wo der Ziegenbock angekettet war. Er befreite das Tier, das meckernd das Weite suchte, und hängte den Hund an die Kette. Erst nachdem dies geschehen war, kümmerte er sich um seinen verletzten Sohn. Er hob ihn behutsam hoch und brachte ihn zum Wagen, wobei er Kemal mit einem vernichtenden Blick bedachte. Dort bettete er ihn vorsichtig auf die Rückbank, ehe er seine Pistole aus dem Handschuhfach hervorholte und zu Kemal zurückkehrte.

„Es war deine Aufgabe als Abu, auf das Wohlergehen der Kinder zu achten", sagte er mit einer Stimme, die Kemal das Blut in den Adern gefrieren ließ. „Du hast kläglich versagt. Ewige Schande komme über dich und die deinen."

Dann drückte er ihm die Waffe in die Hand.

„Wenn auch nur ein Sandkorn Ehrgefühl in dir steckt, rächst du deinen Cousin und tötest diese Missgeburt."

Kaum hatte er die Worte ausgesprochen, drehte er sich um, ohne ihn noch eines Blickes zu würdigen, ging zum Wagen zurück und fuhr davon.

Kemal hätte sich am liebsten in Luft aufgelöst. Niemals zuvor in seinem Leben hatte er sich derart geschämt. In diesem Augenblick hätte er alles gegeben, um die Schande, die er über sich und seine Familie gebracht hatte, wieder rückgängig zu machen. Er atmete einmal tief durch und wandte sich entschlossen um. Der Hund lag regungslos neben dem Pfahl und schaute zu ihm auf. Kemal entsicherte die Pistole und zielte auf den Kopf des Tieres. Normalerweise bereitete es ihm keinen Skrupel, auf Lebewesen zu schießen, zudem war er schon damals sehr geübt im Umgang mit Waffen. Den ganzen Sommer über waren sein Cousin und er immer wieder im Garten seines Onkels mit ihren Luftdruckgewehren auf der Lauer gelegen, um gegen eine Prämie, die ihr Onkel ausgesetzt hatte, die Vögel mit Schüssen von den Obstbäumen zu vertreiben. Dabei hatte er sich als weitaus besserer Schütze als sein Cousin erwiesen.

Doch als er jetzt auf das vor ihm auf dem Boden liegende Tier anlegte, begann seine Hand zu zittern und trübten Tränen seinen Blick. Er brachte es einfach nicht über sich, diese wehrlose Kreatur zu töten. Sie hatte sich nur gegen einen Peiniger zur Wehr gesetzt, der ihre Gutmütigkeit schamlos ausgenutzt hatte. Natürlich war schrecklich, was seinem Cousin widerfahren war, aber recht bedacht, trug dieser ganz alleine die Schuld an seinem Schicksal.

Als sein Onkel nach Einbruch der Dunkelheit zurückkehrte, um ihn und seine Schwester abzuholen, stand er noch immer mit der Waffe in der Hand vor dem Hund.

„Ich hätte es mir denken können“, fauchte ihn der Onkel an. „Wie der Vater so der Sohn! Beide erbärmliche Feiglinge! Schande über euch für alle Zeiten.“

Er wollte Kemal die Waffe entwinden, doch dieser war so erzürnt über die Beleidigung aus dem Mund seines Onkels, dass er den Lauf der Pistole blitzschnell auf den Schädel des Tieres richtete und den Abzug durchdrückte, bis das Magazin leer war. Dabei bot er offensichtlich einen derart furchterregenden Anblick, dass sein Onkel erschrocken zur Seite wich und keine Silbe mehr zu ihm sagte, als er sie zurück in die Stadt brachte.

Schon am nächsten Tag wurden Kemal und seine Schwester ins Flugzeug gesetzt und nach Wien zurückgeschickt. Immerhin drei Wochen vor der Zeit. Ein Gutes hatte dieser Vorfall doch. Fortan wurden sie nie wieder nach

Kayseri eingeladen und konnten ihre Ferien in Wien verbringen.

Einmal noch, Jahre später, lief Kemal seinem Cousin über den Weg. Bei der Hochzeit der Tochter einer Schwester seiner Mutter. Aus ihm war ein junger stattlicher Mann geworden. Der Schwarm aller angehenden Schwiegermütter. Wenn man ihn von rechts betrachtete. Sah man ihn jedoch von links, trat man unwillkürlich einen Schritt zurück. Hässliche Narben verunstalteten sein Gesicht und verliehen ihm einen verschlagenen Ausdruck. Auf den ersten Blick ein Mensch, mit dem man keine nähere Bekanntschaft schließen wollte.

Von einer Tante erfuhr Kemal, dass sein Cousin die Firma des Vaters nach dessen frühen Tod übernommen habe und diesen, was den Erfolg beim Abschließen einträglicher Geschäfte anbelangte, um ein Vielfaches übertreffe. Hinter vorgehaltener Hand verriet sie ihm aber auch, dass er für seine Härte und Skrupellosigkeit gefürchtet sei und man besser seine Nähe meide, wenn es sich einrichten ließ.

„Da sieht man wieder einmal“, schloss sie ihren Bericht, „dass Körper und Seele eine Einheit bilden und auf Gedeih und Verderb miteinander verbunden sind.“

Womit sie wohl sagen wollte, dass erst die Verunstaltung seinen Cousin zu dem gemacht hatte, was er jetzt war, woran Kemal jedoch so seine Zweifel hegte, wenn er bedachte, welcher Teufel dieser bereits vor der Attacke des Hundes gewesen war.

Dienstag

Ein Aufschrei riss ihn aus der Erinnerung.

Gelatellos Hund stieß ein bösartiges Knurren aus und setzte zum Sprung an. Entschlossen richtete Kemal seine Pistole auf das Tier, dieses Mal würde er nicht versagen. Er zielte auf den Kopf des Hundes. Gerade als er abdrücken wollte, machte Delale einen Schritt nach vor und verdeckte ihm die Sicht auf die Bestie.

Was folgte, sorgte noch wochenlang für hitzige Diskussionen unter den Menschen in Andling. Die einen sprachen von einem Wunder, andere von Zauberei, die in dem Land, aus dem der Pfarrer stammte, noch immer verbreitet sei.

Nwongo Delale fixierte den Hund mit seinen großen rollenden Augen, worauf das Tier ein klägliches Geheul ausstieß und neuerlich am ganzen Leib zu zittern begann. Schließlich ließ es sich auf den Boden fallen und rollte sich auf den Rücken, wobei es alle vier Beine in die Höhe streckte.

Mehrere Frauen sanken auf die Knie und dankten Gott, dass er sie aus dieser Gefahr gerettet hatte. Andere schlugen erleichtert die Hände vors Gesicht und begannen zu weinen. Altmann betrachtete Delale mit steinerner Miene.

Gelatello war über das Verhalten seines Hundes derart erzürnt, dass er ihm einen rüden Tritt in die Flanken versetzte. Jaulend sprang das Tier in die Höhe und stürzte genau auf Kemal zu. Obwohl dieser noch immer die Waffe in der Hand hielt, war er unfähig, einen Schuss abzugeben. Schon sah er seine letzte Stunde geschlagen. Wenige Zentimeter vor ihm kam der Hund zum Stehen. Er schnüffelte kurz an Kemals Hose und ließ ein klägliches Winseln vernehmen. Nachdem er sich mehrmals um die eigene Achse gedreht hatte, schoss er wie von der Tarantel gestochen auf das „Delictus corpi“ zu, das Kemal zuvor beim Zaun abgestellt hatte. Mit einem bösartigen Knurren schlug das Tier die Zähne in den Sack und schüttelte ihn wie von Sinnen in der Luft herum. Wütend eilte Branko mit der Leine in der Hand zu dem Hund, um ihn zur Räson zu bringen. Als dieser den Mann bemerkte, schnappte er den Sack und nahm Reißaus.

Erleichtert wandte sich Kemal um und ließ den Blick über die Menge der Gläubigen schweifen. Plötzlich sah er etwas in Gregorias Hand aufblitzen. Ein Messer! Sie bahnte sich ihren Weg durch die Menge, direkt auf Gelatello zu. Dieser starrte noch immer ungläubig auf seinen Hund und bemerkte die Gefahr nicht, die ihm drohte. Kemal schubste Delale unsanft zur Seite und stürzte sich auf die junge Frau. Gerade rechtzeitig! Schon hatte sie den Arm erhoben, um auf Gelatello einzustechen. Kemal packte ihr Handgelenk und entwand ihr die Waffe. Aus den Augenwinkeln heraus nahm er wahr, dass Gelatello gerade den Kopf hob und ihn erschrocken anstarrte. Schnell zerrte Kemal die junge Frau in das Getümmel zurück. „Bist du komplett verrückt geworden?", herrschte er sie an. Er war so erregt, dass ihm die Worte fehlten. Konsterniert schüttelte er den Kopf.

„Was hast du dir dabei gedacht? Man kann doch nicht einfach einen anderen Menschen töten."

Gregoria bedachte ihn mit einem wütenden Blick. „Er nicht anders verdient", fauchte sie böse. „Irgendwann ich ihn erwischen, das ich schwören bei allem, was mir heilig!"

„Und was ist mit deinen Geschwistern? Hast du dir einmal überlegt, was mit ihnen passiert, wenn du ins Gefängnis musst?"

Sie schaute ihn mit großen Augen an, dann ließ sie den Kopf hängen und begann zu weinen. Kemal forderte sie auf, in seinem Wagen auf ihn zu warten. Er blickte sich um. Offensichtlich hatte niemand außer Gelatello mitbekommen, was Gregoria gerade geplant hatte. Sollte dieser den Vorfall zur Anzeige bringen, würde er alles abstreiten.

Es war höchste Zeit, das Spektakel hier zu beenden, bevor noch tatsächlich ein Unglück passierte. Er baute sich vor den Anwesenden auf und wartete, bis sich alle Augen auf ihn gerichtet hatten.

„Es ist am besten, wenn ihr jetzt nachhause geht. Ihr habt euer Anliegen vorgebracht, aber jetzt ist Schluss damit. Andernfalls muss ich euch alle wegen Hausfriedensbruch in Gewahrsam nehmen."

Ein Aufschrei ließ ihn innehalten. Hochwürden Brunner war hinter ihm zu Boden gegangen. Sein Gesicht war blau angelaufen. Er kämpfte verzweifelt um Atem. Kemal ließ sich auf die Knie fallen. Schnell öffnete er die obersten Knöpfe des Ornats, um dem Priester das Atmen zu erleichtern. Dessen Puls war nur ganz schwach zu spüren.

„Wir müssen ihn sofort ins Krankenhaus bringen, sonst stirbt er." Delale reagierte als Erster. Er ließ das Holzkreuz fallen und half ihm, den alten Mann in den Wagen zu tragen. Kemal verständigte den Notarzt und informierte diesen, dass er ihm auf der Bundesstraße nach Freistadt entgegenfahren würde. Als er ins Auto steigen wollte, fiel sein Blick auf Altmann. Dieser stand noch immer vor Gelatellos Haus und starrte mit steinerner Miene darauf. Sein Körper war eigenartig gekrümmt. Plötzlich stolperte er mit einer zuckenden Bewegung zurück. Wie wenn ihn jemand gestoßen hätte. Obwohl die Zeit drängte, ging Kemal zu ihm und erkundigte sich, ob er Hilfe brauche. Keine Reaktion! Altmann schien ihn nicht gar nicht wahrzunehmen und durch ihn hindurchzuschauen. Er fasste ihn am Arm und rüttelte ihn vorsichtig, worauf der Priester mit den Augenlidern zu zucken begann. Er wankte leicht und schaute sich verwundert um.

„Kann ich Ihnen helfen?“, fragte Kemal ein zweites Mal. „Ich bringe Hochwürden Brunner ins Spital, vielleicht sollten Sie mitkommen.“

„Ob Sie mir helfen können?“, wiederholte Altmann. Er schüttelte den Kopf.

„Ihr seid es, die meiner Hilfe bedürfen, denn die Dämonen sind längst um uns.“

Er holte eine kleine Flasche aus der Innenseite seines Umhangs, öffnete sie mit zitternden Fingern und spritzte etwas Flüssigkeit vor sich auf den Boden.

„Gebt euch zu erkennen!“, flüsterte er geheimnisvoll. „Wen umsitzt ihr?“

Er wandte sich verschwörerisch an Kemal. „Vielleicht gelingt es mir, mit dem Weihwasser die Teufel zu bannen, ehe sie sich auf den ganzen Ort ausbreiten, denn noch handelt es sich nur um eine Circumsensio und niemand ist besessen.“ Als Altmann einen Schritt nach vorne machte, um das Weihwasser rund um das Haus zu verteilen, wurde er mit einer heftigen Bewegung nach hinten geschleudert. Er rappelte sich wieder hoch und begann in einer fremden Sprache zu beten.

Kemal hatte keine Ahnung, was hier vor sich ging, und weder Lust noch Zeit, sich damit auseinanderzusetzen. Deshalb beschloss er, dem Spuk ein Ende zu bereiten.

„Pater Delale“, verkündete er mit lauter Stimme, „Ihr habt das Schlamassel hier angerichtet. Seid so gut und beendet es auch wieder, bevor noch etwas Schlimmeres passiert. Ich erwarte von euch, dass ihr auf der Stelle die Frauen zurück nach Andling führt. Ihr seid mir persönlich dafür verantwortlich, dass sie dort unbeschadet anlangen.“

„Und den da“, raunte er dem Priester zu und zeigte auf Altmann, „nehmt mit und passt gut auf ihn auf! Mir scheint, euer Kollege hat nicht mehr alle Sinne beisammen.“

Delale wollte etwas erwidern, aber Kemal ließ ihn einfach stehen.

Eine Viertelstunde später kamen ihm auf der Bundesstraße die Rettungsfahrzeuge entgegen. Nach der Erstversorgung luden die Sanitäter Brunner, der mittlerweile wieder bei Bewusstsein war, in ihren Wagen und brachten ihn nach Freistadt ins Krankenhaus. Laut Notarzt hatte der Priester einen Herzinfarkt erlitten, war aber außer Lebensgefahr. Erleichtert stieg Kemal ins Auto und wandte sich Gregoria zu. „So, jetzt suchen wir uns ein ruhiges Plätzchen und unterhalten uns einmal!"

Unterhalb des Türkenkopfes parkte er den Wagen und forderte die junge Frau auf, auszusteigen. Dieser Findling war eine der wenigen Sehenswürdigkeiten, die Andling vorzuweisen hatte. Der Sage nach war ein türkischer Krieger nach der Niederlage der Osmanen 1683 bei Wien bis hierher gelangt und von einheimischen Bauern erschlagen worden. Ihm zum Andenken hatte man diesem Felsen den Namen „Türkenkopf" verliehen. Die Bezeichnung mochte aber auch daher rühren, weil der Findling einem etwas unförmigen Schädel glich. Was diese Felsformation allerdings mit dem Volk zu tun hatte, von dem Kemal abstammte, konnte er beim besten Willen nicht verstehen.

Vor einem Jahr war er hier in eine Falle gelockt worden und von Trautners Sohn und dessen Kumpanen übel zugerichtet worden. Trotzdem kam er gerne hierher, weil man einen wunderbaren Ausblick hatte und während der Woche kaum jemanden antraf. Mindestens ein dutzend Mal hatte er mit Agnes diesen Platz aufgesucht, um sich mit ihr ungestört unterhalten zu können. Agnes! Ihr fanatischer Gesichtsausdruck während der Prozession kam ihm wieder in den Sinn. Er hatte sie immer für eine moderne aufgeschlossene junge Frau gehalten. Der religiöse Eifer, den sie vorher an den Tag gelegt hatte, war eine Facette, die er ihr nicht zugetraut hätte.

Er kletterte mit Gregoria den steilen Pfad hinauf, der zu dem Plateau am Fuße des Türkenkopfs führte. Von dort hatte man einen herrlichen Ausblick. Das ganze Alpenvorland lag vor ihnen ausgebreitet. Die Weizenfelder wogten im Wind. Wie ein blaues Band wand sich die Donau um die Landeshauptstadt, deren Gebäude wie Spielzeughäuser wirkten. In der Ferne begrenzten die Berge des Salzkammerguts den Horizont.

„Ein einmaliger Ausblick! Findest du nicht?"

Obwohl Gregoria keine Antwort gab, erkannte er an ihrem Gesichtsausdruck, dass auch sie von der Aussicht fasziniert war.

„Wenn ich dich vorher nicht an dieser unüberlegten Tat gehindert hätte, würdest du über Jahre, wenn nicht Jahrzehnte auf so etwas verzichten müssen."

Sie schaute ihn trotzig an, ohne etwas auf seine Worte zu erwidern.

„Gregoria, komm zu dir! Dafür wärst du ins Gefängnis geworfen worden. Ist es das wirklich wert?"

„Mann haben es verdient", fuhr sie ihn böse an. „Haben Schwester getötet. Das ich muss rächen. Außerdem ich ihn haben gewarnt, dass er sein auf Hut."

„Du hast das tote Huhn an seine Tür genagelt", stieß Kemal überrascht aus.

„Ich haben gelernt von Männer in unsere Land. Ist Zeichen für Verräter, dass Zeit gekommen sein, um für Taten zu büßen."

Kemal schüttelte über so viel Unverstand den Kopf.

„Wie kommst du überhaupt darauf, dass das Gelatello war?"

„Mann nicht heißen so. Sein falscher Name."

„Und wie heißt er in Wirklichkeit?", fragte er ruhig nach, obwohl ihn ihre Worte zutiefst aufwühlten, weil sie bestätigten, was er schon lange in seinem Innersten ahnte.

„Sein Name sein Eisner, Erich Eisner. War Geschäftsführer von Bar, wo Alenka arbeiten müssen."

Kemal konnte sich ein Grinsen nicht verkneifen, als er den Namen erfuhr. Erich Enrico Eisner Gelatello. Was für eine Wortschöpfung! Das klang so unglaublich, dass es einfach wahr sein musste. Er nahm Gregoria an der Hand und führte sie zu einer der Bänke, die der Andlinger Verschönerungsverein auf dem Plateau errichtet hatte, um Wanderern eine Möglichkeit zur Rast zu bieten.

„Jetzt setzen wir uns erst einmal nieder und dann erzählst du mir alles, was du über diesen Eisner weißt!"

Greogoria berichtete ihm, dass sie der Putzfrau nicht geglaubt habe, dass ihre Schwester verschwunden sei, und sich noch einige Tage lang vor der Bar auf die Lauer gelegt habe, in der Hoffnung, Alenka würde auftauchen und sich alles zum Guten wenden. Dabei habe sie eine junge Frau aus der Ukraine kennen gelernt, die auch unter Vorspiegelung falscher Tatsachen nach Wien gelockt worden sei und gezwungen wurde, in dem Etablissement die Kosten für ihre Reise nach Österreich abzuarbeiten. Diese habe ihr bestätigt, dass ihre Schwester seit einiger Zeit verschwunden sei, und ihr schließlich den Zeitungsartikel ausgehändigt, den sie ihm bereits gezeigt habe. Obwohl das Gesicht der Toten nur undeutlich auf dem Foto zu erkennen gewesen sei, habe sie sofort gewusst, dass es sich dabei um Alenka handelte.

„Und woher weißt du, dass Eisner diesen bestialischen Mord begangen hat?", fiel ihr Kemal ins Wort.

„Frau aus Ukraine hat gesagt, dass es so muss sein. Eisner haben Alenka ständig geschlagen und misshandelt, weil sie sich geweigert, mit fremde Männer zu machen. Und kurz nachdem Tote gefunden, Eisner haben verkauft Bar und sein auch weg. Er sein Mörder, und du ihn jetzt verhaften."

Nichts hätte Kemal lieber getan, aber ihm war auch bewusst, dass die Dünn zu suppe war, wie es von Markstein ausgedrückt hätte. Kein Richter der Welt hätte aufgrund dieser dürftigen Beweislage einen Haftbefehl ausgestellt. Noch dazu, wo nicht einmal gesichert war, dass es sich bei Gelatello und Eisner um ein- und dieselbe Person handelte.

„Woher bist du dir eigentlich so sicher, dass Gelatello dieser Eisner ist? Hast du ihn jemals persönlich zu Gesicht bekommen?"

Gregoria warf ihm einen enttäuschten Blick zu. „Du mir auch nicht glauben."

„Darum geht es nicht", rechtfertigte sich Kemal. „Aber wenn wir jetzt einen Fehler, machen, ist Gelatello vorgewarnt und macht sich aus dem Staub. Noch einmal! Hast du Eisner gesehen?"

Die junge Frau schüttelte den Kopf. „Habe nicht gesehen, weil er schon weg. Aber einer der Männer, die vor Bareingang aufpassen, haben Frau aus Ukraine gesagt, dass Eisner neuen Namen haben und Villa hier in Andling haben gekauft."

„Ich glaube dir und werde alles unternehmen, dass dieser Mann seiner gerechten Strafe zugeführt wird. Aber es wäre ein großer Fehler voreilig zu handeln, weil wir keine Beweise haben, dass es sich tatsächlich so verhält, wie du behauptest. Gib mir ein wenig Zeit und ich werde den Mörder deiner Schwester überführen! Dafür musst du mir aber versprechen, dass du dich aus der Sache heraushältst und nichts Unüberlegtes mehr unternimmst!"

Als sie zögerte, vertraute er ihr an, dass er Gelatellos Fingerabdrücke genommen habe und in Kürze über dessen wahre Identität in Kenntnis gesetzt werde. Sobald er beweisen könne, dass Eisner und Gelatello ein und dieselbe Person seien, würde es auch nicht mehr schwer sein, den Rest über ihn in Erfahrung zu bringen.

„Also, versprich mir, dass du Ruhe gibst, solange ich in dieser Sache ermittle!“

Er sah, dass sie mit sich rang, ob sie ihm wirklich vertrauen sollte, schließlich nickte sie ihm zu.

„Das ist mir zu wenig“, sagte er ihr auf den Kopf zu. „Ich möchte, dass du schwörst. Bei allem, was dir heilig ist.“

Gregoria warf ihm einen wütenden Blick zu. „Gut, ich schwören! Aber wenn Polizei ihn wieder laufen lassen, dann ich ihn töten. So wahr mir Gott helfe!“

Kemal setzte Gregoria beim Pfarramt ab und begab sich zum Polizeiposten. Er hoffte inständig, dass sein Vorgesetzter wie üblich mit Abwesenheit glänzte.

Wenn dieser von Gelatello darüber in Kenntnis gesetzt worden war, dass heute Vormittag eine junge Frau versucht hatte, ihn zu töten, kam er in gehörigen Erklärungsnotstand, weil er die Täterin nicht in Gewahrsam genommen, sondern hatte laufen lassen. Von Marksteins dröhnende Stimme, die durch die geschlossene Tür bis nach draußen drang, machte seine Hoffnung, dass dieser abwesend sei, mit einem Schlag zunichte.

„Pennis, wir sagen ihm, das Paradies ist ein schnöder Flecken gegen Aphrodites Palace. Enrico weiß, was er seinen Gästen schuldig ist. Champagner wird in Strömen fließen und die Frauen, die er angeheuert hat, lesen uns jedes Auge vom Wunsch ab. Das verspricht eine Nacht zu werden, von der noch unsere Urenkel schwärmen werden.“

Der Postenkommandant schien bester Laune zu sein. Offensichtlich hatte er noch nicht erfahren, was bei Gelatellos Anwesen passiert war. Kemal gab sich einen Ruck und trat ein.

„Ah, sieh da! Der Schutzengel vom Himmelreich!“, rief von Markstein aus, als er ihn erblickte, und zeigte mit einer theatralischen Geste auf ihn.

„Schau er ihn sich genau an und nehm er sich ein Vorbild an ihm, Penniseder! Ein guter Kriminalist wittert, wo Gefahr im Verzug ist, und scheut weder Mühe noch Kosten, den Schutzbedürftigen zu Hilfe zu eilen.“

Er klopfte Kemal anerkennend auf die Schulter. „Gut gemacht, Ötzi! Das gibt einen plusen Dickpunkt in seiner Personalakte. Unter Umständen erwägen wir sogar, ihn wegen seines selbstlosen Einsatzes Hofrat Brückl für eine Beförderung vorzuschlagen.“ Kemal wusste nicht, wie ihm geschah, und starrte seinen Vorgesetzten ungläubig an.

„Ich habe nur meine Pflicht erfüllt“, stammelte er schließlich.

„Und diese Bescheidenheit! Wir fassen es nicht. Aber er muss uns nichts erklären. Mein lieber Freund Enrico hat uns informiert, dass er diesen bigotten Mob erfolgreich davon abhalten konnte, das Anwesen unseres hochverehrten Mitbürgers zu stürmen, und es ihm sogar gelungen ist, diese frömmelnde Bagage zur Räson zu bringen und zur Umkehr zu bewegen. Besonders erfreut uns der Umstand, dass er endlich eingesehen hat, wem wir in erster Linie als Freund und Helfer zur Seite zu stehen haben. Kurzum: Enricos, aber auch unser Dank für diesen tatigen Uneigennutz sind ihm gewiss!“

Kemal fiel eine Zentnerlast von den Schultern, weil Gelatello anscheinend nichts über Gregorias Angriff hatte verlautbaren lassen. Wobei dieses Verschweigen Bände sprach! Denn hätte er nichts zu verbergen gehabt, würde er wohl kaum davon Abstand nehmen, diesen Vorfall zur Anzeige zu bringen. Dass er es unterließ, legte den Verdacht nahe, dass er Angst hatte, die junge Frau würde bei einer Befragung etwas über ihn preisgeben, was ihm schaden könnte.

Ein Geräusch, das vom Keller bis in die Amtsstube drang, riss ihn aus seinen Gedanken. Lembergé! Auf ihn hatte er ganz vergessen. Er beschloss, die Gunst der Stunde zu nutzen und ein gutes Wort für ihn bei von Markstein einzulegen. Er nahm Haltung an und schaute seinen Vorgesetzten erwartungsvoll an.

„Können wir noch etwas für ihn tun? Nur heraus damit! Heute sind wir ihm wohlgesonnen."

„Es ist wegen Lembergé", erwiderte Kemal. „Haben Herr Major schon entschieden, wie wir weiter mit ihm verfahren wollen?"

„Lembergé!", rief von Markstein erstaunt aus. „Auf den Halunken habe ich ganz vergessen. Hoffen wir nur, dass uns der Falott dort unten in der Zwischenzeit nicht verhungert ist. Das würde uns einige Unannehmlichkeiten bereiten." Als der Postenkommandant das Wort „verhungern" aussprach, warf Penniseder Kemal einen erschrockenen Blick zu.

„Es geht nur darum", beeilte er sich zu sagen, ehe von Markstein das Interesse an dieser Sache verlor, „dass Lembergé seit mehr als 48 Stunden in Gewahrsam ist und das, soweit mir bekannt ist, nicht rechtens ist. Wenn wir nicht aufpassen, könnte das erhebliche Unannehmlichkeiten für uns nach sich ziehen."

„Papperlapapp", wischte sein Vorgesetzter Kemals Bedenken beiseite. „Wo kein Kläger, dort auch kein Richter! Er wird doch nicht glauben, dass dieser französische Windbeutel geistig überhaupt in der Lage ist, zu erfassen, was ihm geschieht. Andererseits müssen wir ihm Recht geben. Wie kommen wir dazu, diesen Abschaum durchzufüttern. Wir werden uns heute mit Hofrat Brückl absprechen, wie wir in dieser Angelegenheit weiter verfahren werden. Wir hoffen, das ist in seinem Sinne."

Von Markstein rieb sich vergnügt die Hände. „So! Nachdem wir das geklärt hätten, kommen wir zum erfreulichen Teil des Tages. Unser Freund Enrico hat für heute Abend ein rauschendes Fest geplant, das in die Annalen von Andling eingehen wird. Wir erwarten von ihnen, dass sie die Offen augenhalten und dafür Sorge tragen, dass es nicht noch einmal zu einem Eklat kommt wie heute Vormittag. Sollte alles reibungslos klappen, stehen wir nicht an, ihnen dafür eine belobigende Entsprechung zuteil werden zu lassen. Also, Männer, wir vertrauen voll und ganz auf sie, dass sie ihrem Beruf alle Ehre machen! “

Kaum hatte von Markstein den Posten verlassen, gestand Penniseder seinem Kollegen, dass er vergessen hatte, Lembergé etwas zum Essen zu bringen, und rannte in den „Goldenen Hirschen“, um dieses Versäumnis wieder gutzumachen. Kemal begab sich inzwischen in den Keller, um nach Jean zu sehen. Dieser lag auf der Pritsche und bedachte ihn mit einem vorwurfsvollen Blick. Kemal zuckte bedauernd mit den Schultern.

„Tut mir echt leid, Jean, dass wir dich etwas vernachlässigt haben, aber draußen ist augenblicklich der Teufel los. Immerhin bringe ich gute Nachrichten. Ich habe vorhin mit von Markstein gesprochen und habe berechtigte Hoffnung, dass du morgen wieder freikommst.“

Lembergé machte eine wegwerfende Handbewegung.

„Mon ami, isch akzeptiere, dass isch ier eingesperrt bin, habe isch doch schwere Schüld auf misch geladen. Und glaube mir, isch würde alles tun, um ungeschehen zu machen, was passiert ist. Aber verhungern lassen dürft ihr misch trotzdem nischt ier ünten.“

„Da kann ich dich beruhigen. Fabian ist gerade zum „Goldenen Hirschen“ gegangen, um dir ein ordentliches Mittagessen zu besorgen.“

Als Lembergé den Namen des Gasthauses hörte, begannen seine Augen zu leuchten.

„Der Goldene Irsch, seufzte er. „Wie isch meine Kümpan vermisse. Ast du disch schon mit Vroni unterhalten?"

Kemal fiel ein, dass er Jean versprochen hatte, mit der Wirtstochter zu reden, damit diese das lebenslange Lokalverbot, das sie über ihn nach dem Vorfall mit Hanke verhängt hatte, wieder rückgängig machte.

„Auch dazu hatte ich leider noch keine Zeit", gab er zu. Als er Jeans enttäuschten Blick bemerkte, fügte er schnell hinzu: „Aber ich werde das gleich erledigen. Ich bin mir sicher, dass sie auf mich hören wird. Apropos „Goldener Hirsch"! Eigentlich weiß ich noch gar nicht genau, was sich dort am Freitagabend tatsächlich abgespielt hat. Vielleicht könntest du mir noch einmal erzählen, was der Reihe nach passiert ist."

„Warum willst du das wissen?"

„Weil unter Umständen der Schein trügt und alles ganz anders war", erwiderte Kemal kryptisch.

„Und was soll ich dir erzählen?"

„Am besten alles! Jede Kleinigkeit kann von Bedeutung sein. Am meisten interessiert mich jedoch, was dieser Fremde gesagt hat."

„Also, mes amis atten Angst, dass der Fremde von der Wasserschutzbeörde ist und aben misch gebeten, erauszufinden, was er ier bei üns treibt. Da er nischt sehr gesprächig war, abe isch mir gedacht, ein wenig Alkohol würde seine Zunge lösen. Kann ja niemand rieschen, dass er nischts verträgt! Leider ist der Versuch nach inten losgegangen, weil er binnen kurzem derart betrunken war, dass er nur noch sinnloses Zeug vor sich hin gebrabbelt hat."

„Hast du dir gemerkt, wie dieses sinnlose Zeug gelautet hat?"

Lembergé nickte. „Das abe isch, weil wir es üns, nachdem er weg war, immer wieder und wieder vorgesagt aben, um erauszufinden, was er damit gemeint aben könnte. Isch muss nur kurz überlegen, damit isch nischts Falsches wiedergebe."

Er schloss die Augen und bewegte leise die Lippen, ehe er die Wort laut aussprach „Keine Seelen...nix volles... eure...sinn...ohne...nicht...rate."

Kemal holte einen Schreibblock aus der Tasche und ließ Jean die eigentümlichen Laute wiederholen.

„Und dann hat er einen Anruf erhalten?"

„Genau", bestätigte Lembergé. „Er ist am Tisch eingeschlafen. Plötzlisch at sein Andy geläutet." Er intonierte den Fanfarenstoß. „Der Mann ist aufgesprungen und hat das Gespräch angenommen."

„Und hast du mitbekommen, worum es dabei gegangen ist?"

„Irgendjemand wollte sisch mit ihm treffen. Allerdings weiß isch nischt wo. Er at nur gesagt, er wird das schon finden und in einer Viertelstünd dort sein. Dann at er gezahlt und das Wirtshaus verlassen. Er war zwar nischt mehr ganz sischer auf den Beinen, aber dass er nischt mehr aufkommt, wenn er zu Boden fällt, den Eindruck at er doch nischt vermittelt. Glaubst du, dass das etwas zu bedeuten hat?"

Kemal zuckte mit den Achseln. Er hatte keine Ahnung. Er wusste nur, dass der Anruf von Gelatello stammte. Das hatte dieser selbst zugegeben. Aber warum hatte Hanke am Telefon gemeint, er werde den Treffpunkt schon finden, wo er doch bereits am Morgen in Gelatellos Haus gewesen war? So schwer war dessen Anwesen auch wieder nicht zu finden. Entweder war Hanke aufgrund des Alkoholkonsums so verwirrt gewesen, dass er sich nicht mehr genau erinnerte, wo er hin musste, oder Gelatello hatte gelogen und sich mit dem Gutachter ganz woanders getroffen. Zum Beispiel bei der Quelle, wo dann auch das Unglück seinen Lauf genommen hatte.

Nachdenklich ging Kemal nach oben.

In der Amtsstube streifte sein Blick flüchtig den Zettel mit Hankes Untersuchungsergebnissen, den von Markstein auf das Anschlagbrett geheftet hatte. Er war schon in seinem Büro, als ihn das Gefühl einholte, etwas übersehen zu haben. Er kehrte zur Anschlagtafel zurück und überflog das Gutachten.

„Überdurchschnittlich hoher Anteil von Selen und Folsäure. Darüberhinaus große Anreicherung mit Zinn und Nitraten." Ungläubig schüttelte er den Kopf. Er holte den Zettel aus der Tasche und verglich die Laute, die ihm Lembergé vorher angesagt hatte, mit den Begriffen auf der Anschlagtafel. Kein Zweifel, es handelte sich um die gleichen Wörter. Mit einem wesentlichen Unterschied! Das Gutachten wies ein hohes Vorkommen der Inhaltsstoffe auf, aus Hankes Gebrabbel war jedoch herauszulesen, dass diese Stoffe im Andlinger Wasser kaum vorhanden waren.

Waren die Untersuchungsergebnisse im Nachhinein manipuliert worden? Es sah ganz danach aus. Auch Mayrs Informationen, dass das Notebook keine Fingerabdrücke aufwies und das Gutachten zu einem Zeitpunkt überarbeitet worden war, an dem Hanke unter Umständen bereits tot war, deuteten darauf hin. Das konnte nur Gelatello getan haben. Aber warum? Das ergab überhaupt keinen Sinn. Er hatte das Gutachten in Auftrag gegeben. Wenn die Ergebnisse nicht seinen Erwartungen entsprachen, konnte er es einfach in einer Schublade verschwinden lassen. Niemand würde je davon erfahren. Wegen einer derartigen Lappalie beging man doch keinen Mord. Schon wieder Fragen über Fragen, auf die es keine einleuchtenden Antworten gab.

Trotz aller Ungereimtheiten freute er sich jedoch wie ein kleines Kind, weil er endlich etwas entdeckt hatte, das Gelatello unter Umständen zum Verhängnis werden konnte. Allerdings währte die Freude nicht lange und wich bald der Erkenntnis, dass seine Entdeckung ohne Beweise wertlos war. Kein Richter der Welt würde dem Gebrabbel eines Betrunkenen, das noch dazu von einem notorischen Unruhestifter wiedergegeben wurde, Glauben schenken. Enttäuscht trottete er in sein Büro zurück. Er war einfach nicht zum Ermittler geboren. Vielleicht stimmte doch, was von Markstein immer behauptete, dass sie das Denken den Köpfen überlassen sollten, weil die ein größeres Pferd hatten. Der Gedanke, dass sein Vorgesetzter Recht behalten könnte, regte ihn derart auf, dass die Ader auf seiner Stirn anschwoll, wie schon lange nicht mehr. Er spürte, wie sich die Kieferknochen versteiften, was die Zähne zum Knirschen brachte. Leutner-Schnarringer fiel ihm ein. Obwohl er nichts von ihren Methoden hielt, konnte er nicht leugnen, dass ihn diese in der Vergangenheit vor mancher Dummheit bewahrt hatten. Aber augenblicklich wollte er sich gar nicht beruhigen. Ganz im Gegenteil! Er spürte, wie ihm der Zorn half, die Resignation, die sich seiner bemächtigt hatte, zu überwinden. Er begann wie ein Rohrspatz zu fluchen und schlug mit der Faust mehrere Male hintereinander derart fest auf die Tischplatte, dass der Monitor umkippte und auf den Boden donnerte. Das Klirren des splitternden Glases brachte ihn wieder zur Besinnung. Er fühlte sich wie neugeboren und stark genug, es mit jedem, auch mit einem Gelatello, aufzunehmen. Erst jetzt bemerkte er, dass Penniseder mit dem Essen in der Hand in der Tür stand und ihn mit offenem Mund anstarrte. Als er etwas sagen wollte, winkte dieser ab. „Ich weiß schon, dein südländisches Temperament. Ist für mich völlig in Ordnung, solange du nicht mich mit dem

Schreibtisch verwechselst. Übrigens hat uns der Chef in seiner Großmütigkeit den Nachmittag wieder freigegeben." Er warf einen Blick auf den zertrümmerten Bildschirm auf dem Boden. „Fahr nachhause und ruh dich ein wenig aus! Irgendwie habe ich das Gefühl, du hast das bitter nötig."

Als Kemal auf die Zufahrtsstraße zu seiner Unterkunft einbog, stellte er den Motor ab und ließ den Wagen bis zur Freitreppe, die ins Gebäude führte, rollen. Behutsam drückte er die Autotür ins Schloss und versuchte, die Haustür ohne Geräusch zu öffnen. Er wusste, dass er der Gräfin Rede und Antwort stehen musste, wenn sie auf ihn aufmerksam wurde. Dazu hatte er überhaupt keine Lust, denn er kannte sie genau. Vor ihr konnte man nichts verbergen. Sie hatte die Gabe, zwischen den Zeilen zu lesen und einem die innersten Geheimnisse aus der Nase zu ziehen. Leise huschte er in den Flur und überbrückte mit einem Spagat die ersten beiden Stufen, weil diese ächzten, wenn man darauf trat, und ihn unweigerlich verraten hätten. Er befand sich bereits knapp vor seinem Zimmer, als die Küchentür aufging und Eleonore von Markstein im Stiegenhaus auftauchte.

„Kemal, Sie haben doch sicher Hunger! Ich habe Ihr Essen im Herd warm gehalten."

Er wollte zu einer Notlüge greifen und ihr vorgaukeln, dass er schon etwas zu sich genommen hatte, aber sein Magen kam ihm zuvor, indem er wie ein wildes Raubtier knurrte. Also ergab er sich in sein Schicksal, stieg zu ihr hinab und folgte ihr in die Küche. Sie forderte ihn auf, Platz zu nehmen, und stellte ihm das Essen auf den Tisch.

„Das muss ja heute ein ordentliches Spektakel gewesen sein." Wieder einmal zeigte sich, dass sich Neuigkeiten in Andling in Windeseile verbreiteten und die Gräfin zu jenen Personen gehörte, die über alles bestens Bescheid wussten.

Schnell schob er sich ein großes Stück Fleisch in den Mund, um sich eine Antwort zu ersparen, was Eleonore von Markstein nicht sonderlich zu stören schien, weil sie ohnehin darauf erpicht war, zunächst einmal ihre Sicht der Dinge darzustellen, ehe sie ihn zu Wort kommen ließ.

„Man hört, dass die Situation zu eskalieren drohte, und es nur Ihrem beherzten Eingreifen zu verdanken war, dass nichts Schlimmeres passiert ist."

Sie legte den Kopf schief und schaute ihn fragend an. Kemal zuckte mit den Achseln und schob sich den nächsten Bissen in den Mund.

„Allerdings gibt es nicht wenige", fuhr sie fort, „die Ihnen diese Einmischung übel nehmen."

Kemal hielt inne und schluckte den Bissen hinunter. „Warum das denn?"

„Weil sie der Meinung sind, dass Sie sich auf die Seite dieses gottlosen Mannes gestellt und ihm geholfen haben, dem gerechten Zorn der Bevölkerung zu entgehen."

„Unsinn!", empörte er sich. „Mein Hauptanliegen war es, die Menschen vor dieser unberechenbaren Bestie zu schützen. Den meisten war doch überhaupt nicht klar, worauf sie sich mit dieser Aktion eingelassen haben."

Obwohl er es nicht vorgehabt hatte, erzählte er der Gräfin alles, was er bisher über Gelatello in Erfahrung gebracht hatte. Je länger sein Bericht dauerte, desto entsetzter wurde ihr Gesichtsausdruck.

„Sie müssen diesen Verbrecher unverzüglich hinter Schloss und Riegel bringen!", rief sie aus, nachdem er seinen Bericht beendet hatte.

„Leichter gesagt, als getan! Aber mir sind die Hände gebunden, solange ich keine Beweise habe. Und der Umstand, dass Ihr Neffe ein guter Freund von Gelatello ist, macht die Sache auch nicht einfacher."

„Dieser Nichtsnutz!“, schimpfte Eleonore von Markstein. „Erst vergangenen Freitag hat er mich besucht und wollte mir Geld für dieses Wellnessprojekt abschwatzen. Allmählich komme ich wirklich zu dem Schluss, dass er nicht bis drei zählen kann.“

„Bis zwei“, korrigierte er sie.

„Wie das?“

„Weil er offensichtlich eins und eins nicht zusammenzählen kann, sonst wäre ihm wohl schon längst klar geworden, dass etwas an der Sache faul ist.“ Eleonore von Markstein brach in lautes Gelächter aus, in das Kemal einstimmte.

„Sollte uns zu Augen kommen, dass hier jemand Reiße über uns witzt, wird ihm das teuer zu kommen stehen“, imitierte er seinen Vorgesetzten. Er beherrschte das bei weitem nicht so gut wie Penniseder. Trotzdem musste die Gräfin derart lachen, dass ihr die Tränen in die Augen stiegen.

„Hören Sie auf!“, beschwor sie Kemal. „Sonst kann ich für nichts mehr garantieren.“

Allerdings war ihm ohnehin nicht mehr zum Scherzen zumute, weil ihm gerade etwas anderes eingefallen war.

„Glauben Sie eigentlich, dass es Teufel gibt?“, fragte er unvermittelt.

Sie schaute ihn verunsichert an. „Soll das wieder ein Witz sein?“

Er schüttelte den Kopf.

„Darf man erfahren, wie Sie darauf kommen?“

Er erzählte ihr, was Altmann von sich gegeben hatte, bevor er mit Hochwürden Brunner Richtung Krankenhaus aufgebrochen war.

„Er hat das mit einer derartigen Überzeugung vorgetragen, dass ich zutiefst verunsichert worden bin. Meine Vernunft sagt mir, dass das Unsinn ist, aber in meinem Innersten gibt es eine wunde Stelle, die bereit ist, das für bare Münze zu nehmen. Mich würde wirklich interessieren, wie Sie dazu stehen."

Eleonore von Markstein war mittlerweile ebenfalls das Lachen vergangen. Sie nickte ihm ernst zu. „Eine schwierige Frage! Am liebsten würde ich Ihnen zur Antwort geben, dass das alles Unsinn ist und nichts mit der Gegenwart zu tun hat, sondern ins finsterste Mittelalter gehört. Leider ist dem nicht so! In unserer Kirche gibt es zwei Gruppen, die miteinander rivalisieren. Die einen plädieren dafür, die Kirche zu öffnen und mit Reformen zu erneuern, um den Ansprüchen unserer Zeit gerecht zu werden. Die anderen meinen, dass dies nur durch eine Rückbesinnung auf die Werte und Traditionen der Vergangenheit gelingen kann. Der riesige Vorteil dieser zweiten Gruppe ist, dass ihre Vertreter keinen Zweifel an der Richtigkeit ihres Tuns hegen und zutiefst von der Wahrhaftigkeit ihre Lehre überzeugt sind. Damit trumpfen sie bei allen, die sich in ihrer Existenz bedroht fühlen und Antworten suchen, warum das so ist."

„Das ist bei uns nicht anders", fiel ihr Kemal ins Wort. „Die Hasspredigten der Imame fallen nur deswegen auf fruchtbaren Boden, weil viele junge Islami nicht wissen, wo sie hingehören und einen Halt suchen, an dem sie sich orientieren können."

Obwohl er es nicht vorgehabt hatte, erzählte er ihr, wie sehr ihn das Verhalten seiner Schwester bei seinem Aufenthalt in Wien irritiert hatte.

„Sie müssen Ihre Schwester einmal nach Andling einladen", riet sie ihm. „Vielleicht gelingt es ihr fern der Großstadt, wieder die Bäume im Wald zu entdecken. Hier hätte sie die Chance, die Menschen so zu sehen, wie sie wirklich sind. Das müsste ihr die Augen öffnen, dass man nicht alle in einen Topf werfen kann."

Kemal verstand, was sie meinte. In Wien verkehrten seine Landsleute meist nur unter sich und beraubten sich damit von vornherein der Möglichkeit, die Österreicher als Einzelpersonen kennen zu lernen und nicht nur als Masse, die ihnen feindselig gesinnt war. Aber wenn er an von Markstein, Brückl, Kauder und Konsorten dachte, hatte er so seine Zweifel, ob ein Aufenthalt in Andling tatsächlich zu einem Sinneswandel seiner Schwester beitragen konnte.

„Aber was hat das, was Sie vorher gesagt haben, mit dem Teufel zu tun?", lenkte er das Gespräch auf das ursprüngliche Thema zurück, weil er eigentlich keine Lust hatte, weiter über seine Familie zu reden.

„Der Teufel ist ganz einfach eine gute Erklärung dafür, warum es das Böse in der Welt gibt. Und man kann den Menschen auch Hoffnung geben, indem man ihnen weismacht, dass ihnen das Böse erspart bleibt, wenn sie gottesfürchtig leben."

„Also ist das nur ein Bluff, um die Menschen an sich zu binden."

Eleonore von Markstein zuckte die Schultern. „Meiner Meinung nach schon."

„Und was hat Altmann gemeint, als er davon gesprochen hat, dass noch niemand vom Teufel besessen ist, sondern dieser Andling erst umsitzt?"

„Hat er das wirklich so gesagt?", fragte sie erschrocken nach.

Kemal nickte.

„Dann ist dieser Altmann schlimmer, als ich befürchtet habe. Wissen Sie, was der Begriff Exorzismus bedeutet?"

„Ich habe einmal vor vielen Jahren einen Film gesehen, in dem ein Priester davon überzeugt war, dass ein kleines Mädchen vom Teufel besessen ist, und versucht hat, diesen auszutreiben. Heute ist mir klar, dass das alles erfunden war, aber damals hatte ich solche Angst, dass ich wochenlang nicht mehr gut schlafen konnte."

„Es wäre schön, wenn es sich dabei wirklich nur um ein Produkt der Fantasie handeln würde."

Kemal hob abwehrend die Hände in die Höhe. „Sie wollen mir aber jetzt nicht weismachen, dass es diese Teufelsaustreibung tatsächlich gibt. Das hieße ja, dass derjenige, der das macht, auch von der Existenz des Satans überzeugt ist."

„Gibt es in Ihrer Religion nicht auch den Shaitan?"

„Das stimmt. Allerdings weiß jedes kleine Kind, dass die Erzählung von den Dschinns und Iblis, dem Anführer der Shaitans, ein Märchen ist."

„Sind Sie da so sicher?", gab Eleonore von Markstein zu bedenken. „Sie haben mir gerade erzählt, welch großen Einfluss dieser Prediger auf Ihre Schwester ausübt. Was, wenn er ihr einredet, dass es Teufel und Dämonen gibt? Ist sie dann nicht auch geneigt, zu glauben, was er verkündet, weil sie seine Worte für absolut wahr hält? In unserer Religion ist das nicht anders. In dieser zweiten Gruppe, die sich auf die wahren Werte der Kirche rückbesinnen möchte, gibt es einen harten Kern, der tatsächlich davon überzeugt ist, dass es dunkle Mächte gibt, die Gott stürzen wollen, um die Herrschaft über die Welt zu erlangen. Allein in der Diözese Linz gibt es fünf Exorzisten, die im Vatikan zu Beauftragten im Befreiungsdienst ausgebildet wurden, um Personen oder Lebewesen beizustehen, die durch personifizierte Kräfte des Bösen bedrängt werden."

Kemal schüttelte den Kopf. „Sie wollen mich auf den Arm nehmen. Kein vernünftiger Mensch würde so etwas Verrücktes glauben."

„Da irren Sie sich gewaltig. In einem oberösterreichischen Stift lebt ein greiser Pater, dem nachgesagt wird, dass das von ihm geweihte Wasser Wunder bewirken kann. In Scharen pilgern die Menschen zu ihm und schleppen dieses Wasser kanisterweise nachhause, um damit Krankheiten zu bekämpfen, die Qualität von Hausbrunnen zu verbessern oder ihre Felder vor Unwettern zu schützen."

„Und das funktioniert?"

Eleonore von Markstein zuckte die Achseln.

„Ich habe keine Ahnung. Doch darum geht es gar nicht. Es geht vielmehr darum, dass man Menschen alles einreden kann, wenn sie verunsichert sind. Das hat die Geschichte immer wieder bewiesen. Gleichgültig, ob es sich um Teufel handelt, um Hexen oder darum, dass ein Volk vernichtet gehört, weil es angeblich zum Untergang der anderen beiträgt."

„Und Sie glauben, dass dieser Pfarrer aus Wien geschickt wurde, um in Andling Teufel auszutreiben?", brachte Kemal die Sprache wieder auf Altmann zurück.

„Das weniger", entgegnete sie. „Offiziell wurde er hierher gesandt, um den Beschwerden über Delale auf den Grund zu gehen. Das hat mir zumindest Hochwürden Brunner so berichtet. Außerdem soll er überprüfen, was es mit unserem Quellwasser auf sich hat. Grundsätzlich geht die Kirche davon aus, dass den Elementen, und damit auch dem Wasser, böse Kräfte innewohnen. Altmann hat wohl die Aufgabe, herauszufinden, ob Dämonen oder Gott für die Heilkraft der Quelle verantwortlich sind. Durchaus vorstellbar, dass ein Mensch wie er, der die Welt aufgrund seiner Überzeugung nur in Schwarz und Weiß einzuteilen vermag, zu dem Schluss gelangt ist, dass der Teufel hinter all dem steckt, und hat es sich zur Aufgabe gemacht, diesem auf die Spur zu kommen, um ihn zu vertreiben."

Kemal presste die Fingerspitzen gegen die Schläfen und schloss für einen Moment die Augen. Die Gräfin bedachte ihn mit einem besorgten Blick.

„Sie sehen müde aus."

„Das bin ich auch", gab er zu. „Ich hoffe, Sie sind mir nicht böse, wenn wir das Gespräch jetzt beenden. Aber ich muss mir heute wieder die Nacht im Dienst um die Ohren schlagen und möchte mich vorher noch wenig ausruhen. Und um ehrlich zu sein, übersteigt das alles meinen Horizont. Ich schlage mich lieber mit wirklichen Verbrechern herum."

Er konnte nicht verhehlen, dass ihm dieses Geschwafel über Dämonen und Teufel gewaltig auf die Neven ging. Sollte daran glauben, wer wollte. Er jedenfalls nicht. In seiner Familie pflegte man eine sehr pragmatische Haltung, was den Glauben anbelangte. Das hing damit zusammen, dass sie Aleviten waren und es von vornherein mit den religiösen Vorschriften nicht so genau nahmen. Ich hole mir aus dem Kühlschrank auch nur die Speisen, die mir schmecken, und vermeide alles, was mir Magendrücken verursacht, hatte sein Vater seine Zurückhaltung gegenüber religiösen Dingen sehr treffend beschrieben. Genau so wollte er es auch halten. Sollte Altmann den dunklen Mächten ruhig hinterherjagen und ihm folgen, wer wollte. Das ging ihn nichts an. Er würde sich um die weltlichen Teufel kümmern.

Da Gelatellos Hof nur einen Steinwurf vom Anwesen der Gräfin entfernt lag, beschloss Kemal, zu Fuß dorthin zu gehen. Schon von weitem vernahm er das laute Gelächter der Anwesenden. Branko stand hinter einem riesigen Barbecuegrill und sorgte für das leibliche Wohl der Gäste. Medizinalrat Sedlacek hatte es sich auf einer Liege gemütlich gemacht und ließ sich von zwei Mädchen verwöhnen. Sein Vorgesetzter hielt zum Gaudium der anderen triumphierend einen Büstenhalter in die Höhe, den er einer üppigen Blondine entwendet hatte. Obwohl Kemal die Augen stur nach vorne gerichtet hielt, als er das Grundstück umrundete, um auf die Rückseite zu gelangen, wo Penniseder im Wagen auf ihn wartete, ertappte er sich dabei, dass sein Blick immer wieder auf das Treiben im Garten abschweifte. Er war heilfroh, als er zu seinem Kollegen in den Wagen stieg. Dieser hielt ungeniert ein Fernglas in der Hand und starrte auf das ausgelassene Treiben.

„Das darf jetzt aber nicht wahr sein!", empörte sich Kemal, worauf Penniseder anzüglich grinste.

„Wenn ich schon die ganze Nacht hier verbringen muss, will ich auch mein Vergnügen haben."

Kemal verdrehte die Augen und blickte demonstrativ aus dem Seitenfenster Richtung Wald. Nach dem Essen zogen sich die meisten der Gäste ins Innere des Gebäudes zurück. Nur Sedlacek und zwei Männer, die Kemal nicht kannte, blieben im Freien zurück und vergnügten sich dort mit den Frauen, die sie sich erwählt hatten. Obwohl es brütend heiß war, kurbelte Kemal das Fenster hinauf, um von den eindeutigen Lauten, die vom Grundstück zu ihnen drangen, verschont zu bleiben. Er schloss die Augen und versuchte, sich mit Leutner-Schnarringers Hilfe weit weg zu atmen. Zu seinem Erstaunen sah er die Psychologin mit den anderen Frauen durch den Garten laufen, verfolgt von seinem Chef, der jubelnd ihre weiße Bluse wie eine Trophäe über dem Kopf schwenkte. Ein Stoß in die Rippen ließ ihn erwachen. Er war tatsächlich eingenickt.

„Das darfst du dir auf keinen Fall entgehen lassen", raunte ihm Penniseder zu.

Sedlacek stand pudelnackt vor dem Schwimmbecken und trommelte sich mit den Fäusten auf die Brust. Sein mächtiger Bauch glich einem prall aufgeblasenen Luftballon und hing so weit über die Lenden, dass sogar sein Geschlechtsteil davon verdeckt wurde. Offensichtlich hatte er schon mehr getrunken, als er vertrug, was bei ihm nichts Außergewöhnliches war. Im Wasser schwamm eine der Frauen und lockte ihn mit dem Finger zu sich. Wie ein Gockel reckte er den Kopf in die Höhe und trat einen Schritt vor, übersah dabei jedoch den Beckenrand. Mit wild rudernden Armen versuchte er, einen unkontrollierten Sturz zu verhindern, was ihm gründlich misslang. Er prallte mit dem Bauch voran auf das Wasser, wodurch dieses wie eine Fontäne in die Höhe stob und bis auf ihre Windschutzscheibe spritzte.

Penniseder brach in lautes Gelächter aus.

„Recht geschieht ihm", konstatierte Kemal trocken und, obwohl er es gar nicht wollte, konnte er sich ein hämisches Grinsen nicht verkneifen.

Gelatellos Gäste verausgabten sich so sehr, dass schon weit vor Mitternacht Ruhe einkehrte. Kemal und Penniseder kamen überein, dass die Gefahr einer Störung um diese Zeit sehr gering war, und beschlossen, auf eigene Verantwortung die Bewachung abzubrechen und nachhause zu fahren. Als sie an der Hecke, die das Grundstück von der Bundestraße abschirmte, vorbeikamen, glaubte Kemal, einen Schatten im Buschwerk wahrzunehmen. Er spähte angestrengt in die Richtung, konnte jedoch in der Dunkelheit nichts erkennen. Vielleicht hatte sich ja Delale wieder auf die Lauer gelegt, um sich mit eigenen Augen von dem schändlichen Treiben auf dem Fest zu überzeugen. Er war viel zu müde, um der Sache auf den Grund zu gehen. Sollte der Pfarrer auch seinen Spaß haben.

Später bereute er diese Entscheidung zutiefst. Hätte er sich damals aufgerafft und Nachschau gehalten, wer sich dort herumtrieb, wäre unter Umständen alles ganz anders gekommen.

Mittwoch

Kemal holte sein Handy hervor und schaute auf das Display. Wieder nichts! Seit er auf dem Polizeiposten eingetroffen war, hatte er mindestens zwei Dutzend Mal überprüft, ob Mayr bereits angerufen hatte. Mittlerweile war es kurz vor neun. Sein Verstand sagte ihm, dass dieser sich melden würde, sobald er eine Möglichkeit gefunden hatte, sich um sein Anliegen zu kümmern. Ihm war klar, dass für Mayr die Überprüfung der Fingerabdrücke sicher nicht oberste Priorität besaß. Dieser würde seine Bitte erfüllen, sobald er Zeit dafür hatte. Ob das am Vormittag oder am Nachmittag war, spielte für ihn höchstwahrscheinlich keine Rolle. Für Kemal schon. Er musste Gelatello unbedingt heute zu fassen kriegen, wollte er ein Unglück verhindern.

Eleonore von Markstein hatte ihm beim Frühstück anvertraut, dass Delale und Altmann planten, morgen bei der Fronleichnamsprozession ein Zeichen gegen die Sündhaftigkeit, die im Ort Einzug gehalten hatte, zu setzen. Das musste unweigerlich auf eine Konfrontation mit Gelatello hinauslaufen, deren Folgen er sich nach dem gestrigen Spektakel lebhaft ausmalen konnte. Er hatte jedenfalls keine Lust, noch einmal zwischen die Fronten zu geraten und aufgrund seines Engagements für einen von Gelatellos Handlager gehalten zu werden. Dass ihm die Leute in Andling seine Einmischung tatsächlich übel nahmen, hatte ihm Agnes Reaktion heute Morgen, als er auf den Posten gefahren war, eindringlich bewiesen. Sie hatte bei der Haltestelle auf den Bus nach Linz gewartet. Kemal war stehengeblieben, um sich nach ihrem Befinden zu erkundigen, aber sie hatte ihm den Rücken zugewandt und damit signalisiert, dass sie keine Lust hatte, mit ihm zu sprechen. Das konnte nur mit dem gestrigen Vorfall zu tun haben. Außerdem bereitete ihm Gregoria Sorge. Zwar hatte sie ihm geschworen, dass sie nichts gegen Gelatello unternehmen werde, bis er seine Ermittlungen abgeschlossen hatte. Aber hatte er eine Gewähr, dass sie sich an ihr Versprechen halten würde? Nicht auszudenken, was passieren würde, wenn sie ein weiteres Mal auf den angeblichen Mörder ihrer Schwester losging. Er hatte ihre Unbeherrschtheit mehr als einmal miterleben müssen und sah sich außerstande, die ganze Zeit über auf sie aufzupassen. Sollte Gelatello etwas zustoßen, würde man ihm alleine die Schuld daran geben, weil er die junge Frau nicht nach dem ersten Angriff in Gewahrsam genommen hatte, wie es seine Pflicht gewesen wäre. Aber auch sie selbst schwebte in Gefahr. Unter Umständen nutzte Gelatello eine Unbesonnenheit ihrerseits, um eine potentielle Zeugin aus dem Weg zu räumen. Niemand würde daran zweifeln, dass er in Notwehr handelte, wenn sie ihn ein weiteres Mal attackierte.

Wenn man von der Tür spricht, kommt sie beim Teufel herein, hätte von Markstein wohl jetzt gesagt. Denn Gelatello stürzte in die Amtsstube, ohne vorher um Einlass anzusuchen. Kemal stellte die Sirene ab und rollte mit dem Sessel zum Schalter.

„Hat wieder jemand Ihr Haus mit Verunglimpfungen verschmiert?"

„Elena ist verschwunden", stieß Gelatello atemlos hervor, ohne auf seine Frage einzugehen.

Gut gemacht, dachte sich Kemal. Dass diese endlich die Konsequenzen gezogen und ihren Lebensgefährten verlassen hatte, wunderte ihn nicht im Geringsten.

„Was heißt verschwunden?", erkundigte er sich scheinheilig.

„Als ich vorher in unser Schlafzimmer gegangen bin, war sie nicht da. Außerdem war ihr Bett unberührt."

„Vielleicht ist sie weggefahren. Zurück nach Wien. Ich erinnere mich, dass sie einmal erwähnt hat, wie sehr ihr die Stadt fehlt."

Gelatello schüttelte den Kopf. „Sicher nicht! Sie hat nichts mitgenommen. Keine Tasche, keine Papiere und nicht einmal ihren Schminkkoffer. Ohne den würde sie nie außer Haus gehen."

Kemal beschloss, reinen Tisch zu machen.

„Nach dem, wie Sie mit ihr umgesprungen sind, und in Anbetracht dessen, was sich gestern bei Ihnen im Haus abgespielt hat, würde mich nicht überraschen, wenn sie Hals über Kopf das Weite gesucht hätte."

„Was erlauben Sie sich!", fuhr Gelatello ihn an. „Ihr hier in der Provinz könnt das nicht verstehen. Wir lieben uns. Kleine Reibereien gehören zu jeder funktionierenden Beziehung. Und das mit den Mädchen, das weiß Elena genau, ist reine Ge..."

Er hielt mitten im Satz inne, wohl dämmerte ihm, dass er gerade im Begriff stand, seine wahren Absichten zu verraten, und schlug mit der flachen Hand auf den Tresen. Dann schloss er für einen Moment die Augen und atmete einmal durch, um sich zu beruhigen.

„Und jetzt noch einmal von vorne! Ich möchte eine Vermisstenanzeige erstatten. Meine Lebensgefährtin, Elena Brankovic, ist gestern Abend mit dem Hund spazieren gegangen und nicht zurückgekehrt. Und jetzt heben Sie Ihren A...Allerwertesten und informieren Ihren Chef, sonst kann ich für nichts mehr garantieren."

Eine Viertelstunde später stürmte von Markstein mit Brückl und Sedlacek im Schlepptau in die Amtsstube. Die drei sahen zum Erbarmen aus. Hofrat Brückl war bleich wie ein Bettlaken und konnte sich kaum auf den Beinen halten. Ächzend ließ er sich auf die Bank im Wartezimmer fallen.

Sedlacek wankte so bedrohlich, dass er jeden Moment umzukippen drohte. Entweder war er noch immer oder schon wieder betrunken. Kemals Vorgesetzter starrte Gelatello mit blutunterlaufenen Augen an und lallte.

„Lieber Freund, wasch ischt paschiert? Hat schon wieder einer von dieschen nischtsnutschigen Kartoffelbauern dein schönesch Hausch beschmiert?"

Gelatello packte von Markstein an den Armen und rüttelte ihn.

„Rüdiger, ich brauche deine Hilfe! Elena ist verschwunden. Du musst sofort veranlassen, dass nach ihr gesucht wird. Ich habe so eine Ahnung, dass etwas Schlimmes geschehen ist."

Nachdem Gelatello ein weiteres Mal berichtet hatte, was vorgefallen war, beauftragte der Postenkommandant Kemal, Penniseder von zuhause abzuholen und unverzüglich mit der Suche nach der jungen Frau zu beginnen. Sie würden inzwischen besprechen, wie weiter zu verfahren sei, und in Kürze zu ihnen stoßen.

Knapp zwanzig Minuten später langten er und sein Kollege bei Gelatellos Anwesen ein. Branko erwartete sie vor dem Haus und teilte ihnen mit, dass Elena noch nicht wieder aufgetaucht sei. Sie umrundeten das Grundstück und sahen sich um, konnten aber nichts Verdächtiges entdecken.

„Und was jetzt?", wollte Penniseder wissen.

„Nachdem Gelatello gemeint hat, dass sie mit dem Hund spazieren gegangen ist und das mitten in der Nacht, ist kaum anzunehmen, dass sie quer durch den Wald gelaufen ist. Deshalb beginnen wir unsere Suche entlang des Güterwegs. Du gehst Richtung Norden, ich marschiere bis zu Romeos Kate. Dann sehen wir weiter."

„Warum muss ich bergauf gehen?", protestierte sein Kollege.

„Das kann ich dir sagen. Weil ich heute Morgen wieder einmal die Scherereien hatte, während du im Bett gelegen bist und geschlafen hast. Der Chef ist deshalb ohnehin nicht gut auf dich zu sprechen. Ein Wort von mir genügt…" Mehr musste er nicht sagen. Die Aussicht auf eine Auseinandersetzung mit von Markstein verlieh Penniseder Flügel.

Inzwischen waren auch seine Vorgesetzten und Gelatello eingetroffen. Sie ließen sich auf die Liegestühle neben dem Schwimmbecken fallen und schauten in seine Richtung. Kemal salutierte und marschierte eilfertig los. Kaum war er jedoch aus ihrem Blickfeld verschwunden, verlangsamte er seinen Schritt und trottete gemächlich den Güterweg entlang. Er glaubte nicht daran, dass Elena etwas passiert war, sondern war nach wie vor davon überzeugt, dass sie ihrem Lebensgefährten davongelaufen war. Deshalb hatte er es mit der Suche auch nicht eilig.

Mittlerweile brannte die Sonne glühendheiß vom Himmel. Kemal verließ den Weg und begab sich zum Waldrand, wo die Bäume ein wenig Schatten spendeten. Unter einer mächtigen Eiche ließ er sich auf den Boden fallen, um eine kleine Rast einzulegen. Agnes kam ihm in den Sinn. Sie hatte ihn heute wie einen Aussätzigen behandelt, mit dem man besser nicht in Berührung kam. Konnte man sich so in einem Menschen täuschen? Er hatte sie für aufgeschlossen und weltoffen gehalten. Der religiöse Eifer, den sie gestern an den Tag gelegt hatte, passte überhaupt nicht zu der Person, die er im letzten halben Jahr so schätzen gelernt hatte. Er musste an Ayshe denken. Auch sie war ein junge moderne Frau, deren Hinwendung zur Religion er bis vor Kurzem nicht für möglich gehalten hätte. Was trieb sie dazu, sich freiwillig diesem religiösen Wahn hinzugeben? War die Macht der Prediger und Priester wirklich so groß, dass man sich ihr nicht entziehen konnte?

Das Läuten seines Handys ließ ihn hochschrecken. Aufgeregt holte er es aus der Tasche. Ein Blick auf das Display zeigte ihm, dass Mayr am Apparat war.

„Volltreffer!", sagte dieser anstelle einer Begrüßung. „Da hat sich ein besonders prächtiges Exemplar der Sorte homo criminalis in eurem schönen Andling eingenistet. Noch dazu unter falschem Namen."

Kemal sprang auf und stieß einen Jubelschrei aus. Das war die beste Nachricht seit langem.

„Der Mann heißt in Wirklichkeit…"

„…Erich Eisner und hat in Wien mehrere anrüchige Etablissements betrieben", fiel ihm Kemal ins Wort.

„Woher wissen Sie?", stieß Mayr überrascht aus.

„Das ist eine lange Geschichte, die ich Ihnen ein andermal erzähle."

„Dann brauchen Sie meine Hilfe offensichtlich nicht mehr", erwiderte der Kollege aus Linz. Die Enttäuschung, die in seiner Stimme mitschwang, war nicht zu überhören.

„Und ob!", beeilte sich Kemal zu sagen. „Bisher war es nur eine vage Vermutung, dass es sich bei Gelatello und Eisner um ein- und dieselbe Person handeln könnte. Durch die Überprüfung der Fingerabdrücke haben wir jetzt absolute Gewissheit. Das heißt also, dass er bereits einmal erkennungsdienstlich erfasst worden ist?"

Mayr stieß ein gekünsteltes Lachen aus. „Was heißt einmal? Der Kerl hat einen Strafregisterauszug, der der Speisekarte in einem Chinarestaurant ähnelt. Das fängt an bei Nötigung, geht über Erpressung und versuchter Vergewaltigung und endet bei schwerer Körperverletzung. Alles Delikte, die zwar zur Anzeige gebracht, jedoch nie vor Gericht verhandelt wurden."

„Warum das?", fragte Kemal erstaunt nach. Er hatte sich inzwischen Richtung Andling in Bewegung gesetzt, weil ihm plötzlich bewusst geworden war, dass er sich noch immer in der Nähe von Gelatellos Grundstück befand, und er vermeiden wollte, dass jemand etwas von diesem Gespräch mitbekam.

„Weil alle Anzeigen wieder zurückgezogen wurden. Bei den Opfern hat es sich ausschließlich um Kontrahenten aus dem Rotlichtmilieu und um Mädchen gehandelt, die für ihn angeschafft haben. Sein Jähzorn und seine Gewaltausbrüche sind übrigens in der Szene Legende. Nicht umsonst hat er den Spitznamen Eisner, der Vulkan, erhalten."

Das bestätigte nur, was Kemal mit eigenen Augen miterlebt hatte.

„Weiß man auch, warum er Wien verlassen hat? Ist doch eigenartig, dass er sich einen falschen Namen zugelegt hat. Vielleicht gab es ja einen triftigen Grund, der ihn zum Untertauchen zwang."

„Jedenfalls nicht, weil etwas strafrechtlich Relevantes gegen ihn vorliegt. Höchstwahrscheinlich wollte er ganz einfach nicht, dass jemand in Andling Rückschlüsse auf seine wahre Identität ziehen kann. Seine fünf Etablissements hat er ganz legal an einen gewissen Norbert Wagner verkauft. Besser bekannt als Norbert, die Rute. Vielleicht sagt Ihnen der Name etwas. Sie waren doch vorher in Wien bei der Polizei tätig."

Natürlich sagte ihm dieser Name etwas. Wer wie er entlang des Gürtels auf Streife gehen musste, machte unweigerlich Bekanntschaft mit dem wahren König des Alsergrunds. Den Beinamen „Rute" hatte Wagner übrigens erhalten, weil er stets eine ausziehbare Teleskoprute bei sich trug, die seine Mädchen schmerzhaft zu spüren bekamen, wenn sie nach der Schicht zu wenig Geld bei ihm ablieferten.

Kemal hatte mittlerweile die Anhöhe erreicht, die zu Romeos Kate hinabführte. Er wischte sich den Schweiß von der Stirn und wandte sich dem Waldrand zu, um im Schatten der Bäume ein wenig Abkühlung zu finden.

„Ich hoffe, dass ich Ihnen ein wenig helfen konnte, auch wenn ich nichts herausgefunden habe, das Ihnen einen Grund liefert, diesen Eisner zu verhaften."

„Mir wird schon etwas einfallen, wie ich ihn zur Strecke bringe. Ich bin Ihnen jedenfalls überaus dankbar für Ihre Hilfe. Ohne Sie wäre ich nie an diese Informationen herangekommen."

Kemal wollte schon auflegen, da kam ihm ein Gedanke. „Dürfte ich Ihnen noch eine Frage stellen? Sie haben doch erwähnt, dass das Gutachten zu einem Zeitpunkt verändert wurde, als Hanke höchstwahrscheinlich bereits tot war. Meine Frage: Haben Sie überprüft, ob er an diesem Tag eine E-Mail versandt hat?"

„Gut, dass Sie mich darauf ansprechen!", rief Mayr aus. „Das hätte ich nämlich bald vergessen. Natürlich haben wir den Postverkehr auf dem Notebook überprüft und mussten feststellen, dass alle Daten gelöscht worden sind."

„Eigenartig", murmelte Kemal mehr zu sich selbst. Er hatte inzwischen den Waldrand erreicht und blickte sich nach einem Platz um, wo er sich niederlassen könnte. Hinter einem Busch blinkte etwas in der Sonne. Neugierig ging näher. Er bog die Zweige des Strauchs zur Seite und wich erschrocken einen Schritt zurück.

„Unsere Techniker bemühen sich, den Postverkehr zu rekonstruieren. Aber das wird seine Zeit dauern", vernahm er Mayrs Stimme wie aus weiter Ferne.

„Ich melde mich später wieder bei Ihnen", flüsterte er und legte auf.

Vor ihm lag Elenas Hündchen auf dem Boden. Der Kopf war weit nach hinten gebogen, an der Kehle klaffte ein tiefer Schnitt. Entsetzt schlug er die Hand vor den Mund

und hielt den Atem an. Erst jetzt fiel ihm das tiefe Brummen auf, das aus dem dichten Unterholz nach draußen drang. Er spähte in die Richtung, aus der das eigenartige Geräusch kam, konnte aber nichts erkennen. Kurz überlegte er, ob er die anderen von seinem grausigen Fund verständigen sollte, entschied sich aber dagegen. Langsam tastete er sich durch das Dickicht vorwärts. Die Ranke eines Brombeerstrauchs riss eine Wunde in seine Wange. Während er mit der linken Hand das Blut wegwischte, bog er mit der rechten das dichte Gestrüpp vor sich zur Seite. Was sich ihm dort offenbarte, ließ ihm das Blut in den Adern gefrieren. Entsetzt taumelte er zurück.

Eine nackte Frau lehnte am Stamm eines Baumes. Ihr ganzer Körper war mit Schnittwunden und blauen Flecken übersät. Um ihren Hals war eine Hundeleine geschlungen. Der Kopf war eine schwarze Masse, die sich in einem fort bewegte. Erst als er einen Schritt näher trat, erkannte er, dass sich hunderte dicke Schmeißfliegen auf dem Haupt der Toten niedergelassen hatten, um den leblosen Körper für ihre Zwecke zu nutzen. Kemal ging in die Knie und berührte dabei versehentlich einen Fuß der Toten, worauf die Insekten aufstoben und den Blick auf das Gesicht der Frau freigaben. Es war Elena, wie er vermutet hatte. Mit vorwurfsvollen Augen starrte sie in seine Richtung. Das Schlimmste war aber ihre Zunge. Sie ragte wie ein unförmiger Fleischklumpen aus ihrem weit geöffneten Mund.

Kemal war so schockiert, dass er nicht in der Lage war, aufzustehen. Erst das Summen der aufgescheuchten Insekten, die aufgeregt um seinen Kopf schwirrten, brachte ihn zur Besinnung. Er rappelte sich hoch und fuchtelte angeekelt mit den Armen herum, um die Fliegen zu vertreiben. Trotzdem gelang es einem Tier, sich in sein Nasenloch zu verirren. Voll Panik stieß er einen Schrei aus. Ein Fehler, denn das ermöglichte zwei weiteren Fliegen, den Weg in seinen Mund zu finden. Kemal hatte nur noch einen Gedanken. Nichts wie weg hier! Ohne Rücksicht auf die Dornen der Büsche zu nehmen, brach er durch das Gestrüpp nach draußen. Aus den Augenwinkeln heraus nahm er noch den Sack mit dem „Delictus corpi“ wahr, der nicht unweit der Toten hinter einem Busch lag. Kein Wunder, dass die Insekten so schnell den Weg zu dem Leichnam gefunden hatten. Als er den Güterweg erreichte, versagten ihm die Beine den Dienst. Erschöpft ließ er sich zu Boden fallen. Mit zitternden Fingern drückte er gegen das rechte Nasenloch und presste Luft durch das linke, sodass die Fliege, die sich dort hinein verirrt hatte, in hohem Bogen nach außen geschleudert wurde. Widerstandlos ließ er seinem Frühstück freien Lauf. Als er die Schmeißfliegen, die sich eben noch am Kopf der Toten gelabt hatten, in seinem Erbrochenen schwimmen sah, wandte er sich zur Seite und übergab sich ein weiteres Mal.

Da er sich nicht anders zu helfen wusste, zog er mit zitternden Fingern die Dienstwaffe aus dem Halfter und drückte ab. Wenige Minuten später hetzten seine Vorgesetzten und Gelatello den Abhang zu ihm hinunter. Kemal hielt noch immer die Pistole in der Hand und fuchtelte damit aufgeregt Richtung Wald. Wie durch Watte vernahm er die Stimme des Postenkommandanten.

„Ist er völlig verrückt geworden! Wir sind doch nicht im Westen Wilden. Weg mit der Waffe oder will er uns erschießen!“

Als er nicht reagierte, packte Brückl von hinten seinen Arm und entwand ihm die Pistole.

„Wenn er keine gute Erklärung dafür hat, warum er am helllichten Tag einfach in der Gegend herumballert, wird ihn das teuer zu stehen kommen.“

Kemal wollte berichten, was er gesehen hatte, aber seine Zähne schlugen so heftig aufeinander, dass er nur einige undeutliche Laute hervorbrachte.

„Mann!", herrschte ihn Brückl an. „So nehm er sich zusammen und erzähl er uns, was passiert ist!"

Inzwischen war auch Sedlacek mit hochrotem Kopf neben ihnen aufgetaucht. Er beugte sich über Kemal und blickte ihm in die Augen. Die Schnapsfahne, die dem Mund des Medizinalrats entströmte, brachte Kemal ein wenig zur Besinnung. Er erhob sich und wies mit zitternden Fingern auf den Wald. Keine zehn Pferde würden ihn mehr dort hineinbringen.

Doch er hatte die Rechnung ohne seinen Vorgesetzten gemacht, denn dieser gab ihm einen rüden Schubs und schnauzte ihn an: „So geh er schon voran und zeig er uns, was er entdeckt hat! Sonst werden wir ihm Beine machen!" Kemal setzte sich langsam in Bewegung. Vor Elenas Hündchen hielt er inne. Gelatello stieß einen unterdrückten Schrei aus. Brückls Gesichtszüge verhärteten sich, wohl ahnte er bereits, was sie erwartete. Mit einem Kopfnicken forderte er Kemal auf, weiterzugehen. Er bog die Zweige des Gebüschs beiseite und gab den Blick auf die Tote frei. Für einen Moment schienen alle erstarrt zu sein und schauten wie in Trance auf den Leichnam.

Von Markstein wandte sich in Zeitlupe um, sank auf die Knie und würgte sein Frühstück oder das, was sich noch vom Vorabend in seinem Magen befand, heraus. Hofrat Brückl erbleichte und war nahe daran, sich ebenfalls zu übergeben. Gelatello heulte wie ein weidwundes Tier auf, ehe er zu Elena stürzte und sich vor ihr niederfallen ließ.

„Der versaut uns noch den ganzen Tatort", bemerkte Sedlacek trocken, wobei nicht klar war, wen er damit meinte. Jedenfalls war er der Einzige, der Ruhe bewahrte.

„Ötzi, kriminaltechnische Abteilung informieren. Die sollen sofort ihre Leute herschicken."

„Und du bringst Rüdiger hinaus!", wandte er sich als Nächstes an Brückl. „Sonst kotzt er uns noch alle Spuren voll."

Dann wälzte er sich durch das Gestrüpp zu Gelatello und legte ihm die Hand auf die Schulter. „Tut mir furchtbar leid, Enrico! Aber ich verspreche dir, wir werden alles tun, um das Schwein zu erwischen." Er drehte sich zu Kemal um. „Geleite Herrn Gelatello nachhause! Deine Vorgesetzten sollen auch mitgehen. Sag ihnen, ich warte hier, bis die Männer von der Spurensicherung eintreffen. Die Tote möchte sich ohnehin ein wenig mit mir unterhalten."

Sie gingen schweigend zu Gelatellos Haus zurück und nahmen auf den Stühlen neben dem Schwimmbecken Platz. Kemal rief Penniseder an und beorderte ihn zu Medizinalrat Sedlacek, um diesem zur Hand zu gehen. Zwar wäre das nicht nötig gewesen, aber er wollte seinem Kollegen den Anblick der Toten nicht ersparen, da er der Meinung war, dass dieses Verbrechen hätte verhindert werden können, wenn Penniseder an dem Abend, an dem Gelatello seine Lebensgefährtin geschlagen hatte, entschiedener eingeschritten und die junge Frau in Schutz genommen hätte. Denn trotz der Bestürzung, die Gelatello beim Anblick der Toten zum Ausdruck gebracht hatte, hielt Kemal ihn für den Täter. Allein die Tatsache, dass er das ganze Dorf monatelang getäuscht und zum Narren gehalten hatte, bewies hinlänglich, dass er ein Meister der Verstellung war. Und dass er zur Gewalttätigkeit neigte und ihm eine Tat wie diese jederzeit zuzutrauen war, hatte Kemal mit eigenen Augen gesehen und am eigenen Leib verspüren müssen. Er wartete nur noch auf den richtigen Augenblick, um Gelatello zur Rechenschaft zu ziehen. Es war von Markstein, der mit einer Frage ungewollt den Anlass dafür gab.

„Welche Bestie ist imstande, etwas derart Grauenhaftes zu tun?"

„Das sollten wir vielleicht Herrn Gelatello fragen", warf Kemal ein.

Die Anwesenden schauten ihn entgeistert an.

„Sind Sie jetzt komplett verrückt geworden?", empörte sich Gelatello.

„Ich halte mich nur an die Fakten und zähle zwei und zwei zusammen. Tatsache ist jedenfalls, dass ich zweimal mit eigenen Augen Zeuge wurde, wie Sie die Beherrschung verloren und Ihre Lebensgefährtin aufs Schwerste misshandelt haben. Du hast doch auch gesehen, wie er sie geschlagen hat", forderte er Penniseder, der gerade eingetroffen war, auf, seine Worte zu bestätigen.

„I...i...ich...ha...ha...habe...wa...wa...wa...schon... so....du...du...dunkel", begann dieser zu stottern, als er bemerkte, dass von Markstein rot angelaufen war und im Begriff stand, in die Luft zu gehen. „Au...au...außer...ßer... ßerdem kom...kom...kommen Strei...Strei...Streiterei... rei...reien in den be...be...besten Fa...Fa...Fami...mi... milien vor."

„Waschlappen", ärgerte sich Kemal. Ein scharfer Blick seines Vorgesetzten reichte, um seinen Kollegen wieder einmal den Schwanz einziehen zu lassen.

„Rüdiger", wandte sich Gelatello an den Postenkommandanten. „Ich muss mir das nicht länger anhören. Unternimm endlich etwas!"

Diese Aufforderung wäre nicht mehr nötig gewesen, da von Markstein ohnehin Sekunden später explodierte. „Er halte auf der Stelle seinen Mund und geh uns aus den Augen!", brüllte er so laut, dass sich Hofrat Brückl intuitiv die Ohren zuhielt. „Das wird dienstkonsequente Rechte für ihn haben, das versprechen wir ihm. Seine Zähle in Andling sind getagt. Sach er seine sieben Packen und verschwinde, dass wir ihn nicht mehr zu Gesicht bekommen."

Kemal ließ die Tirade ruhig über sich ergehen. Ihm war klar, dass er mit hohem Einsatz spielte, aber er war felsenfest davon überzeugt, dass er im Recht war. Als sein Vorgesetzter kurz innehielt, um wieder zu Atem zu kommen, fuhr er mit seiner Anschuldigung fort.

„Außerdem beschuldige ich Sie des Mordes an dem Lebensmittelchemiker Lutz Hanke und an Alenka…" Erst jetzt wurde ihm bewusst, dass er sich noch nicht nach dem Nachnamen der Schwestern erkundigt hatte. Er holte den Zeitungsausschnitt, den ihm Gregoria überlassen hatte, aus der Brusttasche und knallte ihn auf den Tisch. „…des Mordes an einer jungen Frau, die Sie in einem Ihrer Etablissements zur Prostitution gezwungen haben."

Gelatello stieß ein gekünsteltes Lachen aus. „Meine Herren, ich glaube, Ihr Mitarbeiter ist nun völlig übergeschnappt. Ich ersuche Sie, gemeinsam mit ihm mein Haus zu verlassen. Angesichts dieser abscheulichen Tat geht es mir nicht wirklich gut und ich würde mich gerne etwas ausruhen."

Das Schweigen seiner Vorgesetzten ermunterte Kemal, fortzufahren.

„Enrico Gelatello – oder ist es Ihnen lieber, wenn ich Sie bei Ihrem richtigen Namen nenne, Herr Eisner – ich nehme Sie wegen des Verdachts, drei Menschen ermordet zu haben, in Gewahrsam. Ich weise Sie darauf hin, dass alles, was Sie jetzt sagen, gegen Sie verwendet werden kann."

Als Kemal den Namen erwähnte, verlor Gelatello die Fassung. Seine Kinnlade sackte nach unten und sein resignierter Blick sprach Bände.

„Eisner?", murmelte von Markstein entgeistert.

„Sie haben richtig gehört. Erich Eisner. Ehemals Besitzer von fünf einschlägigen Etablissements am Wiener Gürtel. Spitzname Vulkan, weil seine gewalttätigen Wutausbrüche in der ganze Szene gefürchtet waren."

„Trotzdem lasse ich mir diese Verbrechen nicht anhängen", protestierte Eisner. „Ich bin hierher gekommen, um noch einmal von vorne zu beginnen, und habe mir nichts zuschulden kommen lassen. Außerdem hat Medizinalrat Sedlacek selbst festgestellt, dass es sich bei dem Tod dieses Deutschen um einen Unfall handelt, ausgelöst durch die starke Alkoholisierung des Mannes. Mit dem Rest dessen, was Sie mir vorwerfen, habe ich nichts zu schaffen."

„Und warum haben Sie dann nicht die Wahrheit gesagt und zugegeben, dass Sie Hanke nach seinem Aufbruch aus dem Wirtshaus noch einmal getroffen haben?"

„Weil das nicht der Fall war. Ich habe zuhause auf ihn gewartet und er ist nicht erschienen."

Kemal beschloss, aufs Ganze zu gehen.

„Wie erklären Sie sich dann, dass Ihre Fingerabdrücke auf Hankes Notebook sichergestellt worden sind?"

„Das ist nicht möglich", fiel ihm Eisner ins Wort. „Ich habe doch…"

Er hielt inne, weil er merkte, dass er einen Fehler begangen hatte.

„Weil Sie das Gerät abgewischt haben, wollten Sie doch sagen. Nachdem Sie den Bericht des Gutachters nach dessen Tod manipuliert hatten."

„Warum sollte ich das machen? Die Überprüfung des Wassers hat hervorragende Werte ergeben. Das wäre doch dumm von mir."

Kemal beschloss, ein weiteres Mal zu einer Lüge zu greifen, um Gelatello endgültig aus der Reserve zu locken.

„Aus der E-Mail, die Hanke an seine Firma geschickt hat, geht jedoch hervor, dass das Wasser der Quelle fast keine Inhaltsstoffe aufweist. War dieses Gutachten so wichtig für Sie, dass Sie sogar einen Mord begehen, um das Ergebnis in Ihrem Sinne korrigieren zu können?"

Gelatello zuckte resigniert mit den Schultern und gab sich geschlagen.

„Gut, ich gebe zu, dass ich mich mit Hanke bei der Quelle getroffen habe, aber er war bereits tot, als wir dort eingetroffen sind. Er ist im Bachbett gelegen und hat sich nicht mehr gerührt. Branko kann das bezeugen. Dann habe ich das Gutachten umgeschrieben und die E-Mails gelöscht. Mit dem Tod von Elena und dieser Frau aus Tschetschenien habe ich nichts zu tun. Das schwöre ich."

„Wissen Sie, was eigenartig ist?"

Gelatello warf ihm einen lauernden Blick zu.

„Bei der Obduktion wurde festgestellt, dass Hanke gewaltsam unter Wasser gedrückt worden ist."

„Ganz richtig", bestätigte Sedlacek, der schon eine Weile beim Zaun gestanden war und das Gespräch von dort aus mitverfolgt hatte. Kemal wandte sich um und nickte ihm anerkennend zu. Er musste seine Meinung über den Medizinalrat revidieren. Trotz dessen Liebe zum Alkohol war er offenbar in der Lage, eine Situation richtig zu beurteilen und über seinen Schatten zu springen, wenn es für den Erfolg einer Ermittlung vonnöten war.

„Die Druckstellen im Nacken des Toten, die ich ursprünglich auf meine Ungeschicklichkeit zurückführte, stammen in Wirklichkeit vom Täter. Gelatello, gestehen Sie! Sie sind überführt."

„Dieser verdammte Bürokrat!", brach es aus Eisner hervor. „Er hat nicht mit sich reden lassen und wollte das Ergebnis seiner Untersuchungen veröffentlichen, damit die ganze Welt erfährt, dass dieses Wasser wertlos ist. Aber ich habe mit seinem Tod nichts zu tun. Hanke ist in das Wäldchen gegangen, um sich zu erleichtern. Da habe ich ihm Branko nachgeschickt, damit dieser ihm noch einmal klarmacht, wie wichtig mir ist, dass er von einer Veröffentlichung Abstand nimmt. Plötzlich ist Branko wieder erschienen und hat mir gebeichtet, dass ein Unglück geschehen ist."

Branko hatte alles mitangehört. Er stürmte aus dem Haus und baute sich vor ihnen auf.

„Das ist eine Lüge. Es war genau umgekehrt. Ich habe im Auto gewartet und Enrico ist ihm ins Wäldchen gefolgt. Er hat ihn getötet."

„Ist das der Dank dafür, dass ich dich aus der Gosse geholt und wie einen Bruder behandelt habe?", herrschte Eisner sein Faktotum an.

„Wie einen Bruder? Dass ich nicht lache! Eher wie den letzten Dreck. Jedenfalls nicht viel besser als die Frauen, die für dich anschaffen mussten."

Eisner wollte aufspringen und sich auf seinen Mitarbeiter stürzen, aber Brückl kam ihm zuvor. Er bog mit einer Geschicklichkeit, die man ihm nicht zugetraut hätte, dessen Hände auf den Rücken und legte ihm Handschellen an. „Herr Gelatello, Eisner oder wie auch immer, ich verhafte Sie wegen des Mordes an Lutz Hanke und wegen des Verdachts zweier weiterer Morde!"

Eisner bedachte ihn mit einem verächtlichen Blick.

„Das mit dem Gutachter war ein Unfall und mit dem Rest habe ich nichts zu schaffen."

„Das wird sich weisen", erwiderte der Hofrat kalt und wollte ihn abführen. Aber Kemal hielt ihn zurück.

„Ich möchte Ihnen noch eine Frage stellen. War es so ein banales Gutachten wirklich wert, einen anderen Menschen zu töten?"

„Ich lasse mir doch nicht von dieser Schmeißfliege das Geschäft meines Lebens kaputt machen", erwiderte dieser. „Etablissements gibt es wie Sand am Meer. Damit lockst du niemanden in dieses Kaff herauf. Aber gepaart mit einem Jungbrunnen wäre das Aphrodite Palace eine Goldgrube gewesen."

Man soll das Mahl nicht vor dem Nachtisch loben, hatte Kemals Vater stets gesagt, wenn er der Meinung war, dass eine Situation noch nicht ausgestanden war. Wieder einmal zeigte sich, dass die Alltagsweisheiten seines Vaters mitten aus dem Leben gegriffen waren. Denn Kemals Ansicht, dass der Täter überführt und damit der Fall geklärt war, erwies sich als trügerisch. In der nächsten halben Stunde überschlugen sich jedenfalls die Ereignisse. Von Markstein war während des Verhörs, das zur Enttarnung Gelatellos führte, überraschend ruhig geblieben. Kaum waren sie jedoch auf dem Polizeiposten eingetroffen, stürzte er sich auf Eisner und packte ihn am Kragen.

„Was hat er mit unserem Geld gemacht?", fauchte er ihn an. „Das waren unsere ganzen Ersparnisse. Wir wollen auf der Stelle alles bis auf den hellen Letzten zurück? Hat er uns verstanden?"

Gelatello grinste von Markstein hämisch an und brach in lautes Gelächter aus. „Du willst dein Geld zurück. Das wird sich leider nicht machen lassen. Ist alles weg."

„Alles weg", wiederholte der Postenkommandant fassungslos. „Das gibt es doch nicht. Gestehe! Wo ist es hingekommen?"

„Wo es hingekommen ist, willst du wissen? Das werde ich dir sagen. Du selbst hast es mit deinen Kumpanen versoffen, verfressen und verfickt. Oder hast du geglaubt, wir sind im Schlaraffenland und das alles fällt umsonst von den Bäumen."

Mehr brauchte von Markstein nicht. Sein Gesicht verlor augenblicklich jede Farbe. Speichel tropfte ihm übers Kinn, die Augen quollen so stark hervor, dass er einem Irrsinnigen glich. Mit einem Wutschrei umfasste er Gelatellos Hals und drückte so fest zu, dass dieser blau anlief. Obwohl Kemal, Brückl und Penniseder zu dritt von Markstein zu überwältigen versuchten, gelang es ihnen nicht. Gelatello war nahe daran, das Bewusstsein zu verlieren. Erst das beherzte Einschreiten des Medizinalrates ließ den Postenkommandanten von seinem Vorhaben Abstand nehmen. Sedlacek packte ihn mit seiner Pranke am Nacken und presste so lange zu, bis von Markstein die Arme sinken und sich widerstandslos zu einem Sessel führen ließ. Er sackte darauf nieder und starrte mit ausdruckslosem Blick auf eine imaginäre Stelle an der Wand, wobei er in einem fort vor sich hinmurmelte: „Alles ist futsch! Alles ist futsch! Alles ist futsch!"

Obwohl sich sein Vorgesetzter in einem erbarmungswürdigen Zustand befand, frohlockte Kemal innerlich vor Schadenfreude. Von Markstein hatte es nicht anders verdient. Wer anderen ständig auf die Füße tritt, ist selber schuld, wenn er sich dabei die Zehen bricht. Eisner schien dieser Vorfall zu neuem Leben erweckt zu haben.

„Das wird Konsequenzen haben, das schwöre ich", krächzte er. „Ich möchte mich auf der Stelle mit meinem Anwalt in Verbindung setzen. Hier ist man ja seines Lebens nicht sicher. Außerdem möchte ich erneut betonen, dass der Tod von diesem Hanke auf einen Unfall zurückzuführen ist. Das Gegenteil müssen Sie mir erst einmal beweisen. Und mit den Morden an den beiden Frauen habe ich nicht das Geringste zu schaffen. Warum sollte ich Elena etwas antun? Ich habe sie doch geliebt. Und wie Ihr Kollege schon erwähnt hat, Streit gibt es in den besten Familien."

Er hielt inne und warf einen triumphierenden Blick in die Runde.

„Es entspricht zwar den Tatsachen, dass Alenka Sultanova bei mir angestellt war, aber zum Zeitpunkt ihres

Ablebens war ich außer Landes. Wenn Sie es genau wissen wollen, habe ich damals meinen Urlaub auf den Malediven verbracht. Das ist aktenkundig. Ein Anruf bei Ihren Kollegen in Wien wird das bestätigen."

Ein Räuspern ließ die Anwesenden sich zur Tür umdrehen. Hochwürden Altmann hatte unbemerkt die Amtsstube betreten und schaute die Männer betreten an. „Ich hoffe, ich störe nicht?", fragte er verunsichert.

„Im Moment ist es tatsächlich nicht so günstig", entgegnete Brückl. „Wenn es nicht wirklich wichtig ist, würde ich Sie ersuchen, später wiederzukommen."

„Selbstverständlich! Ich wollte nur melden, dass Pater Delale verschwunden ist."

„Ich fürchte, dafür haben wir jetzt...", setzte der Hofrat an, aber Kemal ließ ihn nicht zu Ende sprechen.

„Was heißt verschwunden?"

Altmann machte eine hilflose Geste. „Am Morgen, als ich ihn wecken wollte, war er nicht mehr da. Außerdem sind die junge Frau und die beiden Kinder auch weg."

„Hat er sie mitgenommen?", wollte Kemal wissen.

Der Pfarrer zuckte mit den Schultern. „Ich habe keine Ahnung. Allerdings habe ich Angst, dass er ihnen etwas antun könnte."

„Wie kommen Sie darauf?", mischte sich wieder Brückl ein.

„Weil ich das auf dem Fußboden in seinem Zimmer gefunden habe."

Er öffnete die Hand und gab den Blick auf eine zierliche Halskette frei, an der eine goldene Sonne mit einem Rubin in der Mitte hing.

„Das gehört Elena!", rief Gelatello aufgeregt.

„Dann habe ich mich doch nicht getäuscht", sagte Altmann mehr zu sich. „Ich vermeinte, dieses Schmuckstück am Hals der Toten gesehen zu haben, als sie am Sonntag den Gottesdienst besucht hat."

„Wie kommt diese Kette in Delales Zimmer?", wunderte sich Brückl. Eine Frage, die keiner Antwort bedurfte, denn an den Gesichtern der anderen erkannte Kemal, dass er nicht der Einzige war, dem angesichts dieses Objektes ein furchtbarer Verdacht gekommen war. Ein Verdacht, der Sekunden später erhärtet wurde, als ein Mitarbeiter der kriminaltechnischen Abteilung die Tür aufstieß und in die Amtsstube stürmte.

„Das haben wir nur ein paar Schritte vom Tatort entfernt gefunden. Der Täter muss es dort verloren haben." Er hielt einen Rosenkranz aus dunklem Holz in die Höhe, an dem ein fein gearbeitetes Kreuz aus Elfenbein prangte.

„Wenn wir herausfinden, wem das gehört, kennen wir mit großer Wahrscheinlichkeit auch die Identität des Täters."

„Mutter Gottes, erbarme dich unser!", flüsterte Altmann entsetzt und schlug ein Kreuzzeichen. „Das ist Delales Rosenkranz. Eine der wenigen Habseligkeiten, die er aus seiner Heimat mitnehmen konnte. Er hat ihn wie seinen Augapfel gehütet."

„Delale ist der Mörder!", stammelte Kemal entsetzt und sprach damit nur aus, was sich alle in diesem Augenblick dachten. Eigentlich hatte er schon immer gespürt, dass etwas mit diesem Priester nicht stimmte. Das furchterregende Rollen mit den Augen, das eigenartige Verhalten gegenüber Frauen, diese besitzergreifenden Gesten. Alles Zeichen, dass etwas mit ihm nicht in Ordnung war.

„Wir müssen sofort etwas unternehmen. Wenn sich Gregoria und die Kinder in seiner Gewalt befinden, müssen wir mit dem Schlimmsten rechnen. Haben Sie irgendeine Ahnung, wohin er geflüchtet sein könnte?"

Altmann zuckte mit den Achseln. „Er hat mir mehrmals von Wien vorgeschwärmt, weil er dort nach seiner Flucht aus Nigeria eine Zeit lang untergebracht war, und erzählt, dass er dort viele Bekannte hat, die er ehestmöglich wieder einmal besuchen möchte. Das ist alles, was ich dazu sagen kann."

Als der Pfarrer Wien erwähnte, stockte Kemal für einen Moment der Atem. War es möglich, dass Delale etwas mit dem Mord an Gregorias Schwester zu tun hatte? Immerhin war auch er kurz nach dieser Tat nach Andling gekommen.

Plötzlich brach Hektik aus. Penniseder ließ sich auf Brückls Anordnung hin mit der Zentrale in Linz verbinden und Delale österreichweit zur Fahndung ausschreiben. Kemal rief Traxler an und erhielt, wie er es nicht anders erwartet hatte, die Bestätigung, dass Eisners Angaben bezüglich seiner Abwesenheit während des Mordes an Gregorias Schwester der Wahrheit entsprachen. Der Hofrat setzte sich mit den Kollegen in Tschechien in Verbindung, um sie um Amtshilfe zu ersuchen für den Fall, dass sich Delale ins nahe Ausland abgesetzt hatte. Für einen Moment ließen sie Eisner aus den Augen, was dieser nutzen wollte, um sich aus dem Staub zu machen. Aber er hatte die Rechnung ohne von Markstein gemacht. Obwohl dieser den Eindruck vermittelte, nicht am Geschehen teilzuhaben, entging ihm nicht, wie sich Gelatello erhob und zur Tür schlich. Wie von der Tarantel gestochen, stürzte er sich auf ihn. Er riss ihn zu Boden und schlug mit den Fäusten auf ihn ein. Nur mit Mühe gelang es den anderen, die beiden Streithähne wieder zu trennen.

„Rüdiger, mir reicht es!", platzte Brückl der Kragen. „Ihn aufzuhalten ist eine Sache, aber ihn fast totzuschlagen eine andere. Nachdem wir keine Zeit haben, auf dich aufzupassen, lasse ich dich in Gewahrsam nehmen, bis du wieder zur Besinnung gekommen bist. Penniseder, sperr die beiden in den Kotter! Aber jeden in eine eigene Zelle! Und den Kerl, der dort unten herumlümmelt, lässt du laufen!"

Dann wandte er sich an Kemal.

„Kollege Özylimazkorucu, Sie begleiten Hochwürden Altmann ins Pfarrhaus und untersuchen das Zimmer dieses Delale. Vielleicht finden Sie einen Hinweis, wo sich der Flüchtige aufhalten könnte."

Er hielt kurz inne und räusperte sich, ehe er hinzufügte: „Übrigens, gute Arbeit, die Sie heute geleistet haben."

Kemal war nicht entgangen, dass ihn der Hofrat zum ersten Mal mit dem Nachnamen und mit Sie angesprochen hatte. Das war zu wenig, um vergessen zu machen, dass dieser, seit er hierher nach Andling versetzt worden war, nichts unversucht hatte lassen, um seine Entlassung aus der Polizei zu provozieren. Trotzdem konnte er nicht verhehlen, dass ihn das Lob seines Vorgesetzten mit Stolz erfüllte. Er nahm Haltung an und versprach, sein Bestes zu geben.

Als er mit Altmann den Marktplatz hinaufging, schloss sich ihnen Lembergé an. „Mon ami, auf une Wort", hielt er Kemal zurück. „Isch muss misch bei dir bedanken, weil du disch für misch so grandiös eingesetzt ünd diesen fürchterlischen Verdacht von mir genommen ast."

„Nicht der Rede wert, Jean!", wiegelte Kemal ab. „Ich hatte von Anfang an das Gefühl, dass hier etwas faul ist."

„Isch verspreche auch, misch zu bessern, ünd mon tete einzuschalten, bevor isch wieder etwas Dummes mache. Apropos, attest du schon Gelegenheit, mit Vroni zu sprechen?"

Kemal konnte sich ein Grinsen nicht verkneifen. „Hatte ich nicht. Aber ich werde das gleich nachholen, falls Hochwürden nichts dagegen hat."

Er wusste, dass ihm die Wirtstochter keinen Wunsch abschlagen konnte, wenn er ihr schöne Augen machte.

Nachdem die Sache geregelt war und Vroni zugestimmt hatte, noch einmal Gnade vor Recht ergehen zu lassen, begab er sich mit dem Priester in den Pfarrhof.

„Sie dürfen sich das mit Delale nicht so zu Herzen nehmen“, versuchte er ihn ein wenig aufzumuntern, da ihm dessen bedrückte Miene nicht entgangen war. „Faule Oliven gibt es auf jedem Baum und gerade, wenn man es nicht erwartet, beißt man in eine, die schlecht geworden ist.“

Altmann schüttelte den Kopf. „Mir ist schon klar, dass auch Personen, die die Priesterweihe empfangen haben, nur Menschen sind und Fehler machen können, obwohl das natürlich doppelt schmerzt. Glauben Sie mir, in meiner Tätigkeit als Inspizient der Pfarren habe ich genügend Missstände erlebt, sodass mich nichts mehr so leicht zu erschüttern vermag. Auch wenn, zugegebenermaßen, noch nichts Vergleichbares darunter zu finden war. Es ist etwas ganz anderes, das mich bedrückt. Ich habe geahnt, dass sich die Dämonen Delales bemächtigt haben. Eigentlich waren die Zeichen dafür nicht zu übersehen. Hätte ich eher reagiert, wäre die junge Frau vielleicht noch am Leben. Aber ich habe die Augen verschlossen, weil ich es einfach nicht für möglich hielt, dass einer meiner Kollegen in die Fänge der dunklen Mächte geraten kann.“

Kemal bereute bereits, dass er sich nach dem Befinden des Mannes erkundigt hatte. Er hatte keine Lust, sich dessen Geschwafel über Dämonen und dunkle Mächte anhören zu müssen. Am liebsten hätte er Altmann im Flur stehen gelassen und sich der Untersuchung des Zimmers zugewendet, aber ihm brannte noch eine Frage auf der Zunge.

„Sie haben gerade gesagt, dass die Zeichen dafür, dass Delale vom…“ Er hielt inne und suchte nach einem anderen Wort für „Teufel“, weil er dem Priester nicht mit der Nennung dieses Begriffes zugestehen wollte, dass auch er von der Existenz eines übernatürlichen Wesens überzeugt sei. „...also, ich will sagen, dass etwas an ihm anders ist, war nicht zu übersehen. Können Sie das präzisieren? Worum hat es sich dabei gehandelt?“

Altmann legte die Fingerspitzen an die Schläfen und schloss für einen Moment die Augen, um sich zu konzentrieren.

„Seine Art, Frauen anzuschauen“, erklärte er mit einer monotonen Stimme, die von ganz weit weg zu kommen schien. „Es war, als ob er sie mit den Blicken verschlingen würde. Weiters seine Fähigkeit, oder sollte man sagen, Macht, andere das tun zu lassen, was er wollte. Sie für seine Zwecke gefügig zu machen. Erinnern Sie sich an die Gläubigen gestern vor dem Haus dieses Mannes? An ihre Blicke, an ihre Mienen? Wie hypnotisiert. Das war allein Delales Werk. Was mir jedoch Gewissheit gegeben hat, dass er besessen sein muss, war dieser Vorfall mit dem Hund. Wie er diesen nur mit den Augen zwingt, sich auf den Rücken zu legen und Ruhe zu geben. Diese Befähigung ist nicht von dieser Welt, denn das ist Teufels Werk.“

Kemal spürte, wie Zorn von ihm Besitz ergriff.

„Und warum haben Sie dann den Teufel nicht ausgetrieben, wenn Sie davon überzeugt waren, dass Delale davon besessen ist? Damit hätten Sie das Unheil abwenden können.“

„Weil ich erst im Gebet Gewissheit erlangen wollte.

Außerdem muss man sich wappnen, wenn man sich auf einen Kampf mit dem Bösen einlässt, will man nicht unterliegen. Er muss gespürt haben, dass ich ihm auf die Schliche gekommen bin. Deshalb hat er auch die Flucht ergriffen. Sollten Sie seiner habhaft werden, woran ich starke Zweifel hege, denn Satan ist wandlungsfähig und Ihnen trotz aller technischen Errungenschaften in allen Belangen überlegen, ziehen Sie unbedingt mich oder einen meiner Kollegen zu Rate. Wenn es nicht gelingt, die Dämonen auszutreiben, wird die Welt großen Schaden erleiden."

Während Altmann das sagte, fixierte er ihn mit einem derart stechenden Blick, dass sich Kemals Nackenhaare aufstellten. Er brummte etwas in der Richtung, dass er das sicher nicht vergessen werde, jetzt aber keine Zeit mehr habe und Delales Zimmer einer Inspektion unterziehen müsse. Er hatte die Nase gestrichen voll von diesen Teufelsgeschichten. Sollte daran glauben, wer wollte. Er jedenfalls nicht. Überhaupt konnte ihm die Religion gestohlen bleiben. Er hatte damit nichts am Hut. Weder mit der einen noch mit der anderen.

Er war heilfroh, als er dem Priester den Rücken kehren konnte und dieser keine Anstalten machte, ihm zu folgen. Delales Zimmer war nur karg eingerichtet. Die Untersuchung des Raumes würde schnell vonstatten gehen. Unter dem Kasten fand er einen zierlichen Schlüpfer, der sicher nicht im Besitz des flüchtigen Pfarrers stand.

Da die Tote nackt aufgefunden worden war, schloss Kemal, dass Delale das Dessous als Souvenir mitgenommen, in der Hektik des Aufbruchs jedoch vergessen hatte. Als er sich wieder aufrichtete, fiel sein Blick auf das Bett. Die Matratze wies auf der Polsterseite eine kleine Wölbung auf. Er hob sie hoch und entdeckte auf dem Lattenrost gut ein Dutzend pornografischer Heftchen der übelsten Machart. Auch sein Vater hatte Broschüren mit eindeutigem Inhalt in einer Geheimlade seines Schreibtisches versteckt, die den neugierigen Augen eines Heranwachsenden nicht verborgen geblieben waren, aber im Vergleich zu den abscheulichen Darstellungen, die er unter Delales Bett sicherstellte, waren das antiquarische Pretiösen gewesen, die selbst Eleonore von Markstein nicht viel mehr als ein Schmunzeln abgerungen hätten. Außer den Heften und dem Unterhöschen brachte die Untersuchung des Raumes nichts zutage, aber beide Funde reichten, um auch den letzten Rest an Zweifel, dass es sich bei Delale um den Täter handelte, zu beseitigen. Nachdenklich ging Kemal auf den Polizeiposten zurück.

Eigentlich hatte er immer schon geahnt, dass etwas mit dem Priester aus Afrika nicht Ordnung war, aber er hatte dieses Gefühl stets von sich geschoben, weil er aus eigener Erfahrung wusste, wie schnell man dazu neigte, jemandem wegen seiner Hautfarbe oder seiner Herkunft Unrecht zu tun. Vertrauen ist ein hohes Gut, hatte ihm sein Vater beigebracht, deshalb lieber einmal versehentlich einem Dieb Eintritt gewähren, als einen Hungernden vor der Tür stehen lassen. Unter Umständen wäre er dieses Mal besser gefahren, hätte er nicht auf die Weisheiten seines Vaters vertraut und wäre der Maxime seines Vorgesetzten gefolgt, die lautete, dass Vertrauen eine Güte wäre, aber Kontrolle eine Besserung.

Von Penniseder erfuhr er, dass die Fahndung nach Delale noch keinen Erfolg gezeitigt und dass Brückl Gelatello mit nach Linz in Untersuchungshaft genommen und von Markstein nachhause geschickt hatte. Es war offenkundig, dass sein Kollege sich schämte, weil er Kemal vorher in den Rücken gefallen war und sich davor gedrückt hatte, Gelatellos Gewaltbereitschaft zu bestätigen. Er wich Kemals Blick aus und trommelte unruhig mit den Fingern auf die Tischplatte.

Trotzdem wollte ihn Kemal nicht so leicht davonkommen lassen.

„Das war vorher keine Ruhmestat von dir", sagte er ihm auf den Kopf zu. „Eigentlich habe ich gedacht, dass ich mich auf dich verlassen kann. Aber kaum sind unsere Vorgesetzten anwesend, ziehst du den Schwanz ein und gibst nur das von dir, was sie hören wollen."

Penniseder verzog beleidigt den Mund und zuckte mit den Achseln.

„Du tust mir wieder einmal Unrecht. Ich bin nur etwas bedächtiger und brauche etwas länger, um meine Schlüsse zu ziehen. Aber war das wirklich so falsch? Immerhin hat sich herausgestellt, dass Gelatello nicht der Täter ist."

„Dreck am Stecken hat er trotzdem. Du hättest ruhigen Gewissens bestätigen können, was wir damals beobachtet haben."

„Tut mir leid!", erwiderte er kleinlaut. „Ich hoffe, du kannst mir verzeihen. Soll auch nicht wieder vorkommen. Weißt du was? Ich übernehme für den Rest des Tages den Bereitschaftsdienst und du kannst nachhause gehen und dich ausruhen. Hast ohnehin schon genug geleistet heute. Ist das ein Angebot?"

Kemal konnte sich ein Lächeln nicht verkneifen. Typisch Penniseder. Er trampelte in seiner Arglosigkeit ein ganzes Blumenbeet nieder und glaubte, wenn er ein Pflänzchen setzte, wäre der Schaden wieder behoben. Trotzdem nahm er das Angebot an. Er spürte, dass er etwas Abstand brauchte, und die Lust, gemeinsam mit seinem Kollegen den Nachmittag auf dem Posten zu verbringen, war denkbar gering. Als er zuhause ankam, wartete Eleonore von Markstein bereits im Flur auf ihn.

„Ist wirklich alles wahr, was mir zu Ohren gekommen ist?", erkundigte sie sich bestürzt. Da er nicht daran zweifelte, dass sie wie immer bestens über alles informiert war, was sich in Andling ereignete, nickte er ihr nur zu.

„Weiß man schon etwas über Gregoria und ihre beiden Geschwister?"

Ihre Frage versetzte ihm einen Stich. Im Trubel der Ereignisse hatte er ganz auf die junge Tschetschenin und die beiden Kinder vergessen. Wie konnte er nur?

„Sie sind doch nicht tot?“, rief die Gräfin bestürzt aus. Offensichtlich hatte sie seine bekümmerte Miene zu diesem Schluss verleitet.

„Ich hoffe nicht, aber wir müssen auf das Schlimmste gefasst sein. Sie befinden sich in Delales Gewalt und das verheißt nach allem, was wir bis jetzt über ihn herausgefunden haben, nichts Gutes.“

Sie schüttelte ungläubig den Kopf.

„Delale. Ich kann nicht begreifen, dass jemand, den man kennt, zu solch verwerflichen Taten fähig ist.“

„Die Beweise, dass er für alles verantwortlich ist, sind erdrückend. Die Mörder tragen nun einmal kein Kainsmal auf der Stirn, an dem man sie erkennen könnte. Allerdings dürfen wir die Hoffnung noch nicht aufgegeben. Einer verlässlichen Quelle zufolge, dürfte er sich auf dem Weg nach Wien befinden. Die Polizei ist österreichweit in Alarmbereitschaft versetzt, Personenkontrollen werden an allen großen Zufahrtsstraßen durchgeführt. Mit ein wenig Glück geht er in die Falle, bevor er seinen Geiseln Leid zufügen kann.“

„Nach Wien also“, sagte Eleonore von Markstein mehr für sich.

„Dort dürfte er nach seiner Flucht aus Nigeria untergekommen sein.“

„Ich dachte, er hat erzählt, dass er sich von Italien aus nach Graz durchgeschlagen hat, weil dort Verwandte von ihm wohnen. Aber wer kann schon beurteilen, was wahr oder falsch ist, wenn es jemand darauf anlegt, andere zu täuschen. Anscheinend ist dieser Delale eine äußerst wandlungsfähige Persönlichkeit.“

Altmann kam ihm in den Sinn. Was hatte dieser über den Teufel gesagt? Dieser wäre so wandlungsfähig, dass er kaum zu fassen sei. Wenn auch die Gräfin Delale so beurteilte, war es dann nicht möglich, dass dieser doch…

Er schüttelte unwillig den Kopf, um diese düsteren Gedanken aus dem Kopf zu verscheuchen. Es gab keinen Teufel. Aus! Basta! Alles, was passiert war, war Werk von Menschenhand. Nicht mehr und nicht weniger!

„Wenigstens ist es Ihnen gelungen, diesem Gelatello das Handwerk zu legen", ergriff Eleonore noch einmal das Wort. „Das ist Goldes wert. Wie ich gehört habe, soll mein Neffe sein ganzes Erspartes verloren haben. Recht geschieht ihm!" Ein spitzbübisches Grinsen spielte um ihren Mund.

Damit war aus seiner Sicht alles gesagt. Man sollte sich an den kleinen Erfolgen erfreuen, dann stellen sich die großen ganz von selbst ein. Oder wie es sein Vater gesagt hätte: Wer den Kuruş nicht ehrt, den er zufällig auf der Straße findet, wird nie zu Reichtum gelangen.

Er lehnte das Angebot der Gräfin ab, ihm etwas zum Essen zu bereiten, und zog sich auf sein Zimmer zurück, um ein wenig für sich zu sein. Doch schon bald merkte er, dass ihm das Alleinsein nicht gut tat, weil alles, was er in den letzten Tagen erlebt oder vielmehr verdrängt hatte, plötzlich mit voller Wucht auf ihn einstürzte. Agnes' abweisende Miene heute Morgen bei der Bushaltestelle kam ihm in den Sinn, das Ultimatum seiner Mutter, seine Schwester mit dem Kopftuch. Er fühlte Altmanns stechenden Blick in seinem Nacken und schaute direkt in Delales weit geöffnete Augen. Gelatellos Hund rollte sich vor ihm auf den Rücken und Sedlacek plumpste mit dem Bauch voran in das Schwimmbecken. Wie eine Sturzflut brachen die Eindrücke über ihm zusammen und raubten ihm die Ruhe. Doch am meisten beunruhigte ihn das Gefühl, dass zwischen all diesen Bildern etwas trieb, was er nicht fassen konnte. Eine vage Irritation. Wie der abgebrochene Stachel eines Kaktus, der unsichtbar in der Fingerkuppe steckte und schmerzte, sobald man etwas berührte. Hatten sie etwas übersehen? Er ließ noch einmal alles, was geschehen war, Revue passieren, konnte aber nichts entdecken, was seinen Argwohn gerechtfertigt hätte. Er musste noch einmal daran denken, was Eleonore von Markstein über Delale gesagt hatte. Dass dieser es offensichtlich von Anfang an darauf angelegt hatte, alle zu täuschen. Und was, wenn er sie auch jetzt täuschte? Wenn er absichtlich eine falsche Fährte gelegt hatte und gar nicht nach Wien aufgebrochen war, sondern sich noch immer in der Nähe aufhielt, um hier sein teuflisches Werk ungestört zu Ende zu bringen? Ein absurder Gedanke, das war ihm klar. Aber dachte ein Serienmörder, und darum handelte es sich bei Delale, in nachvollziehbaren Bahnen? Stellte es für ihn nicht unter Umständen einen unwiderstehlichen Reiz dar, in unmittelbarer Nähe des vorherigen Mordes einen weiteren zu begehen? Noch dazu an einem Ort, der den Namen Himmelreich trug.

Obwohl er zutiefst davon überzeugt war, dass er einem Hirngespinst hinterherjagte, beschloss er, sich ein wenig umzusehen. Hier in seinem Zimmer würde er ohnehin nur verrückt werden.

Er verließ das Haus und blickte in den Himmel. Das Wetter hatte umgeschlagen. Tiefschwarze Wolken jagten über das Firmament. Über dem Böhmerwald zuckten die ersten Blitze zur Erde nieder. Er stieg in den Wagen und bog auf die Bundesstraße Richtung Norden ab. Als er eine halbe Stunde später die Gemeindegrenze erreichte, wurde ihm die Sinnlosigkeit seines Unterfangens bewusst. Höchstwahrscheinlich war Delale längst in Wien oder außer Landes. Und selbst wenn er sich hier irgendwo versteckte, brauchte es eine groß angelegte Suchaktion, um ihn ausfindig zu machen. Was er hier trieb, glich der sprichwörtlichen Suche nach einer Nadel im Heuhaufen und versprach wenig Aussicht auf Erfolg. Er drehte um und lenkte den Wagen

Richtung Himmelreich zurück. Links über ihm thronte der mächtige Bauernhof, in dem er am Sonntag Gregoria und ihre Geschwister aufgestöbert hatte. Ein greller Blitz schlug in unmittelbarer Nähe ein und tauchte das Anwesen in ein gespenstisches Licht. Der Donner, der folgte, war ohrenbetäubend. Plötzlich begann es aus Kübeln zu schütten. An eine Fortsetzung der Fahrt war im Augenblick nicht zu denken. Kemal hielt am Straßenrand und stellte den Motor ab. Obwohl die Sicht mittlerweile so schlecht war, dass er kaum einen Steinwurf weit sehen konnte, glaubte er, kurz einen flackernden Lichtschein in einem der Gebäude des Hofes wahrgenommen zu haben. Er starrte in die Richtung, in der er das Anwesen vermutete, konnte aber nichts Verdächtiges entdecken. Höchstwahrscheinlich hatten ihm seine Augen ein Trugbild vorgegaukelt, nachdem sie vom Blitz geblendet worden waren. Dass sich Delale gerade auf dem Hof versteckt hielt, in dem er die drei Flüchtlinge gefunden hatte, war absurd und entbehrte jeder realistischen Grundlage. Trotzdem startete er den Motor und fuhr langsam den Güterweg hinauf. Er hatte ohnehin nichts Besseres zu tun. Lieber zweimal zum Krämer laufen, wenn man etwas vergessen hat, als auf ein gutes Mahl verzichten.

Gut hundert Meter, bevor der Bauernhof in Sicht kam, hielt er an und stieg aus. Binnen Sekunden war er bis auf die Haut durchnässt. Kurz überlegte er, ob er die Aktion abbrechen und wieder zurückfahren sollte, entschied sich aber dagegen, weil er wusste, dass er keine ruhige Minute gehabt hätte, wenn er sich jetzt nicht mit eigenen Augen davon überzeugte, dass hier alles in Ordnung war. Er ging hinter das Hauptgebäude und erstarrte. Vor ihm stand Brunners Wagen, mit dem Delale sich angeblich aus dem Staub gemacht hatte. Er duckte sich an die Hausmauer und holte seine Dienstwaffe aus dem Halfter. Vorsichtig schlich er bis zur Rückseite der Scheune. Dort erwartete ihn die nächste Überraschung. Unter dem Vordach war ein weiterer Wagen abgestellt. Mit einem Wiener Kennzeichen. „Das müssen Delales Bekannte sein!“, schoss es ihm durch den Kopf.

Er beschloss, Verstärkung anzufordern, und holte das Handy aus der Tasche. In diesem Moment erklang ein markerschütternder Schrei.

Kemal überlegte fieberhaft, was er tun sollte. Wenn er untätig bis zum Eintreffen seiner Kollegen wartete, konnte das für Gregoria zu spät sein. Er steckte das Handy zurück und rannte zum Eingang der Scheune. Das Tor stand einen Spalt breit offen. Er lugte hinein, um sich einen Überblick zu verschaffen. Was er sah, ließ ihm den Atem stocken. Gregoria lag nackt auf dem Traktoranhänger. Sie war an Händen und Füßen gefesselt und starrte mit vor Angst geweiteten Augen auf einen Mann, der sich über sie gebeugt hatte. Sein Oberkörper war entblößt. Der Rücken war durch zahlreiche Narben entstellt. Da Kemal den Mann nur von hinten sah, konnte er nicht erkennen, um wen es sich handelte. Dass es nicht Delale war, verriet ihm jedoch die weiße Hautfarbe. Der Mann hielt eine glühende Eisenstange in der rechten Hand und näherte sich damit der Brust der jungen Frau. Kemal zwängte sich durch den Spalt und entsicherte die Waffe. Er machte einen Schritt nach vor, trat dabei gegen eine leere Flasche, worauf diese klirrend über den Boden rollte. Mit einem Ruck drehte sich der Mann um. „Hochwürden Altmann!“, rief Kemal erstaunt aus. Mit einem Schlag wurde ihm bewusst, was ihn die ganze Zeit über irritiert hatte. Woher hatte Altmann gewusst, dass die Besitzerin der Halskette tot war? Zwar verbreiteten sich in Andling Neuigkeiten wie ein Lauffeuer, aber dafür, dass der Priester zu so einem frühen Zeitpunkt Kenntnis von der Auffindung des Leichnams hatte, gab es nur zwei Erklärungen. Entweder verfügte er über hellseherische Fähigkeiten oder er hatte die Tat selbst begangen. Dass ihnen dieser Widerspruch nicht sofort aufgefallen war!

„Werfen Sie die Waffe weg", zischte ihn Altmann böse an, „sonst blende ich diese Schlange!" Wie zum Beweis, dass er es ernst meinte, bewegte er die glühende Eisenspitze auf Gregorias Kopf zu, worauf diese gellend zu schreien begann.

Kemal war klar, dass er ohne Waffe nichts gegen Altmann ausrichten konnte. Ein gezielter Schuss würde ausreichen, um den Priester handlungsunfähig zu machen.

Dieser schien seinen Gedanken zu erraten.

„Auch wenn Sie auf mich schießen, bleibt mir Zeit genug, ihr den Haken in ein Auge zu rammen. Ich glaube nicht, dass sie das überleben wird. Also, noch einmal, Waffe weg!"

Kemal spürte, wie seine Hand zu zittern anfing. Was sollte er nur tun? Traxler, sein ehemaliger Chef, fiel ihm ein. Dieser hatte ihnen immer und immer wieder eingetrichtert, auf Worte und nicht auf Schüsse zu setzen, sollten sie einmal in eine lebensbedrohliche Situation geraten. „Redet mit den Tätern! Damit verlagert ihr die Situation auf eine persönliche Ebene und dem anderen fällt es ungleich schwerer, euch etwas anzutun." In der Theorie hörte sich das ganz vernünftig an. Wie das allerdings in der Praxis funktionierte, konnte Kemal nicht sagen, da er sich noch nie in der Lage befunden hatte, diesen Ratschlag auf seine Wirksamkeit hin ausprobieren zu müssen.

Er senkte langsam den Lauf der Pistole, wobei er Altmann nicht aus den Augen ließ.

„Geben Sie auf, Altmann! Ich habe vorher meine Kollegen informiert, sie werden in Kürze hier eintreffen."

Er versuchte, seiner Stimme Festigkeit zu verleihen, konnte aber ein leichtes Zittern nicht unterdrücken.

Der Priester legte den Kopf schief und lächelte ihn heimtückisch an.

„Glauben Sie mir! Wer wie ich tausende Male anderen die Beichte abgenommen hat, hört genau, wann jemand lügt. Zum letzten Mal! Lassen Sie die Waffe fallen und treten Sie auf die andere Seite des Anhängers, damit ich Sie von vorne sehen kann!“ Blitzschnell drückte er das Eisen auf Gregorias Schulterblatt. Die junge Frau stieß einen Schrei aus und drohte, das Bewusstsein zu verlieren. Kemal warf die Pistole in Altmanns Richtung und hob beschwichtigend die Hände.

„Ich mache Ihnen einen Vorschlag. Lassen Sie die junge Frau gehen! An ihrer Stelle bleibe ich bei Ihnen und sorge dafür, dass Sie unbeschadet das Land verlassen können.“

Der Priester schüttelte den Kopf.

„Sie haben keine Ahnung, worum es hier geht. Aber wie sollten Sie auch? Sie sind ein Ungläubiger, dem die Worte unseres Herrn fremd sind.“

„Dann erklären Sie es mir!“, forderte Kemal ihn auf.

Altmann nickte.

„Das werde ich. Ich werde Sie Anteil haben lassen, wie ich dieser Buhlschaft des Teufels“, er stupste Gregoria mit der Spitze des Eisens an, worauf diese zu wimmern begann, „die Dämonen austreibe, um die Christenheit vor ihnen zu bewahren. Aber vorher kommen Sie auf die andere Seite des Anhängers, damit ich Sie besser im Auge behalten kann. Ich kenne Euresgleichen und weiß, dass euch nicht über den Weg zu trauen ist.“

Kemal tat, wie ihn der Priester geheißen hatte. Als er ihm gegenüber stand, erblickte er hinter Altmann die beiden Kinder und Delale. Alle drei waren gefesselt. Während ihn Gregorias Geschwister mit großen Augen anstarrten, lag der Priester auf dem Boden und rührte sich nicht.

„Sie haben Recht, ich glaube nicht an den Teufel. Obwohl mir allmählich Zweifel kommen, ob er nicht doch existiert. Woraus schließen Sie überhaupt, dass gerade sie davon besessen ist?"

„Woraus ich das schließe, wollen Sie wissen? Ich werde es Ihnen sagen. Zunächst einmal, weil Frauen im Allgemeinen etwas an sich haben, was Satan lockt. Sie sind von Grund auf böse und verdorben. Das hat mit Eva angefangen und sich bis heute nicht geändert. Diese Schlange aber..." Er drückte ein weiteres Mal das Eisen auf ihren Körper, musste aber feststellen, dass die Peinigung ihre Wirkung verfehlte, weil die Spitze bereits erkaltet war, und legte das Folterwerkzeug in eine Schüssel mit glühenden Kohlen neben sich, um es neuerlich zu erhitzen.

„Diese Schlange ist nicht nur infiziert mit dem Keim der Sünde. Nein, der Keim hat in ihr bereits Wurzeln geschlagen und treibt Früchte. Kein Wunder, nachdem auch ihre Schwester des Teufels war. Es ist Gottes Wille, dass sie und diese Balge in meine Hände gerieten. Der Herr wird mir die Kraft verleihen, diese Sippe zu tilgen bis ins letzte Glied, um die Welt vor der Schreckensherrschaft des Satans zu bewahren."

Als der Priester Gregorias Schwester erwähnte, riss diese entsetzt die Augen auf. Auch Kemal konnte sich nicht zurückhalten.

„Ihre Schwester! Haben Sie diese abscheuliche Tat begangen?"

Altmann schüttelte nachsichtig den Kopf. „Wie gesagt, Sie haben keine Ahnung! Ihre Schwester war durch und durch verdorben. Ein Unkraut, das unaufhörlich wuchert, eine Seuche, die alles auszumerzen drohte. Gott hat sie zu mir geführt, damit ich ihre liederliche Seele rette. Am Ende hat sogar sie selbst darum gebettelt, dass ich sie erlöse."

Während er das sagte, war seine Stimme immer lauter geworden. Seine Augen glänzten entrückt. Er wies auf die junge Frau. „Sie werden Zeuge sein, wie ich sie von den Dämonen, die ihr wie ein Krebsgeschwür innewohnen, befreie, und ich bin mir sicher, dass Ihnen Erleuchtung zuteil werden wird."

Er griff nach dem Schürhaken und begutachtete die Glut.

„Und die Kinder?", fragte Kemal zögernd.

„Die Kinder müssen wie ihre Schwestern geheilt werden, denn auch sie tragen den Makel des Bösen in sich."

Kemal nahm hinter dem Priester eine Bewegung wahr. Er erkannte, dass Delale aufgewacht war. Dieser wies mit dem Kinn auf seine Beine, die er fast unmerklich in Altmanns Richtung streckte. Schnell lenkte Kemal Altmanns Aufmerksamkeit wieder auf sich.

„Und was machen Sie mit Delale und mir? Es kann sicher nicht der Wille Ihres Gottes sein, zwei Unschuldige ums Leben zu bringen. Außerdem werden Sie damit nicht davonkommen. Der Verdacht wird unweigerlich auf Sie fallen."

„Ich wäre mir da nicht so sicher. Delale wird Sie erschießen, weil Sie ihn bei seiner abscheulichen Tat ertappt haben. Daraufhin wird ihn das schlechte Gewissen übermannen und er wird sich selbst das Leben nehmen. Was sagen Sie dazu?"

„Und was ist mit Ihrem Gewissen?"

„Mein Gewissen ist rein, weil ich nur ein Werkzeug Gottes bin. Ich habe Sie beide zu Märtyrern auserkoren, Märtyrern, die sich opfern, um der Welt großes Leid zu ersparen."

„Das können Sie nicht...", schrie Kemal, aber Altmann brachte ihn mit einer Geste zum Schweigen. Er holte das glühende Eisen aus der Schüssel und schwenkte es über dem Körper der jungen Frau.

„Genug der Worte, lassen wir jetzt Taten sprechen! Freuen Sie sich! Sie gehören zu den Glücklichen, die in Gottes Angesicht schauen dürfen, damit ihnen Erkenntnis zuteil wird."

Aus den Augenwinkeln heraus sah Kemal, dass Delale die Füße anzog. Altmann hob die Eisenspitze in die Höhe, um zuzustoßen. Kemal machte einen Schritt nach vorne, worauf ihm der Priester einen tadelnden Blick zuwarf. In diesem Moment ließ Delale mit voller Wucht seine Füße gegen Altmanns Beine sausen. Dieser verlor das Gleichgewicht. Im Stürzen riss er das Kohlebecken um und krachte mit Kopf gegen die Ladeklappe des Anhängers, worauf er das Bewusstsein verlor. Die glühenden Kohlen rollten unter das trockene Stroh hinter den Kindern und Delale und entzündeten es in Sekundenschnelle. Im Nu standen die Strohballen in Flammen. Kemal klappte sein Taschenmesser auf und befreite Delale und die Kinder von den Fesseln. Während der Priester die Kinder in Sicherheit brachte, zerschnitt er die Stricke, mit denen die junge Frau am Anhänger festgebunden war. Er hob den zitternden Körper hoch und trug ihn nach draußen. Inzwischen züngelten die Flammen bereits meterhoch nach oben und hatten die Deckenbalken in Brand gesetzt. Kemal setzte Gregoria behutsam auf einer Bank vor dem Hauptgebäude ab und bedeckte ihren nackten Körper notdürftig mit seiner Uniformjacke. Es regnete noch immer in Strömen. Die beiden Kinder drängten sich ängstlich an ihre Schwester und ließen ihren Tränen freien Lauf. Kemal drehte sich um, um zur Scheune zurückzulaufen, aber Delale hielt ihn zurück.

„Sie setzen Ihr Leben aufs Spiel, wenn Sie da noch einmal hineingehen. Das ist dieser Altmann nicht wert."

„Aber er wird bei lebendigem Leib verbrennen“, erwiderte Kemal. „Das kann ich nicht zulassen, selbst wenn er ein Mörder ist.“

„Es ist Gottes Wille, daran werden Sie auch nichts ändern“, entgegnete der Priester im Brustton der Überzeugung.

„Gottes Wille“, stieß Kemal verächtlich hervor. Er konnte diese Frömmelei nicht mehr ertragen. Der Mensch war ein selbstbestimmtes Wesen und hatte sein Schicksal bis zu einem gewissen Grad selbst in der Hand.

Er schüttelte Delale ab und stapfte zur Scheune. Im Inneren herrschte mittlerweile ein Flammeninferno. Altmann lag auf dem Boden neben dem Anhänger und rührte sich nicht. Die Strohballen neben ihm brannten lichterloh. Mit einem ohrenbetäubenden Krach stürzte einer der Deckenbalken in die Tiefe. Kurz zögerte er, dann zog er sein Hemd, das vom Regen völlig durchnässt war, über den Kopf, um diesen vor den herumfliegenden Funken zu schützen, und rannte zu dem Priester. Im Inneren der Scheune war es glühend heiß. Er spürte, wie die Flammen seine Augenbrauen und Wimpern versengten. Der dichte Qualm raubte ihm den Atem. Er beugte sich über Altmann und wollte seine Arme fassen, um ihn nach draußen zu ziehen. Doch der Priester war schneller. Er umklammerte Kemals rechtes Bein mit eisernem Griff und brachte ihn zu Fall. Panisch strampelte er mit den Füßen, um den Priester abzuschütteln, aber dieser hielt seinen Knöchel so fest umschlossen, dass eine Befreiung unmöglich war.

„Wehren Sie sich nicht!“, krächzte Altmann. „Auch Ihrer verlorenen Seele wird Erlösung zuteil werden.“ Ein Knall ließ Kemal nach oben blicken. Ein weiterer Balken war in der Hitze geborsten und senkte sich bedrohlich in ihre Richtung. Im letzten Moment bäumte er sich auf und warf seinen Oberkörper zur Seite. Ein glosendes Scheit landete auf Altmanns Schädel und verbrannte die linke Hälfte des Gesichts. Doch anstelle eines Schmerzensschreis stieß der Priester ein irrsinniges Lachen aus und verstärkte den Griff um Kemals Knöchel. Noch einmal mobilisierte er alle Kräfte und versuchte, sich zu befreien. Doch vergeblich! Altmanns Finger spannten sich wie Eisenklammern um seine Füße. In wenigen Augenblicken würde sie die berstende Decke unter sich begraben. Kemal bäumte sich ein letztes Mal auf. Als er merkte, dass er sich nicht befreien konnte, sackte er zurück und ergab sich in sein Schicksal. In diesem Moment krachte eine Eisenstange auf Altmanns Kopf nieder. Mit einem tiefen Seufzer riss dieser die Augen auf, dann plumpste sein Schädel zur Seite. Kemal wandte sich um. Hinter ihm stand Gregoria. Sie holte gerade zu einem weiteren Schlag aus. Obwohl sie nackt war, schienen ihr die glühenden Funken, die auf ihrer Haut landeten, keine Schmerzen zu bereiten. Kemal sprang auf und entwand ihr die Stange.

„Es ist genug", flüsterte er. „Er ist tot. Wir sollten uns beeilen, dass wir hinauskommen."

Er hatte keine Ahnung, ob sie ihn verstanden hatte. Sie rührte sich nicht und starrte mit einem eiskalten Blick auf den leblosen Körper, der Kemal trotz der Hitze schaudern ließ. So muss ein Racheengel ausschauen, schoss es ihm durch den Kopf.

Er legte ihr den Arm um die Schulter und zog sie mit sich ins Freie.

Nachdem Eleonore von Markstein den ersten Schock überwunden hatte, nahm sie sich der jungen Frau und der beiden Kinder an. Inzwischen befragte Kemal Delale, wie es Altmann gelungen war, sie widerstandslos auf den Bauernhof zu bringen.

„Das kann ich Ihnen nicht sagen. Er muss uns beim Abendessen ein Betäubungsmittel in den Tee gemischt haben. Denn als ich wieder aufwachte, lag ich gefesselt in der Scheune. Neben mir Gregoria und die Kinder. Ich konnte mir überhaupt nicht erklären, was passiert war oder wer das getan hatte. Den ganzen Tag über versuchten wir verzweifelt, uns zu befreien. Dann ist Altmann aufgetaucht und hat begonnen, den großen Exorzismus zu beten. Da war mir klar, dass er den Verstand verloren haben musste. Ich redete wie ein Wasserfall auf ihn ein, um ihn von seinem teuflischen Vorhaben abzubringen, aber ich hatte keine Chance. Er war von der Richtigkeit seines Handelns so durchdrungen, dass er für kein Argument zugänglich war. Offensichtlich ging ihm mein Gerede auf die Nerven, denn er flößte mir wieder etwas ein, worauf ich erneut das Bewusstsein verlor. Gott sei Dank bin ich rechtzeitig erwacht! Nicht auszudenken, was er mit der jungen Frau gemacht hätte, wenn wir nicht eingegriffen hätten.

Allerdings gibt es einen Punkt, den ich nicht nachvollziehen kann. Dass er in seinem Wahn alle Frauen für Buhlschaften des Teufels gehalten hat und ihnen Erlösung bringen wollte, ist aus seiner Verblendung heraus verständlich, aber nicht, dass er auch einen Kollegen, der wie er zum Priester geweiht ist, töten wollte."

Kemal berichtete ihm, was mit Gelatellos Lebensgefährtin geschehen war und dass Altmann ihm diesen Mord in die Schuhe hatte schieben wollen, indem er das Höschen und die Kette der Toten in seinem Zimmer verborgen und seinen Rosenkranz am Tatort hinterlegt hatte. Nach dieser Offenbarung war Delale so erschüttert, dass er ein Kreuzzeichen schlug und leise ein Gebet murmelte. Als er sich wieder etwas gefasst hatte, machte er sich zum Gehen bereit. Kemals Vorschlag, die Nacht im Haus der Gräfin zu verbringen, lehnte er mit dem Hinweis ab, dass er in der Kirche Gott um Verzeihung anflehen und für Altmanns Seelenheil beten wolle.

Nachdem Delale gegangen war, rief Kemal Penniseder an. Er erzählte ihm, was sich zugetragen hatte, und bat ihn, alles Nötige zu veranlassen, um den Leichnam oder das, was davon nach dem Brand übriggeblieben war, sicherzustellen. Alles Weitere werde er im Laufe des morgigen Tages mit ihm besprechen.

Danach

Obwohl er erst in den frühen Morgenstunden eingeschlafen war, fühlte er sich ausgeruht wie schon lange nicht mehr. Er duschte ausgiebig, zog die Uniform an und ging nach unten zum Frühstück. Zu seiner Überraschung teilte ihm Eleonore von Markstein auf seine Frage, wo sich Gregoria und die Kinder befanden, mit, dass diese bereits in den Ort aufgebrochen seien, um an der Fronleichnamsprozession teilzunehmen.

„Geht es ihr schon wieder so gut?", erkundigte er sich.

„Das habe ich sie auch gefragt, und ich habe ihr vorgeschlagen, sich mit mir hier oben im Himmelreich dem Zug der Gläubigen anzuschließen, aber sie hat gemeint, dass sie Abbitte zu leisten und ihre Seele reinzuwaschen habe und das dulde keine Bequemlichkeit. Eine erstaunliche junge Frau, wenn Sie mich fragen."

Nach dem Frühstück machte sich Kemal selbst auf den Weg nach Andling. Zwar wäre es an diesem Feiertag nicht nötig gewesen, im Dienst zu erscheinen, aber er wollte auf dem Posten in aller Ruhe die Geschehnisse des vergangenen Tages zu Protokoll bringen und die vorgesetzten Behörden in Linz informieren, was sich zugetragen hatte.

Vor der Kirche hatten sich bereits die Gläubigen versammelt, um die Prozession in Angriff zu nehmen. Delale gab den Männern, die den Baldachin mit der Mutter Gottes tragen sollten, letzte Anweisungen. Agnes befand sich bei den Frauen und unterhielt sich mit ihnen. Etwas abseits stand Gregoria mit den Kindern an der Hand. Er hielt den Wagen an und steuerte auf sie zu. Als sie ihn sah, erschien ein Lächeln in ihrem Gesicht. Sie lief ihm entgegen und drückte ihm einen Kuss auf den Mund. Aus den Augenwinkeln heraus nahm er Agnes argwöhnische Blicke wahr.

„Wofür war das denn?“, fragte Kemal verlegen.

„Für alles, was du tun“, erwiderte Gregoria gelöst. „Ich dir sein so dankbar.“ Inzwischen war Delale zu ihnen getreten. Er umarmte Kemal und presste ihn an sich.

„Kemal, wie schön, Sie hier bei uns zu sehen. Machen Sie uns die Freude und tragen Sie das Kreuz voran. Wir können eine starke Seele wie die Ihre gut gebrauchen.“

Es wusste Delales Angebot zu schätzen. Die meisten hätten alles gegeben, um dieser Ehre teilhaftig zu werden. Dennoch lehnte er ab. Er hatte sich vorgenommen, eine Zeit lang einen großen Bogen um alles zu machen, was mit der Kirche zu tun hatte. Außerdem würde es bei den Einheimischen nicht gut ankommen, wenn er als Ungläubiger eine Prozession anführte. Mittlerweile war er zwar wohlgelitten unter ihnen, aber in Glaubensangelegenheiten verstanden sie trotzdem keinen Spaß.

„Ihr Ansinnen ehrt mich, aber ich glaube nicht, dass das eine gute Idee ist. Seit jeher ist das Tragen des Kreuzes der alteingesessenen Bauernschaft vorbehalten. Ich denke, daran sollte man nicht rütteln. Außerdem wartet genug Arbeit auf mich, die keinen Aufschub duldet.“

Er verabschiedete sich und begab sich auf den Posten. Wie er es nicht anders erwartet hatte, waren weder von Markstein noch Penniseder anwesend. Er wählte die Nummer des Landeskriminalamtes und ließ sich mit Brückls Abteilung verbinden. Zu seiner Überraschung hob Mayr ab. Eigentlich war er davon ausgegangen, dass die Abteilung an einem Feiertag im besten Fall von einem Journaldienst besetzt war. Er berichtete dem Linzer Kollegen, was sich am Vorabend zugetragen hatte. Nachdem er geendet hatte, blieb es für eine Weile am anderen Ende der Leitung stumm.

„Sind Sie noch dran?“, erkundigte sich Kemal schließlich.

„Mir fehlen nur gerade die Worte", gab Mayr zu. „Das war die zweite kriminalistische Sonderleistung innerhalb eines halben Jahres. Sie sollten ernsthaft eine Versetzung in das Landeskriminalamt erwägen. Wir könnten Ermittler wie Sie gut gebrauchen."

„Und Sie glauben, Brückl wäre damit einverstanden?", wollte Kemal wissen.

„Vergessen Sie es und bleiben Sie, wo Sie sind! Ich habe wieder einmal nicht weitergedacht. Also zeichnet dieser Pfarrer aus Wien für die Morde verantwortlich. Und Sie sind definitiv sicher, dass er bei dem Brand ums Leben gekommen ist."

„Hundertprozentig! Sein Leichnam ist in der Krypta der Kirche aufgebahrt. Delale wollte es so."

„Gut, wir werden uns morgen darum kümmern. Dann können Sie mir noch einmal persönlich berichten, was Sie alles herausgefunden haben."

„Eine andere Frage: Hat Gelatello schon gestanden?"

„Herr Eisner zieht es vor, wie ein Grab zu schweigen. Dafür singt sein Faktotum wie eine Nachtigall. Laut diesem Branko hat sein Chef Wien verlassen und sich unter einem anderen Namen in Ihrem schönen Andling niedergelassen, um den Forderungen seiner Gläubiger zu entgehen. Angeblich hat er Schulden in Millionenhöhe. Trotzdem hat ihm eine Bank einen Kredit gewährt, damit er dieses Anwesen bei Ihnen erwerben kann. Deswegen wollte ich mich heute ohnehin noch mit Ihnen in Verbindung setzen.

Dieser Branko hat auch erzählt, wie Eisner Romeo dazu gebracht hat, ihm sein Grundstück zu überlassen. Er hat einen Schauspieler engagiert, der in Trautners Rolle geschlüpft ist, um den alten Mann in Angst und Schrecken zu versetzen, damit ihm dieser sein Eigentum freiwillig überlässt. Wie man sieht, ist sein Plan aufgegangen. Ich an Ihrer

Stelle würde sofort zu Eisners Haus fahren und den Kaufvertrag suchen. Morgen werden nämlich die Kollegen von der Abteilung für Wirtschaftskriminalität dort auftauchen und alles in Verwahrung nehmen, was nicht niet- und nagelfest ist. Dann ist es zu spät."

„Ist dieser Vertrag nicht sowieso ungültig, wenn ihn Eisner unter Vorspiegelung falscher Tatsachen abgeschlossen hat?"

„Höchstwahrscheinlich. Aber ich kann mir nicht vorstellen, dass die Banken freiwillig auf dieses Grundstück verzichten. Immerhin wollen sie einen Teil ihres Verlustes rückgängig machen und dabei käme ihnen die Veräußerung dieser Liegenschaft sehr gelegen. Das bedeutet, dass Romeo vor Gericht gehen müsste, um sein Eigentum auf dem Rechtsweg zurückzufordern, und es ist mehr als fraglich, ob er gegen einen finanzstarken Gegner wie eine Großbank damit Erfolg haben würde. Wenn Sie das dem alten Mann ersparen wollen, dann bringen Sie den Vertrag an sich und vernichten ihn. Das haben Sie natürlich nicht von mir."

Kemal wollte schon auflegen, aber Mayr hielt ihn zurück.

„Übrigens haben die Männer von der kriminaltechnischen Abteilung in der Nähe des Tatorts einen absonderlichen Fund getätigt. Sie haben einen Sack sichergestellt, in dem sich ein Fleischbrocken in weit fortgeschrittenem Verwesungszustand befunden hat. Im ersten Moment sind die Kollegen davon ausgegangen, dass sie einen Leichenteil entdeckt haben, aber bei der Untersuchung im Labor hat sich herausgestellt, dass es sich nur um einen tierischen Organismus, am ehesten um ein Huhn, handelt."

Er legte eine Pause ein, ehe er weitersprach.

„Wissen Sie, was eigenartig ist? Auf dem Fundstück steht ein Name, der Ihrem nicht unähnlich ist. Haben Sie eine Ahnung, wie der Sack dorthin gelangt sein könnte?“

„Das ist eine lange Geschichte, die ich Ihnen einmal erzähle, wenn wir Zeit dafür haben. Ich kann Ihnen nur versichern, dass weder das Behältnis noch der Inhalt etwas mit dem Mord zu tun haben.“

„Davon bin auch ich ausgegangen. Deshalb habe ich veranlasst, dass dieser Abfall entsorgt wird. Ich hoffe, das war in Ihrem Sinne.“

Kemal schickte ein Stoßgebet zum Himmel, dass die Sache mit dem Huhn nun ein für allemal erledigt war und es ihn nie wieder heimsuchen konnte. Er beendete das Gespräch und beschloss, sofort zu Trautners ehemaligem Anwesen aufzubrechen, um die Sache mit dem Kaufvertrag zu erledigen.

Erst als er den Wagen vor dem Haus abstellte, wurde ihm die Fragwürdigkeit seines Unternehmens bewusst. Eisner und sein Faktotum befanden sich in Linz in Untersuchungshaft und hatten das Haus vor ihrer Verhaftung sicher abgesperrt. Wenn er in das Gebäude eindrang, um den Kaufvertrag zu suchen, machte er sich des Diebstahls schuldig. Ein Vergehen, das für einen Polizeibeamten doppelt schwer wog. Er blickte sich um, um zu überprüfen, ob ihn jemand beobachtet hatte, und fuhr den Wagen auf die Rückseite des Grundstücks, um ihn vor neugierigen Augen zu verbergen. Zu seiner Überraschung stand die Terrassentür sperrangelweit offen. Vorsichtig schlich er näher. Eine Stimme in seinem Rücken ließ ihn erstarren.

„Hallo Süßer, kann ich etwas für dich tun? Einem schnuckeligen Kerl wie dir lese ich jeden Wunsch von den Augen ab.“

Er drehte sich langsam um. Auf einem Liegestuhl neben dem Pool lag die üppige Blondine, mit der sich Sedlacek vergnügt hatte, und warf ihm einen verführerischen Blick zu.

Auf der Liege neben ihr rekelte sich eine zierliche Brünette, ebenfalls mit nacktem Oberkörper wie ihre Nachbarin.

Die Frauen, die Gelatello für sein Fest hatte kommen lassen! Auf sie hatte er ganz vergessen.

„Und ich mache mit dir eine Reise durch halb Europa, wenn du dazu Lust hast", bot diese ihm an, wobei sie ihre Zunge lasziv über die Lippen gleiten ließ. „Griechisch, französisch oder deutsch, ganz, wonach dir der Sinn steht."

Kemal spürte, wie ihm die Röte ins Gesicht schoss. Er hob abwehrend die Arme.

„Hab ich mir doch gedacht!", hauchte eine Stimme hinter ihm. „Du willst lieber zusehen, wie wir beide es miteinander treiben." Eine Hand erschien über seiner Schulter und schob sich unter seine Uniformjacke. Er blickte nach hinten und schaute auf vier Brüste, die sich ihm entgegenreckten. Ihr Anblick trieb ihm den Schweiß aus den Poren.

„Das …mir…nicht…ich…nur", krächzte er verlegen.

„Lasst ihn in Ruhe!", befahl eine Schwarzhaarige, die ihn um Haupteslänge überragte. „Du kommst mit mir! Ich habe mir gleich gedacht, dass du jemanden brauchst, der dir zeigt, wo es lang geht."

Sie packte ihn an der Hand und wollte ihn mit sich ziehen, aber er riss sich los.

Mittlerweile hatten sich zehn Frauen um ihn geschart und schauten ihn erwartungsvoll an.

„Ich wollte Sie nur", er hielt inne, weil ihm seine Stimme noch immer nicht gehorchte, und schluckte den Kloß, der seinen Hals zuschnürte, hinunter. „Ich wollte Sie nur davon in Kenntnis setzen, dass Ihr Chef in Untersuchungshaft sitzt und wohl geraume Zeit nicht mehr hier auftauchen wird." Er musste über den Ausdruck „geraume Zeit" schmunzeln, weil er hoffte, dass Gelatello für einige Jahre hinter Gittern verschwand.

Aufgeregt gackerten die Frauen wie ein wild gewordener Hühnerhaufen durcheinander, bis sich die Schwarzhaarige mit der tiefen Stimme Gehör verschaffte. „Das ist die beste Nachricht seit Jahren. Wir bleiben den Sommer über hier und machen Urlaub. Das haben wir uns rechtschaffen verdient." Ihr Vorschlag ließ die anderen jubeln.

„Das halte ich für keine gute Idee", mischte sich Kemal ein. „Morgen kommt die Wirtschaftspolizei hierher und stellt das ganze Haus auf den Kopf. Natürlich werden die Beamten Ihre Personalien aufnehmen wollen, um festzustellen, ob Sie sich legal in Österreich aufhalten. Bei wem das nicht der Fall ist, der sollte sich schleunigst aus dem Staub machen." An den enttäuschten Gesichtern der Frauen erkannte er, dass das offensichtlich bei den meisten der Fall war.

„Außerdem ist gut möglich, dass Gelatello jemanden beauftragt, hier nach dem Rechten zu sehen. Wer nicht in die Hände eines neuen ...", Zuhälters wollte er eigentlich sagen, aber der Ausdruck erschien ihm zu abwertend in Hinblick auf die jungen Frauen, deshalb verwendete er einen harmloseren Begriff, „... eines neuen Chefs geraten möchte, sollte aus meiner Sicht eher heute als morgen von hier verschwinden."

„Ich glaube, das würden alle gern tun, aber Enrico hat uns die Pässe abgenommen, damit wir nicht verduften können, bevor wir unsere Schulden bei ihm abgearbeitet haben. Ohne Papiere haben wir überhaupt keine Chance, etwas Neues zu beginnen."

„Darum kümmere ich mich. Er hat sie sicher irgendwo im Haus versteckt."

Als ihm die Frauen ins Innere des Hauses folgen wollten, forderte er sie auf, bis zu seiner Rückkehr auf der Terrasse auszuharren und ihn zu benachrichtigen, falls sich jemand dem Anwesen näherte. An und für sich hätte es ihm nichts ausgemacht, wenn ihm jemand bei der Suche zur Hand gegangen wäre, aber da er auch Romeos Kaufvertrag verschwinden lassen wollte, war es ihm lieber, wenn er keine Zeugen hatte. Er ging in Gelatellos Büro und schaute sich um. Glücklicherweise konnte er keinen Tresor entdeckten. Das hätte ihn vor unüberwindliche Probleme gestellt. Er streifte sich Einweghandschuhe über und durchsuchte als Erstes die Papiere, die auf dem Schreibtisch abgelegt waren. Als Nächstes wandte er sich den Schreibtischladen zu. Sie waren versperrt, doch das stellte kein großes Hindernis für ihn dar. Mit einem Brieföffner brach er die Schlösser auf. Falls ihn jemand beim Betreten des Hauses beobachtet hatte, würde er das einfach auf die jungen Frauen schieben, die sich in ihrer Ausweglosigkeit zu diesem Gewaltakt hatten hinreißen lassen. In der ersten Lade fand er die Ausweise, die ihnen Gelatello abgenommen hatte, und eine Metallkassette mit zehntausend Euro Inhalt. Er nahm das Geld an sich und öffnete die nächste Lade. Zu seiner großen Freude kam unter den Schriftstücken, die sich darin befanden, auch der Kaufvertrag, mit dem sich Gelatello Romeos Grundstück erschwindelt hatte, zum Vorschein. Außerdem entdeckte Kemal eine schriftliche Vereinbarung, in der sich von Markstein verpflichtete, gegen eine Gewinnbeteilung seinen Einfluss auf die Behörden geltend zu machen, um Schwierigkeiten, die bei der Errichtung des Aphrodite Palace unter Umständen auftreten würden, im Keim zu ersticken. Er steckte das Schreiben zu dem Kaufvertrag in seine Brusttasche. Man konnte ja nie wissen, wozu so etwas gut war.

Als er wieder auf der Terrasse auftauchte, umringten ihn die jungen Frauen aufgeregt. Er händigte ihnen ihre Pässe aus und holte das Geld aus der Tasche. „Ich denke, Gelatello schuldet Ihnen noch Ihren Lohn. Das sind tausend Euro für jede von Ihnen. Sicher nicht genug, aber es sollte Ihnen fürs Erste helfen, um von hier wegzukommen und eine neue Bleibe zu finden."

Die jungen Frauen drängten sich dankbar an ihn. Die üppige Blondine presste ihre Brüste gegen seine Rippen und drückte ihm einen Kuss auf den Mund. Genau in diesem Augenblick ertönte Nwongo Delales Stimme.

„Maria, Mutter Gottes, gebenedeit sei die Frucht deines Leibes…!"

Erschrocken schob Kemal die halbnackte Frau von sich und schaute Richtung Straße. Der Prozessionszug passierte gerade Gelatellos Grundstück. Alle Blicke waren auf ihn gerichtet. Die Männer grinsten ihn anzüglich an. Die Frauen schüttelten empört die Köpfe. Agnes stand der Schock ins Gesicht geschrieben. Fassungslos starrte sie ihn mit offenem Mund an. Kemal wäre am liebsten im Erdboden versunken. Durch die Ereignisse der letzten Tage war sein Verhältnis zu Agnes ohnehin schon schwer belastet. Aber jetzt war diese Beziehung, wenn man denn diese fragile Vertrautheit, die zwischen ihnen bestanden hatte, überhaupt so nennen konnte, endgültig zu Bruch gegangen. Nie wieder würde er ihr ohne Scham in die Augen schauen können. Er scheuchte die Frauen ins Innere des Hauses und folgte ihnen reumütig. Auf ihre Frage, warum er plötzlich so abweisend sei, gab er kurz angebunden zur Antwort, dass ihre Freizügigkeit den Priester verlegen machen müsse und das sei angesichts dieser religiösen Zeremonie nicht statthaft, worauf eine der Frauen laut auflachte.

„Wegen des Pfarrers brauchst du dir keine Sorge zu machen. Die sind die Schlimmsten von allen."

Ihre Worte riefen ihm in Erinnerung, dass er etwas vergessen hatte. Er verabschiedete sich von den Frauen und stieg in seinen Wagen. Bevor er sich auf dem Weg zu Romeo machte, rief er Traxler an. Er erzählte ihm, was sich in Andling zugetragen hatte, und bat ihn, zu überprüfen, ob Altmann jemals Kunde in Eisners Wiener Etablissement gewesen sei.

Wenn er gehofft hatte, Romeo würde ihm vor Freude um den Hals fallen, weil er ihm den Kaufvertrag wieder aushändigte und diese Geschichte mit Trautner richtigstellte, wurde er eines Besseren belehrt. Während seines Berichts wurde die Miene des alten Mannes immer verzweifelter, sodass ein Außenstehender hätte meinen können, er habe ihm gerade die Hiobsbotschaft einer unheilbaren Krankheit oder den Verlust des gesamten Vermögens mitgeteilt. Kaum hatte er geendet, rückte dieser damit heraus, was ihn belastete.

„Jetzt wird mir wohl nichts anderes übrigbleiben, als wieder in meine Kate zurückzukehren.“ Als er das sagte, blickte er niedergeschlagen in Brandtners Richtung, ohne diesem in die Augen zu schauen.

„Wenn du willst, kannst du zurück, aber du bist auch herzlich eingeladen, hierzubleiben“, erwiderte der Bauer. Augenblicklich heiterte sich die Miene des Alten auf.

„Du schickst mich also nicht zurück?“

„Natürlich nicht! Ich bin mehr als froh, dass mir jemand bei der Arbeit zur Hand geht. Und Platz haben wir hier auch genug.“

„Dann möchte ich das Grundstück Agnes überschreiben. Soll sie entscheiden, ob sie es behält oder verkauft.“

Zu Kemals Entsetzen tauchte die Angesprochene gerade auf der Straße auf, die zum Brandtnerhof führte. Sie war die Letzte, der er jetzt über den Weg laufen wollte. Er verabschiedete sich von den beiden und wollte sich aus dem Staub machen, aber Agnes hielt ihn zurück und forderte ihn auf, mit ihr einen kleinen Spaziergang zu unternehmen. Wie ein geprügelter Hund gesellte er sich an ihre Seite, während ihnen ihr Vater misstrauisch hinterherschaute.

„Ich wollte dir…“, begannen beide gleichzeitig zu reden, nachdem sie eine Weile still vor sich hingebrütet hatten.

„Du zuerst!“, forderte sie ihn auf, den Satz zu vollenden.

„Ich wollte dir nur sagen, dass das alles nicht so ist, wie du glaubst.“

Sie warf ihm einen skeptischen Blick zu und legte die Stirn in Falten.

„Mag sein“, erwiderte sie kryptisch. „Aber darüber möchte ich jetzt gar nicht mir dir sprechen. Ich wollte mich eigentlich nur entschuldigen, weil ich dich zu Unrecht verdächtigt habe, dass du diesen Gelatello in Schutz nimmst. Ich denke, es ist höchste Zeit, dass wir reinen Tisch machen. Könntest du dir vorstellen, dass wir uns einmal an einem neutralen Ort treffen, um ungestört miteinander zu reden? Ich kenne da ein nettes Lokal in Linz. Wenn du Lust hast?“

Kemal glaubte, seinen Ohren nicht trauen zu können. Er hatte fest damit gerechnet, dass sie sich jeden weiteren Kontakt mit ihm verbat, und dann das. Sein Herz schlug ihm vor Freude bis zum Hals. Am liebsten hätte er einen Luftsprung gemacht und laut aufgejauchzt. Er nickte ihr so heftig zu, dass ihr Vater sich nachher bei seiner Tochter erkundigte, ob er einen epileptischen Anfall erlitten habe.

„Nichts lieber als das!“

„Dann sagen wir, am Samstagabend. Um sieben Uhr warte ich beim Türkenkopf auf dich. Ihm“, sie drehte sich um und wies unmerklich auf ihren Vater, „müssen wir ja nicht unbedingt auf die Nase binden, was wir vorhaben.“

Kemal war in diesem Moment der glücklichste Mensch der Welt, konnte sich jedoch ein Grinsen nicht verkneifen, weil ihm ein Ratschlag seiner Mutter einfiel, den sie ihren Freundinnen zu erteilen pflegte, wenn diese sich bei ihr über ihre Ehemänner beschwerten, weil sie ihnen nicht mehr die gebührende Aufmerksamkeit zuteil werden ließen. „Werft ganz einfach in ihrer Gegenwart ein Auge auf fremde Männer, und bald werdet ihr feststellen, dass sie nur mehr ein Auge für euch haben."

Am Spätnachmittag meldete sich Traxler bei ihm und teilte ihm mit, dass einige der Mädchen, die in Eisners ehemaligem Puff arbeiteten, Altmann auf einem Foto, das man in einer Zeitschrift einer obskuren kirchlichen Sekte entdeckt hatte, wiedererkannt hatten. Sie hätten angeben, dass der Priester regelmäßig bei ihnen aufgetaucht sei. Er habe sie nie berührt, sondern sich immer nackt ausgezogen und mit einer Geißel, die er selbst mitgebracht hatte, auspeitschen lassen. Bevor er gegangen sei, habe er ihnen stets das Angebot unterbreitet, sie von ihrem Schicksal zu erlösen, wenn sie mit ihm kommen würden. Offensichtlich hatte Gregorias Schwester in ihrer Verzweiflung sein Angebot angenommen, nicht ahnend, dass sie das das Leben kosten würde.

Kurz darauf läutete Delale mit Gregoria und den beiden Kindern an der Haustür. Er hatte für die drei einen Platz in einem Asylwerberheim in Linz gefunden und war gekommen, dass sie sich voneinander verabschieden konnten. Gregoria fiel ihm mit Tränen in den Augen um den Hals. Sie bedankte sich für alles, was er für sie und ihre Geschwister getan hatte, und rang ihm das Versprechen ab, sie dort so bald und so oft wie möglich zu besuchen. Bei der Antwort hielt es Kemal mit seinem Vater, dessen Devise gewesen war, dass es besser ist, die Wahrheit in den Keller zu sperren, wenn man jemanden mit einer Lüge glücklich machen kann. Er wollte Gregoria nicht mit einer Ablehnung vor den Kopf stoßen, fühlte aber gleichzeitig, dass es nicht richtig war, ihr Hoffnungen zu machen, wenn sein ganzes Sehnen Agnes galt. Die Zeit würde auch diese Wunde heilen.

Je näher der Samstagabend kam, desto größer wurde Kemals Angst, bei dem Treffen mit Agnes zu versagen. Sie war eloquent, gebildet und studierte obendrein in Linz Betriebswirtschaft. Er hingegen war ein unbedeutender Landpolizist, der mit Ach und Krach die Pflichtschule absolviert hatte. Was, wenn sie ihm eine Frage stellte, auf die er keine Antwort wusste, oder ein Thema anschnitt, von dem er keine Ahnung hatte? Er beschloss, die verbleibenden Tage zu nutzen, um sich auf das Rendezvous vorzubereiten. Im Internet recherchierte er, welche Inhalte in ihrem Studienfach gelehrt wurden. Er besorgte sich die aktuellen Tageszeitungen und beschäftigte sich zum ersten Mal in seinem Leben mit Analysen aus der Welt der Wirtschaft. Zusätzlich erstellte er eine Liste von Themen, die er anschneiden konnte, wenn er nicht mehr weiterwusste oder das Gefühl hatte, sich zu blamieren.

Alles in allem war er für den Abend bestens gerüstet. Aber als er ihr schließlich in der kleinen Pizzeria, in der sie einen Tisch bestellt hatte, gegenüber saß, war er so angespannt, dass er kein Wort über die Lippen brachte. Glücklicherweise begann Agnes wie ein Wasserfall zu reden und er konnte sich mit der Rolle des Zuhörers begnügen. Sie erzählte ihm, dass ihr ein internationaler Konzern einen Posten in den USA angeboten habe. Eine Stelle wie diese sei immer ihr Traum gewesen. Bislang habe sie jedoch keinen Gedanken daran zu verschwenden gewagt, nach dem Abschluss ihres Studiums einmal ins Ausland zu gehen, weil sie ihren Vater nicht im Stich lassen konnte. Allerdings habe sich die Situation durch die Anwesenheit Romeos auf ihrem Hof grundlegend geändert. Dieser leiste nun ihrem Vater Gesellschaft und könne diesem bei der Arbeit zur Hand gehen, wodurch ihre Mithilfe nicht mehr zwingend nötig sei.

Kemal ahnte bereits, worauf ihre Erzählung hinauslaufen würde, und verfiel zusehends in Verzweiflung. Er hatte gehofft, dass sie sich an diesem Abend ein paar Schritte näherkamen, in Wirklichkeit war sie gerade dabei, einen ganzen Ozean zwischen sie zu bringen. Und zu allem Überdruss erwartete sie höchstwahrscheinlich auch noch, dass er ihre Entscheidung guthieß und sie ermunterte, sich diese Chance nicht entgehen zu lassen.

Er war so in Gedanken versunken, dass die Worte „hier bleiben" nur mit Verzögerung in seine Wahrnehmung drangen. Er riss die Augen auf und schaute sie, wie vom Donner gerührt, an. Erst jetzt merkte er, dass ihr Blick auf ihm ruhte. Er bat sie, noch einmal ihren letzten Satz zu wiederholen.

„Ich habe gesagt, dass ich mir nicht vorstellen kann, von hier wegzugehen. Deshalb habe ich mich zu dem Entschluss durchgerungen, das Angebot dieser Firma auszuschlagen."

Kemal hätte am liebsten einen Freudenschrei ausgestoßen, hielt sich jedoch im letzten Moment zurück, um nicht für Aufsehen zu sorgen.

Agnes vertraute ihm an, dass sie etwas Eigenes auf die Füße zu stellen gedenke. Schon lange trage sie den Plan mit sich herum, Andling aus seinem Dornröschenschlaf wachzuküssen. Ihr schwebe etwas in der Art von überregionaler Produktvermarktung vor. Allerdings habe sie bis jetzt nicht gewusst, wie sie ihre Pläne auch finanziell in die Tat umsetzen könne. Durch Romeos Geschenk sei sie endlich dazu in der Lage. Sie werde den Großteil der Grundstücke verkaufen und mit dem Erlös eine kleine Firma gründen.

Außerdem habe sie vor, künftig in Romeos Kate zu wohnen. Sie werde das Häuschen umbauen lassen, damit dort auch für mehr als eine Person Platz sei. Der Blick, den sie ihm zuwarf, als sie das andeutete, sprach Bände.

Ermutigt durch ihre Offenheit, wagte Kemal, ihr von den Heiratsplänen seiner Mutter zu erzählen. Sie hörte ihm aufmerksam zu und schüttelte ein paarmal ungläubig den Kopf. Hatte er jedoch erwartet, dass sie, nachdem er seinen Bericht beendet hatte, irgendetwas dazu äußern würde, so hatte er sich gewaltig getäuscht. Ohne auch nur ein Wort darüber zu verlieren, begann sie über etwas anderes zu reden.

Sie ließ noch einmal die Geschehnisse, die Andling in den letzten Tagen heimgesucht hatten, Revue passieren, gab zu, wie sehr sie sich in Gelatello getäuscht hatte, und brachte ihre Abscheu über diesen Altmann zum Ausdruck. Schließlich erkundigte sich nach Gregoria und wollte wissen, in welchem Verhältnis er zu ihr stand. Er beteuerte ihr, dass seine Kontakte zu der jungen Frau rein behördlicher Art gewesen seien und ihn diese nur aus Dankbarkeit umarmt habe.

Den Rest des Abends schleppte sich das Gespräch etwas mühsam dahin. Insgeheim schalt Kemal sich einen Dummkopf. Es war nicht zu übersehen, dass Agnes genau ab dem Zeitpunkt auf Distanz gegangen war, als er ihr von den Heiratsplänen seiner Mutter berichtet hatte. Aber war ihre Zurückhaltung ein Wunder? Er verbrachte zum ersten Mal alleine einen Abend mit ihr und dann hatte er nichts Besseres zu tun, als ihr zu offenbaren, in welchem Dilemma er steckte. Musste sie nicht glauben, dass er sie nur umgarnte, um dieser Zwangsehe mit einer gekauften Braut aus Anatolien zu entgehen?

Während der Rückfahrt redete Agnes kein einziges Wort. Sie starrte nachdenklich durch die Windschutzscheibe und schwieg. Kemal war so verzweifelt, dass er fast in Tränen ausgebrochen wäre. Etwas unterhalb der Einfahrt zum Brandtnerhof hielt er an und öffnete Agnes die Tür. Er unternahm noch einmal den Versuch, sich zu rechtfertigen, aber sie legte ihm den Zeigefinger an die Lippen. Dann reckte sie sich in die Höhe und näherte sich seinem Ohr.

„Ich würde mich freuen, deine Mutter einmal kennen zu lernen", hauchte sie so leise, dass er sie kaum verstand. Ehe er aus seiner Erstarrung erwachte, war sie bereits in der Dunkelheit verschwunden.

Kemal war so durcheinander, dass er die ganze Nacht kein Auge zumachte.

Er schwankte zwischen Euphorie und der Angst, dass er sich das alles nur eingebildet hatte.

Als seine Mutter am Morgen – wie jeden Sonntag – anrief, nahm er sich vor, ihr noch nichts von Agnes zu erzählen, bis er sich sicher war, dass er diese Worte nicht nur geträumt hatte. Doch plötzlich konnte er sich nicht mehr zurückhalten und kündigte ihr an, dass er ihr in Bälde eine junge Frau vorstellen werde. Darauf passierte etwas, was er bislang noch nie erlebt hatte. Seiner Mutter verschlug es die Sprache. Mehr als eine Minute war die Leitung am anderen Ende tot, ehe sie sich wieder meldete und weiterredete, als sei nichts geschehen.

Von Markstein ließ sich in den nächsten Tagen nicht blicken. Erst am Donnerstag tauchte er auf dem Polizeiposten auf. Man sah ihm an, dass er in der letzten Zeit nicht viel geschlafen hatte. Dunkle Ringe lagen unter seinen Augen. Sein Gesicht wies eine ungesunde Farbe auf. Er schleppte eine Schachtel in die Amtsstube und stellte sie auf den Schalter. Penniseder, der sich kurz zuvor noch damit gebrüstet hatte, dass er sich von ihrem Vorgesetzten sicher nicht mehr herumkommandieren lassen würde, sprang auf und nahm Haltung an.

„E..e...es i...i...ist u...u...uns ei...ei...eine Freude“, stotterte er. Von Markstein brachte ihn mit einer ungeduldigen Geste zum Schweigen und öffnete die Schachtel. Er reckte den Kopf stolz in die Höhe und entrollte ein Plakat. Auf dem Papierbogen war von Markstein in Uniform abgebildet. Darunter stand in altertümlichen Lettern:

Andling muss Andling bleiben!
Für eine sichere Heimat
Rüdiger von Markstein

„Männer, wir erwarten uns volle Unterstützung.“

Er wies auf die Schachtel. „Die Plakate werden unverzüglich in der ganzen Gegend aufgehängt. Haben wir uns verstanden?“

Penniseder schlug die Hacken zusammen und salutierte. Kemal hingegen starrte den Postenkommandanten mit offenem Mund an. Ehe er dazu kam, etwas zu erwidern, war von Markstein bereits wieder verschwunden.

„Ich fasse es nicht“, murmelte er ungläubig. „Dieser unfähige Mensch will Bürgermeister werden.“

„Das war Gelatellos Idee. Ich kann mich erinnern, wie er unserem Chef versprochen hat, dass er den Wahlkampf finanziert.“

„Das müssen wir unbedingt verhindern“, regte sich Kemal auf. „Nicht auszudenken, was passiert, sollte dieser Wahnsinnige die Wahl gewinnen.“

„Bis dahin ist es noch ein weiter Weg“, versuchte ihn sein Kollege zu beruhigen. Aber er sah das anders.

Der Teufel schlief nicht. Und er wusste auch, wie er von Markstein die Tour vermasseln konnte. Er musste nur die Vereinbarung, die dieser mit Gelatello getroffen hatte, publik machen, dann war seine politische Karriere beendet, noch ehe sie begonnen hatte. Auch auf die Gefahr hin, dass ihre Dienststelle aufgelöst wurde.

„Ich mache mich jetzt jedenfalls auf den Weg und hänge die Plakate auf", verkündete Penniseder. „Kommst du mit?"

Kemal warf ihm einen verächtlichen Blick zu.

„Wie kannst du dir nur für von Markstein freiwillig die Finger schmutzig machen?"

„Das kann ich dir erklären, Alevit! Im Gegensatz zu dir denke ich nämlich zwei Schritte voraus. Indem ich ihn unterstütze, helfe ich auch mir selbst, weil ich dann Ruhe vor ihm habe. Oder um es mit den Worten meiner Mutter auszudrücken: Gib dem Hund reichlich Auslauf, dann tanzt er dir zuhause nicht ständig auf der Nase herum!"

Kemal schaute seinem Kollegen verblüfft hinterher. Dem war nichts hinzuzufügen.

KEHRWASSERVERLAG

Ernst Schmid

Mord im Himmelreich

Kriminalroman

366 Seiten, gebunden mit SU

Allen Warnungen zum Trotz beschließt der Wiener Streifenpolizist Kemal Özylimazkorucu, die Strafversetzung in die tiefste Provinz anzunehmen. Schon die Ankunft in Andling gerät für ihn zu einem Desaster. Sein Wagen streikt, ein Eingeborener besudelt ihn mit Jauche und sein neuer Vorgesetzter gibt ihm unmissverständlich zu verstehen, dass er ihn lieber heute als morgen wieder loswerden möchte.
Als sich auch noch herausstellt, dass seine Vermieterin die Großtante des Postenkommandanten ist und den Auftrag hat, ihn zu bespitzeln, steht sein Entschluss fest, Andling so schnell wie möglich wieder den Rücken zu kehren.
Da passiert ein abscheulicher Mord im „Himmelreich", dem Ortsteil, in dem auch Kemal wohnt. Ein Bauer treibt tot in einer Jauchegrube. Der mutmaßliche Täter ist schnell gefunden. Sein Vorgesetzter Rüdiger von Markstein erklärt den Fall für abgeschlossen. Trotzdem verspricht Kemal der hübschen Tochter des Hauptverdächtigen die Unschuld ihres Vaters zu beweisen, und nimmt eigenmächtig die Ermittlungen wieder auf, denn für einen Özylimazkorucu ist es eine Frage der Ehre, ein gegebenes Versprechen einzulösen.

ISBN 978-3-902786-06-7

KEHRWASSERVERLAG

Ernst Schmid

Kalt machen

Thriller

142 Seiten, gebunden mit SU

Ein schonungsloser Thriller! Ernst Schmid beschreibt die Gräueltaten eines Serienmörders und stellt dabei die gesamte soziale Struktur eines Dorfes in Frage. Die Protagonisten sind die Dorfbewohner und ein geistig Beeinträchtigter, der von seiner Mutter aufs Heftigste misshandelt wird. Gewalt, Missbrauch und Mord in einer scheinbar harmonischen Gesellschaft am Lande.

In einem Wald wird eine junge Frau tot aufgefunden. Erschlagen mit einem Hammer und geschändet. Die Dorfbewohner sind entsetzt. Doch schon bald geht man wieder zur Tagesordnung über, da man davon überzeugt ist, dass ein Fremder für die Tat verantwortlich ist, der längst wieder das Weite gesucht hat.

Als ein weiterer Mord geschieht, wird den Menschen zur Gewissheit, dass der Mörder unter ihnen leben muss. Aus Angst verkriechen sich die Leute in ihren Häusern. Jeder misstraut jedem. Alte Feindschaften brechen auf, Zwist und Denunziation beherrschen den Alltag.

Im Dorf lebt auch ein junger Mann, der von den anderen gemieden wird, weil er anders als sie ist. Seit seiner Kindheit wacht seine Mutter mit Argusaugen über ihn und scheut auch nicht vor unmenschlichen Maßnahmen zurück, um einen „normalen“ Menschen aus ihm zu machen. Eines Tages kommt ihr ein schlimmer Verdacht …

ISBN 978-3-902786-04-3